槟榔花

BINGLANGHUA

汕头市侨联归侨作家联谊会　编

主编　陈韩星

副主编　钟泳天　沈建华　林奕昆

暨南大学出版社
JINAN UNIVERSITY PRESS

中国·广州

图书在版编目（CIP）数据

槟榔花/汕头市侨联归侨作家联谊会编 . —广州：暨南大学出版社，2020.12
ISBN 978 - 7 - 5668 - 3094 - 4

I. ①槟… Ⅱ. ①汕… Ⅲ. ①中国文学—当代文学—作品综合集 Ⅳ. ①I217. 1

中国版本图书馆 CIP 数据核字（2020）第 253435 号

槟榔花
BINGLANG HUA

编　者：汕头市侨联归侨作家联谊会

··

出 版 人：张晋升
责任编辑：武艳飞　陈绪泉
责任校对：黄　球　梁念慈
责任印制：汤慧君　周一丹

出版发行：暨南大学出版社（510630）
电　　话：总编室（8620）85221601
　　　　　营销部（8620）85225284　85228291　85228292　85226712
传　　真：（8620）85221583（办公室）　85223774（营销部）
网　　址：http：//www. jnupress. com
排　　版：广州市天河星辰文化发展部照排中心
印　　刷：广州市穗彩印务有限公司
开　　本：787mm×1092mm　1/16
印　　张：17. 25
字　　数：296 千
版　　次：2020 年 12 月第 1 版
印　　次：2020 年 12 月第 1 次
定　　价：69. 00 元

（暨大版图书如有印装质量问题，请与出版社总编室联系调换）

汕头市侨联归侨作家联谊会简介

汕头市侨联归侨作家联谊会成立于 1985 年 12 月 25 日，至今已经 35 周年了。第一批顾问和会员中有不少是社会精英人士，如陈韩萌、周艾黎、林风、卢煤、宋升拱、沈思明、郑普洛、郑一标、马飞、王菲等。其中陈韩萌为创会会长。

回国前，这些知名作家在侨居国从事新闻事业或华侨历史研究与文学创作，有一定的文学造诣和社会影响。联谊会现任会长为陈韩星，副会长为钟泳天、沈建华（兼秘书长）、林奕昆，副秘书长为陈舒腊，名誉会长为汕头市侨联泰国归侨联谊会会长蔡林礼和汕头市侨联顾问纪传英。

汕头市侨联归侨作家联谊会现有会员 32 人，同时他们也都是广东省侨界作家联合会会员。其中陈韩星、钟泳天、沈建华、林奕昆等分别为中国剧协、中国作协、中华华侨文学艺术家协会、中国华侨历史学会会员。

35 年来，会员们积极创作华侨题材的文学作品，出版了会员作品集《槟榔花》（共 6 集），有不少会员已发表文章超过 100 万字，多人出版了自己的著作或编印潮汕历史文化书籍，如：

叶奇思出版《赤子丹心》（上、中集，共 80 多万字）。

陈韩星出版《大漠孤烟——陈韩星歌剧作品集》《心海微澜——陈韩星文论集》；主编、编审《潮剧年鉴》《潮剧研究》《潮剧志》《近现代潮汕戏剧》等潮汕历史文化出版物 40 余种。

钟泳天出版长篇小说《彩虹曲》（合作）、诗集《玫瑰花神》《钟泳天诗选》、散文集《佛国之秘》、小说集《爱神与死神》、诗文集《滇池之梦》，主编《粤海散文集》（汕头卷）。

沈建华出版报告文学集《春城飞花集》《潮人在台湾》《潮人在柬埔寨》和侨批专著《侨批例话》《抗战侨批》《侨批情结》等。

黄流星出版长篇小说《椰风习习》、长篇报告文学《归侨赤子陈长明》。

陈家裕于 1988 年编辑出版中国侨乡丛书之一《潮汕乡情》；先后有 60

多篇采访知名潮人和展示侨乡新貌的文章在海内外报刊上发表。

郑生出版报告文学集《涛头赞歌》《千年风流》，有十几篇文章收入各种文集。

马东涛出版《和平风采》《红尘缘梦》《南平传奇》等小说、散文集。

陈景明出版《奋蹄集》《文苑耕耘录》。

此外，还有周镇昌的《中国戏剧家文库·周镇昌卷》；陈达民诗文集《天南集》；宋升拱诗文集《他乡风雨》、诗集《骆驼集》；江晓诗文集《海滨拾贝》；吴民耀诗文集《老骥跐跐行》、诗集《秋之光》等。

会员创作的作品中，获奖的也不少，如：

陈韩星创作的电视连续剧《韩愈》（18集）于1997年由广东电视台摄制，1999年获第三届广东省精神文明建设"五个一工程"优秀作品奖；歌剧《大漠孤烟》《巴山夜雨》先后获全国戏剧文化奖·大型剧本金奖。

钟泳天的报告文学《陈博士与"花花公子"》《如歌似酒的人生》获全国报告文学大奖赛二等奖；长诗《心焚》获全国新诗大奖赛优秀奖；诗歌《瑞丽江月夜》获全国电视诗歌大奖赛优秀奖，《军魂》获纪念建军85周年"荣耀八一"金奖。钟泳天还曾获"共和国文艺旗手"称号。

沈建华的《飞起广厦千万间》获全国报告文学大奖赛二等奖；小说《台风之夜》获汕头市建国30周年文艺创作一等奖。

林奕昆的《做好新一代海外侨胞工作》获中国侨联论文三等奖、汕头市政协论文二等奖。

蔡英豪作品获全国首届长城文学奖一等奖、《人民日报》科教兴国一等奖等多种奖项。

周镇昌与杨景文合作的民间故事《鸳鸯铁屐桃》获广东省鲁迅文艺奖，并摄制成电影故事片。周镇昌还有多部潮剧作品，如《皇宫密令》《灵光妈祖》等先后在广东省、全国获奖。

林昂的微型小说《英雄与囡囡》获《小小说选刊》首届全国小小说奖优秀奖；中篇小说《箜篌》、短篇小说《鲜艳血泊》分别获得第三届、第四届"伟南文学奖"三等奖；戏剧小品《送你一把伞》《红包定律》《好人》获广东省业余文艺作品评奖一等奖，《红包定律》获2000年"中国曹禺戏剧奖·小戏小品奖"三等奖；小品《野菊花》获第四届广东省群众戏剧花会银奖；话剧《百花园纪事》（合作）获第三届广东省精神文明建设"五个一工程"优秀作品奖。

黄流星作品获省级以上奖励者7篇，其中《十六字令词集》获国家级"扬我中华魂"征文比赛一等奖。宋升拱《阿屿娘莲》等作品获省级优秀作品奖。陈景明共有4篇作品获省、市级二等奖，2篇获三等奖。

有部分会员长期从事新闻、侨史研究等工作，并取得优异成就，得到社会广泛好评，如林风、卢煤、周艾黎、陈达民、江晓、廖鹤滨、郑白涛、郑侯祥、庄健英、沈建华、郑生、马东涛、陈燕娟等都是"记者帮"。

广东省侨联成立50周年大庆时，表彰了8名优秀归侨作家，我会陈韩星、黄流星、宋升拱榜上有名。

此外，在本会会员中，相当一部分早就是文坛主将，如周艾黎，在中华人民共和国成立前就任泰国《曼谷商报》《全民报》副刊主编，回国后先后任广东人民出版社第五编辑室主任、《工农兵》半月刊主编、《潮人》杂志主编及广东潮剧院艺术室主任等。林风、卢煤、陈韩萌都是活跃在侨居国的新闻界、文艺界知名人士。林风在二十世纪八九十年代分别被聘为中山大学、暨南大学名誉教授。陈贤茂曾是汕头大学教授、《海外华文文学》主编。钟泳天先后任《汕头文艺》《潮声》等刊物副主编、主编以及汕头市作协副主席。陈家裕曾任《潮人》杂志主编。

本会成立伊始，就致力于发展与海外华文文学作家和海外侨团的友好往来和交流合作，与泰国潮州会馆文物馆、泰国华文作家协会、泰国华文报刊和新加坡《联合早报》等保持友好联系，2004年泰国《星暹日报》以两个专版刊登了本会会员创作的文学作品；联谊会成立以来，还与地方报刊合作刊载会员作品多期，产生了一定的社会影响。

在2005年9月15日举行的汕头市侨联成立55周年纪念大会上，本会被授予"汕头市侨联工作先进集体"荣誉称号。2006年10月《槟榔花》第三集荣获汕头市作协颁发的"2004—2005年度陈伟南桑梓文学奖优秀奖"。

汕头市侨联归侨作家联谊会历任顾问、名誉会长、会长、副会长、秘书长及会员名单

顾　　问	张华云	沈思明	郑一标		
名誉会长	蔡林礼	纪传英			
会　　长	陈韩萌	陈韩星			
副 会 长	沈思明	郑普洛	周艾黎	陈贤茂	
	陈达民	黄流星	林奕昆	沈建华	
	钟泳天				
秘 书 长	黄流星	林奕昆	沈建华	陈舒腊（副）	

会　　员　（共71人）

张华云	沈思明	郑一标	蔡林礼	纪传英
陈韩萌	陈韩星	郑普洛	马　飞	卢　煤
叶奇思	周艾黎	陈贤茂	陈达民	林　风
黄流星	林奕昆	沈建华	钟泳天	赵平允
黄大炎	洪　耀	黄名卓	王微之	谢中然
宋升拱	王　菲	许业信	郑白涛	郭　华
刘少卿	黄大斌	江　晓	陈竞飞	王声河
黄莲中	陈家裕	郑侯祥	蔡高暖	廖鹤滨
林琪俊	庄健英	苏伯炯	周镇昌	陈景明
蔡英豪	郑会侠	沈若煌	杨景文	林　昂
陈鸿文	郑　生	马东涛	陈燕娟	陈胜生
郑绪荣	张泰生	廖求是	宋芷辉	陈淑芬
陈舒腊	谢惠蓉	李鸿钊	陈年红	林瑞平
朱庆洪	何京兰	陈惠松	许海鹰	林伟光
谢秀琼				

序：文学创作真善美的结晶

广东省汕头市侨联归侨作家联谊会成立35周年了！35年来，老中青三代归侨作家勤奋笔耕，佳作频出，先后印行了文学作品集《槟榔花》第一集至第六集，对于弘扬祖国传统文化，宣扬归国华侨热爱社会主义祖国的深厚感情以及繁荣潮汕地区的文学创作，作出了重大的贡献。现在，汕头市侨联归侨作家联谊会为纪念成立35周年，从以往内部印行的这六部文学作品集中精选出各位作家的力作，再加上新会员的作品，合编为这本《槟榔花》，由暨南大学出版社出版，这是在以往内部印行的基础上再上一层楼，扩大了影响面，其意义在于说明作家们的作品是经得起历史的考验的，是文学创作真、善、美的结晶；这也是中华人民共和国成立之后汕头市唯一成立的归侨、侨眷文学社团会员的文章结集，体现了归国华侨的爱国之心和奉献精神，具有侨文化的鲜明特点，是非常宝贵的中国侨史第一手资料；同时，像这样由出版社正式出版发行的文章结集，在广东乃至全国并不多见，这是切切实实地为祖国的文化建设添砖加瓦，尤其是为汕头这个全国知名侨乡作出了宝贵的贡献。

巧合的是，习近平总书记于2018年10月24日下午莅临暨南大学考察，第一站就是暨南大学校史馆。1906年，来自南洋的21名华侨学子远涉重洋，负笈南京，暨南大学由此肇始。从薛家巷妙相庵到如今的广州暨南大学，她始终与民族命运共浮沉，与时代脉搏同起伏。在这里，沉淀了112年的历史，一件件珍贵的展品，书写着暨南的沧桑沉浮，蕴藏着忠信笃敬、砥砺前行的暨南精神。习近平总书记参观了校史展览和办学成果展示，察看了图书馆华侨华人文献馆的馆藏文献和实物，并同部分港澳台同胞和海外侨胞学生亲切交流，鼓励他们好好学习，将来为社会作出贡献。习近平总书记指出，我国有5 000多万名海外侨胞，这是我国发展的一个独特优势。改革开放有海外侨胞的一份功劳。

我想，《槟榔花》由暨南大学出版社正式出版，这不正好契合习近平总书记考察暨南大学华侨华人文献馆的足迹和呼应习近平总书记与海外侨胞学生交流的美好氛围吗？这本《槟榔花》，将来也许会被置放于暨南大学华侨华人文献馆的呀！

汕头市侨联归侨作家联谊会的作家们主要来自东南亚诸国，以泰国为主，还有新加坡、缅甸、柬埔寨、文莱等，他们多数是在中华人民共和国成立初期，尤其是在1953年第一个五年计划社会主义大建设开始时回来的。是时，很多爱国华侨欣闻中华人民共和国成立，抱着报效祖国、造福桑梓的宏大理想，他们放弃了在侨居国的社会地位和优厚的生活条件，怀着一颗赤子之心，纷纷回到祖国的怀抱，充分显示了他们的爱国情怀。

"华侨为革命之母。"这是伟大的革命先驱孙中山先生对华侨的热情称颂。在灾难深重的旧中国，漂泊异域他乡的华侨游子，心系故国兴亡，梦牵侨居国安危，他们或以血肉之躯投身于反法西斯的斗争，或以捐献资财支持国内的革命斗争，他们以各自不同的方式为促进祖国与侨居国的经济发展与文化交流做了大量的工作，为中华人民共和国的建立和建设事业谱写了可歌可泣的光辉篇章。

在归侨作家队伍中，不乏反法西斯斗争的英勇战士，不乏侨居国的国家骨干，而更多的则是长期在海外传承弘扬祖国文化的教师、新闻工作者、文化工作者。在第一代的归侨作家中，如陈韩萌、周艾黎、林风、卢煤、宋升拱、沈思明、郑普洛、郑一标、马飞、王菲等，都是社会精英，他们是汕头归侨作家中的翘楚和榜样。

眼下，汕头市侨联归侨作家联谊会依旧有着可观的阵容，其中陈韩星、钟泳天等人都是多产作家，作品多次获奖。老一代的作家在继续奋进，新一代的作家融汇进来，这支作家队伍，如同一道河流，一直奔腾不息。

《槟榔花》既有散文、小说，也有古体诗、自由诗，更有作家把自己的成长过程或从事文学事业的情感化成感人的篇章，内容与形式都丰富多彩。作家们在这个集子中各展风骚，各擅胜场，限于篇幅，这里就不一一列举了。

在汕头市侨联工作的这七八年里，我所接触到的归侨作家不在少数，我觉得他们有一个共同点，就是感情纯朴，胸无芥蒂，心怀大爱，爱国心强。这种人最好成为同事，最好成为朋友。衷心祝愿《槟榔花》越开越鲜艳，归侨作家们文学硕果累累。

谢惠蓉

（广东省侨联副主席）

2020年5月28日

目录 CONTENTS

诗词一束

张华云

蝶恋花

祝普宁华侨医院正式营业，时 1991 年元宵。

碧树红花春燕舞。玉宇琼楼，救死扶伤处。化电声光诛二竖。良医妙手挥神斧。　　作客天涯关塞阻。去国怀乡，怅暮云春树。狐正首丘乌反哺。敬将福祉贻乡土。

竹枝词四首

榕　江

榕江侧畔竹猗猗，直上河婆千万枝。
夹岸情歌相答唱，一江流水一江诗。

铁山兰

乌金埋地水环山，啜露餐风倚巨磐。
莫笑敝乡称草县，草中也有铁山兰。

特区鳗场

家在蓬莱碧海旁，香闺小筑四方塘。
盈盈十五春波里，一幅云帆嫁远方。

注：潮州古称瀛洲。海边有蓬洲及莱芜屿，故称蓬莱。养殖场在其地海旁。

观海长廊

晓日熔金出海航，潮平水满拍长廊。
亭台错落绿茵际，坦腹当风容我狂。

题刘启本《油炸豆干图》有序

油炸豆干价廉物美，我潮唯普宁有之，以流沙为最美。豆干用黄豆薯粉石膏制成。热炸之后，皮脆肉嫩，蘸以辣椒韭菜盐水。严冬北风飕飕，寒气刺人，就摊上即炸即食。入口之后，未敢遽吞。几经转动，始能下咽。于是热气上腾，汗微微滋额角。旅外普宁人，不论达官显宦，富商巨贾，回乡后每爱就食于摊上，既大快朵颐，又重温乡梦，不啻张翰之莼羹鲈鱼脍也。刘启本既作此图，遂为小序，并媵四韵。

脆皮嫩肉气腾腾，蘸以香椒热辣蒙。
难遽下咽频转动，待吞落肚汗微生。
宜将温酒三杯下，即把虚荣一笑轻。
美食珍馐随处有，家乡风味最牵情。

作者简介

张华云（1909—1993），普宁人。中山大学历史系毕业。曾于1928—1930年在马来亚任小学教师，中华人民共和国成立后曾任汕头一中校长、汕头市副市长、汕头市人大常委会副主任、广东省政协委员、汕头市政协副主席。曾任汕头政协联谊会副主席、广东中华诗词学会副主席、岭海诗社社长。著有《张华云喜剧集》《筑秋场集》（诗集）。曾被聘为汕头市侨联归侨作家联谊会顾问。

我的朋友山兄

沈思明

　　山兄这个人，是一位平易近人的商场职员，当时在新加坡的同乡，差不多都认识他，说他是个大大咧咧的老好人。

　　"七七"抗战爆发以后，我在颠沛中也来到了新加坡。在这里，我除认识三几个亲戚外，没半个朋友，我感到非常寂寞无聊。我的亲戚理解我的心绪，有一晚，便带我去结识一个人。我们爬上一层楼梯，便看见一座堂皇的厅堂，里面有一个人坐在窗前纳凉。我们走上前去，亲戚向他介绍我是一个新客，以后一切还要请他多指教。那人望向我亲戚，并不看我，露出笑脸，拉开椅子让我们坐。亲戚又向我介绍说"这位是……兄"，什么兄，我没听清，我只点点头。亲戚继续说："……兄的笔名叫山兄，我们也叫他山兄。"

　　"笔名"，这说明主人是会写文章的。因此我向他一看再看：山兄上身穿着一条旧纱线内衣，下面是一条灰包粗布中式裤，肤色是赤的，胡子至少是半个月没刮，这会是写文章的人吗？既会写文章，为什么不注意点礼数，对生客连一杯开水都没有倒？笔名叫山兄，真的是山里人吗？多少岁数？30还是40？靠什么生活？问题一大箩，我只把它们搁在心里。我的亲戚和山兄谈了几句国内的抗日形势之后，顺手在桌面上翻了一下报纸，也就告辞起身。这时山兄只对我说了一句："晚上有空，可来座谈。"

　　在回来的路上，亲戚猜到我刚才可能听不大清楚主人的名字，便补充对我说："山兄是他的笔名，他还有很多笔名，赤脚也是他常用的；他的土名叫半呆，痴呆的呆。我们这里，笔名也叫，土名也照样叫。"

　　我"哦"了一声。心想，既是山兄，又是半呆，难怪相见没什么城里人的客套，我不计较。但我还是向亲戚探问，山兄在这里是干什么的。

　　原来那座堂皇的厅堂，是一个公司的董事会所，山兄就在那里任记账员，家眷在唐山，晚上董事们到"醉花林"去醉，这里就完全是山兄的世界。

亲戚这样一说，我很高兴，我每晚可常到这里来结识结识一些人了。

果然，这里晚上先先后后都有不少朋友到来。那些人大多是编辑、记者、教师，也有店员和学生。人多了，大家东拉西扯，这里成了一个"自由论坛"。山兄很少开口，有时发出一言半语，即使观点不同，大家却很尊重他，不会有人和他辩论。

抗战形势日益紧张，战火已蔓延到华南地区。有些心系家乡的人，会向报社借一个版位，每周出版《乡音》一次，山兄是编辑和撰稿人之一。有一次，几个同仁在激烈辩论一个问题——如果家乡地区危急，老百姓该不该撤出战区，还是留在那里做顺民。有的主张该撤，有的反对，两派辩论不休。山兄对这问题，半言不发。过几天，《乡音》出版了，两派都有文章发表，可仍没有山兄的。我心里想：山兄大概不想得罪人，外面人家称他是老好人，就是这样。

我内心有点不顺畅，我不愿意山兄真的做一名老好人。就在第二天的晚上，我提早到楼上来见山兄。我问他对《乡音》所辩论的问题为什么不表态。他说："这问题是很难解决的，要家乡人撤出，做得到吗？各人各户的衣、食、住要怎样解决？当顺民是不应该，但留在那里也不一定就是顺民。我要维护大家关怀家乡的积极性，我不发言，是想让大家在辩论中自己得到教益。"

经过多次接触，我慢慢发现山兄并不是一个马马虎虎的老好人。说山兄是老好人，只因平时讨论问题，有人喜欢针锋相对，他却更多是沉默寡言。我认为要理解山兄的为人，应从更深层次来判断。

记得过了一些时间，报纸刊登陈嘉庚回国考察归来，定于某天下午在中华总商会公开发表演说，欢迎各界人士到会听演讲的消息。我准时来邀山兄一起参加。山兄二话不说，望了一下壁钟，然后取了一件粗布中式外衣披上，换上一双拖鞋，就要下楼。我望着他那样的穿着，心想这样到外面参加大会，有点不像样。我小心地开口："山兄，你在这里只有中式服装吗？要不要换上一双别的鞋子？"

他听我这一说，好像受到什么刺痛，有点激动地说："我没西装，我习惯穿这些，很爽快，很轻便。我不想取悦于人，何必讨来习俗上的约束——我们走吧！"

我没话说。我理解：他早就不怕人们笑他"山兄"，轻视他是赤脚人，就是有人把他当作半呆傻子，他也不打紧。看来他并不仅仅是为了轻便，他要坚持他乡下人的本色。

第二天晚上，我上楼问他对陈嘉庚的演说有什么感想。

他沉默了很久，然后很简单地回答我："中国的老爷们如果不认真肃清贪官污吏，抗战是没希望的。"这是一个老生常谈的说法。他停了一下，竟反问我："国内的情况，陈嘉庚是说得很清楚的，我们应该做些什么?"他怔怔地望着我，等待我回答。

很惭愧，我还没考虑过这个问题，于是我坦白告诉他。他没说什么，但我想他对这个问题一定是有所想法的。

果然不久，他约了几位写诗的朋友，组织了一个诗社，社员作品经常在报纸上发表。内容主要是痛击贪官污吏的罪恶，鞭挞汉奸卖国贼的丑恶嘴脸，暴露社会的阴暗面和那些装腔作势的伪君子，这些诗作对新加坡社会产生了很大的影响。山兄的诗的语言，还是保持他乡下人的土语，可也引起了不少读者的注意。但他说："我们是小人物，只做清道夫和掩埋队的工作。"

在一个星期天的晚上，我猜想大家休息了一天，晚上可能会早一些时间到山兄的楼上来，所以我也提早来见山兄。

踏进二楼会议厅，不见山兄，却有另一位朋友已先坐在那里了。我问他为什么这样早，他半幽默地对我说："外面有人传说一位大家都清楚的阿爷约山兄去座谈，我觉得有趣，想来了解这出戏是怎样演的。可是我还晤不到山兄，不知是不是给留下共进晚餐……"他的话还没说完，山兄手上拿着浴巾和脏内衣，看来是从浴室洗澡出来。当他走近我们时，朋友对山兄说："外面传说你去见阿爷，晤到吗?"

"他是叫人来约我去座谈，你看我会去吗? 奇怪，座谈就是朋友。既是朋友，就到这里来座谈。"山兄对这有点不愿多谈。

"外面说你是一位老好人，正想得你的好消息。"朋友边笑边望着他说道。

"老好人，这要看对待什么人。你也知道这家伙，是要拉拢你，替他在外面说些好话，希望继续当上那个主席。我会成为那种人格低下的货色吗? ……"

"对呀! 对呀!"朋友连连点头。

这一谈话，使我了解有些人对山兄这位硬骨头是缺乏认识的。其实我也是逐渐理解山兄这个人物的。

有一天，我无意翻到了为了纪念当时的"六六"教师节的一版特刊。里面有一首几十行的方言诗，题目是"为教师节而作"，作者署名桃木。桃木是谁？这笔名颇奇特，引起我想读一读，乘便领受这尊师重教的训诲。没想到诗的开头，是那么简练有劲，20个字，就把老爷们对严肃的教师节所玩弄的骗术揭穿了。我记得是："吃苦耐劳/是实在的生活/尊师重教/是空虚的名词……"

我一口气读完了全诗，我佩服这位桃木先生竟能够在这没亮光的社会里，勇气不小地撕下老爷们虚伪的面纱。

之后我问朋友，桃木是谁？朋友回答我："桃木是山兄的又一笔名。大概因为他经常穿着那一双桃木削成的木屐，又因为他常穿木屐，赤着脚，所以又有一个笔名叫赤脚。"

山兄就是这样一个不虚饰外表、一心一意爱老百姓、爱国家、爱真理的人，他才会有那锐敏的眼光，看到社会生活的实质，才能说出人们还没说或不敢说的话，才能写出动人的作品。

与山兄相识，使我深受教益！

当年新加坡的"政治气候"，经常是风云骤变。殖民统治者常常随便捕人杀人。我在一个假期之后回到新加坡，隔别了半年，我很急去找山兄。想不到这次我见到他时，他的态度和平时大不相同，没有半点笑容，而是有点心事沉重似的。他走近我的身旁对我说：

"政治部通知我，一周内自动离境。"

"他们指你犯什么罪？"这意外的消息，使我颤抖着问。

"谁知道。后天离开就是了。"

我能够帮他点什么？没办法，我只祝他一帆风顺，并希望今后多联系。

我辞别他下楼，去告知另一位朋友。那朋友已比我早先知道。于是我问他一个压在我心里多年的问题：

"山兄是不是地下党员？"

"如果是地下党员，就不是自由出境了。"

原来一位正直的人，在这世界里也是难以容纳的！

祖国解放了，我们虽都在国内工作，但在不同地方，所以几年中，只见过几次面，他依然是穿一套旧中装，着一双拖鞋。那时大家都忙于公务，见面的时间很短暂。只听说解放战争时期，他在香港编过一册潮州方言诗集《老爷歌》，集子里收的都是潮汕抗战时期脍炙人口的作品。

在那艰难的岁月里，我想不到自己竟成为百分之九十五以外的人。他还幸运，依然是国家干部，但他并没有把我在朋友圈子中除名，有机会，尽量争取见面。

只是"文革"一来，彼此的联系断了线，消息渺然。我自己当然是个不可接触的人，但山兄呢？我很忧虑。到了"文革"后期，我对山兄，不只是忧虑，之后得到一个刺痛人心的消息，说山兄因犯不治之症，医治无效逝世了。我感到无限的痛惜！我对山兄一生为人民所做的好事，还是了解得很不够，但那时，我能够做什么？我能够为山兄说句什么？何况以后的时间，我连和海外朋友们通信的机会都没有，究竟海外的很多朋友，对山兄的不幸逝世，知道不知道呢？

大约是 1982 年，我突然接到一封好久不曾接到的外国信件，是新加坡友人寄来的，十多年了，太宝贵了，我迅速拆开一看，信里说："……我们最近才得知山兄十多年前不幸逝世了，大家无限痛惜！在追思山兄的一生和他的为人之后，便补行了一次严肃的追悼大会并出版悼念刊物，参加的人意外的多……因时间关系，来不及通知你。"

我接到这消息，心绪烦乱不堪，也无比激动，山兄不是英雄，也不是权贵，在相距几千里，山兄逝世十多年后，海外朋友们为他补行追悼会、写文章出刊物，这不是国内的例行公事，而是出自朋友们的心意，是海外人的深厚情谊。但山兄在中国，难道没有这种情谊吗？

我长久地、默默地在沉思。

～～～～～～～～～～～～～～～～～～～～～～～～～～～～～

作者简介

沈思明（1912—1996），潮安人。新加坡归侨。曾以光明、夏光、沉思等笔名在新、马写过小说和一些短论。1949 年初回国，一直在文教部门工作。曾被聘为汕头市侨联归侨作家联谊会顾问。

～～～～～～～～～～～～～～～～～～～～～～～～～～～～～

坤西施河忆旧

赵平允

"水中有鱼，田里有稻，在咱们的土地生息，勤劳……"一想起这首泰国风情歌，我就如同坠入梦中，坠进年轻时的坤西施河边上了！

坤西施河又叫塔津河，是湄南河的分流，泰国第二大动脉。河流两岸的大平原，繁荣富庶，是一个鱼米之乡，因盛产坤西施米、坤西施柚而驰名于世。

半个多世纪劳碌在漫长的人生道上，有一段岁月，我是在这河边度过的，那是 20 世纪 30 年代中叶。那时，我还是个年轻的小伙子，却已是飘零有年，眉宇间潜隐着风霜痕印了。我从城市来到这宁静的坤西施河边，在一个小庄镇上的华侨小学校，传播中华文化，同一群纯洁无邪的孩子们一起，真切地填补我心灵深处的空虚。

早操时，满耳荡漾着学生们愉快高唱着的新编校歌："艰难奋斗，培我侨教，塔津河畔，扬我华光……"校园里也时常扬起清脆嘹亮的歌声："我们今天是桃李芬芳，明天是社会的栋梁。"放学后，师生在自己开辟的简陋篮球场上，驰骋角逐，大汗淋漓。

逢假日，师生几人，在河边的大树荫下席地聊天，每当兴致勃发之时，蓦地有人喊一声"等一下，俺来食虾了！"接着扑通一声，人影沉下水去。霎时间，水面上鼓起连珠水泡，一双手擒着两只比拇指还大的大鳌虾闯出水面，随着，一个满身湿漉漉的人上岸来了。紧接着就有三两个不甘示弱的人，也照样来了一番。不是捉虾的本领高强，是这儿的鱼虾太多呵！于是，七手八脚，你呀我呀拾干树枝，点燃起火，那么无牵无挂地美美地剥食着烤虾。现在一想起，就宛如沉浸在童话里了。

在这样的氛围之中，我那浪迹的心情便慢慢地安定下来了。

那时的华侨学校，按规定每天只可授华文一小时。学生人数不多，华文教师仅我一人。两位泰文教师同是华裔，而我在立案名册上则是泰文教师兼授华文课，因之同事之间教学协作极其融洽。学生对中、泰文功课学习并重，成绩为当地主管部门所承认。在那侨教日临风雨飘摇之际，尚可安度。

除了常规的教学生活，我最难忘的是星期天的课外活动。不拘形式和人数，师生们不分年岁，都高高兴兴地自由参加。我们带着饼干杂食，到学生的果园里去，喝着刚从椰树上砍下来的嫩椰的汁，品尝着香甜酥脆的杜果和各种各样的香蕉，那里的香蕉多是熟透了才摘的鲜蕉。别具风味的野餐几乎都是我们的午饭。赴学生家长之约，到近在咫尺的溪涧一起摸蚬，蚬熟了，尽兴品酌私酿的米酒。

最有趣的是在碧波粼粼的河面上泛小舟。这是一种两头尖细、中间宽大、只容一人座位的梭状小木艇。人坐上去刚好两舷临水面，全靠人体来维持平衡，才不致倾斜颠覆。划起桨来，若是顺着水流，速度不亚小电轮。看一叶小舟在水面飞驰，多神气呵！技巧熟练的孩子们，不光是坐着划，还站着划，不光是向前划进，还能站着反转着身，背向后驰。小舟在桨儿的比画下，如履平地。还有再高超的技巧呢，当小舟在小流沉覆时，他们可以若无其事，就在足无踏地的水流中，腾空托起小舟，倒尽了船里的水，平放河上，翻身轻快地跃上小舟，扬长而去。你能猜得到么？这些小学生，为了施展他的绝招，故意把小舟弄沉！

我生长在吞府水滨，当过弄潮儿，对此玩意儿，兴趣自是浓浓的，尤其是这赤日炎炎的热带，更是难得的消暑之道。可惜我的技术还差，比不上我那年轻的学子们。但是，我还是兴致勃勃地参加他们的小梭船队，假日绕河湾，穿溪过涧，这边出，那边进，浏览沿岸风光景色，不花一文钱，多欢乐呵！

那一年中秋，我们师生坐的舢板船，浮泛在月光如水水如天的大河中，一边播放着留声机的乐曲，一边品味着清甘柔润、味纯无核的坤西施柚，还有月饼、绿豆糕……留声机听腻了，有人即兴念起李白的"秋风清，秋月明……"，有人接着唱起《黄河之恋》，接着是《中泰民族是兄弟》《义勇军进行曲》《素攀血》《月光光》，此起彼落，随着各人喜兴，歌声连绵不断。

对着河旷天朗，随着徐来清风，欢乐的话音在河面上飘散而去。我们的游舫，与同岸上人家拜月相映，汇成了坤西施河畔的中秋夜色，直至皓月中天，华族人家才收起了供桌。

学校后面有一道小沟渠，越过杜果园，便是广袤无垠的田野。那时泰国的水稻耕作是单造的。每家农户的种植面积，大多不下 20 莱地（每莱合2.4市亩），收割时，把稻穗连秆割下来，束成大捆，摆放在禾丛上晒干，再搬运到屋外空场上，垒叠成高高的稻捆堆。在冬至到春节这段时间的晴日，就是踩谷的农忙时节，农家都会自动轮流互助相帮，今晚这家，明晚那家，通宵达旦地工作。这种脱谷粒的合力劳动，在泰国农村另有一番景色和情趣。

参差高悬的大汽灯，与天上的月色相争辉，广埕上赶着众多的硕壮大水牛，或前或后循序地在铺满稻穗的地面上踩踏而过。谷粒脱出就抽出稻草，搬上去新的稻穗秆。人和水牛分班轮番更替，欢声喧闹，好像整个世界只有欢悦。踩粟之夜，就是整个村庄最有生气之夜。不仅谷场上热闹，还有不少人接连不断地运来稻捆，摇动风柜，扬去空粒和杂梗，搬谷入仓，直到完成最后一道工序。

当地农户，都毫无隔阂地投进踩粟的洪炉。青年男女边劳动边说说笑笑，倒也不知疲倦。中间休息了，就在婆娑的树影下用点心。在这劳动和休息之间，不少人藏躲在暗角里悄悄地谈情说爱。

像这样大型的丰收盛会，我们师生也去参加，同他们一起劳动，联络感情。虽然我们不是强劳动力，可他们是多么热情地欢迎我们呵！

每当想起50多年前的往事，想起50多年前的坤西施河畔，我仿佛就年轻了许多。只是当年的同事和记得住的几位学子，却已于前数年先后离开人世了！抚今追昔，能不慨然！

真正是"人间正道是沧桑""不废江河万古流"。信而有征也！

作者简介

赵平允（1915—?），出生于泰国，籍贯潮阳。20世纪30年代中期起，在泰国从事侨教，后转业中医。业余写作。曾用金石翁、以之、史帛等笔名在《光明周刊》《倚青会刊》《教育道讯》发表文艺作品和医药小品。1950年举家归国，先后在省侨中、市红十字诊所、市卫校等单位任职。晚年致力探索中医自然疗法。

故人旧事二题

卢　煤

　　最近，读完陈春陆、陈小民编著的《泰国华文文学初探》（广东新世纪出版社1990年版）一书，想起了一些事，记了下来，或可对后人研究20世纪40年代后半期泰华文学史提供一点资料。

◎新唐作家反对"此时此地"吗？

　　《泰国华文文学初探》一书，在探索"二战"后泰华文坛"复苏"的题目下，对一大批新唐作家涌入泰国，与老唐作家一起，致力于泰华文坛所下的两个论点，除"这些由祖国来的文化人，他们也为泰华文坛播下种子，但他们还不甚熟悉当地情况和风俗，所写的作品，和读者有一定距离"是真实情况外，对其整个20世纪40年代后半期的工作概括，却是缺乏依据，使人难于接受的。他的结论是："'此时此地'与'面向祖国'的文化论战……新唐作家强调，泰华文艺的写作路线，应该'面向祖国'，他们认为，南洋文艺只是中国文艺运动的一支细流；老唐作家则坚持'此时此地，文艺作品应该反映现实生活面。两方面的论调，形成水火，几乎到了无法相容的地步……'。"仿佛当年的新唐作家不主张反映现实生活，在泰华文坛不是增强和促进复苏，而是相反，起捣乱和闹宗派搞分裂的反作用。

　　众所周知，20世纪40年代泰国还没有华人这个称谓，仍叫华侨（1954年周总理出席亚非会议，处理完华侨双重国籍问题之后，多数华人已选择了当地国籍，不再是侨民，而是所在国的华族。本文就是根据这个不同时代来谈问题），华侨自然也就有祖国。因而泰华文艺的"面向"与"此时"根本就不是矛盾对立的。世界上也从未有过以时间和地域作为判断文学作品优劣的界说。何况不少新唐文艺工作者踏上暹罗国土，就思想明确地以现实主义的写作路线，提出努力"表现南洋""文艺作品要有地方性"，也就是后来的所谓"此时此地"。我手头存有一些旧资料，在1946年12月曼谷出版的新四号《光明》文艺半月刊（总54号）开页第一篇：《献给1947年暹华文艺界关于文艺工作诸问题》的座谈纪录上很清楚地得到印证。参加座谈会者除张锋是老唐作家，其余6人全是新唐作家，即林紫、陈迅之、周艾黎、林坚文、《真话报》主编卓扬、《光明》杂志主编卢煤。座谈内容主要有两个方面：一是号召新唐作者深入新的生活，表现南洋（也即此时此地）；一是与会者以本人的体会，交流讨论如何有效地与当地作者搞好协作，反映好现实生活。

我喜写文艺笔谈，也比较留意文坛动向，可想不起当年有过"形成水火""无法相容"的两个口号的论战。再看1948年5月周艾黎整理的《五四文艺座谈纪录》（《曼谷商报·花朝》），在其第二部分"面向祖国及此时此地论争的总结"中，就有这样的评说："究竟孰是孰非呢？照论争的双方来看，说'此时此地'的并没有反对'面向祖国'，而说'面向祖国'的朋友也没有怎样反对'此时此地'，只不过没有把问题讲得清楚而已。"根本就没有像《泰国华文文学初探》一书中说的"形成水火""无法相容"的那种地步，更不能以此来概括当年泰华文坛复苏的实际。而当年在强调"此时此地"的一些文章中，却有不少观点是需要及时纠正的。查剪报，我在1948年1月写的一篇笔谈中就谈及，"偶然在黄色的报纸上看到了谈'此时此地'这个问题，是对新唐作家加以轻蔑。他说：'过去在几个月前，曾经有提倡着此时此地的文章，而批评新唐作家只会写一些过去在祖国所遭遇的生活背景成题材的文章，全不顾及当地读者的口味。'"我对当年这类庸俗、低级的小报所谓的"此时此地"的态度，正如笔谈中所说："说此时此地能迎合当地读者的心理和要求，但要提防，单纯以迎合读者的心理，而不分青红皂白地要以腐化的市民为主要对象，不以劳苦大众为对象，那是取消自己的立场，迁就或降低为低级趣味者（也可能是落后或反动的）服务，那么，这种文艺和这种文艺家是无耻的，将为人们所唾弃的。"

新唐作家初来乍到，不熟悉当地情况，还不甚了解泰华生活，这本是无可厚非的。但不能说不熟悉或未熟悉，就等于反对"此时此地"，反对现实主义创作路线。老唐作家熟悉当地生活，新唐作家也是在努力熟悉，并努力拿出作品来。虽未能算是成熟的作品，但应该说他们是在努力克服自身的弱点，逐步完善自我。至于初来乍到的新唐作家，凭着民主、和平的爱国主义热情，为侨胞介绍祖国人民斗争的作品，也是有其现实意义的，也是与祖国隔绝了那么多年的侨胞所关心和乐于阅读的（不然的话，各报的老唐编辑是不会愿意发表素未谋面、又"和读者有一定距离"的新唐作家的作品）。我从未见过有新唐作家反对过反映泰华现实的文学作品的事情。

20 世纪 40 年代后半期，逐步深入泰华社会的新唐作者的作品，就为许多是老唐主编的报刊所乐于采用，新唐作家的作品几乎包揽了《全民》《中原》《曼谷商报》《华侨》四大华报的文艺副刊以至《光华报》副刊部分的版面。从张海鸥已结集出版的《曼谷天空下》《盐卤里的人》中，在泰国写的大部分作品，或是蔡烨的小说（收入《南洋短篇小说集》的《寨众妈与甘草伯》）这些有据可查的材料，就是反映"此时此地"的佐证。我于抵泰第二年从事华教之后，就与其他文友一样，努力反映当地现实，还曾在《中原报》以"山居偶笔"为系列名称连续写了十多篇散文。此外，众多有成就的新唐作家发表的大量作品，以其时其地的现实在作家笔下的反映，难道不是"此时此地"的产物，而仍属于"面向祖国"的作品么？这又将如何解释呢？

说句客观的话，当年的泰国华文是刚刚解冻，禁锢了多年的华文作家可以说也是处在刚解放的状态，思想、眼光和把握文学的武器还有一些局限，在大批新唐作家作品的冲击下，相形之下发表园地是比较狭小了，新唐作家理解到这一点，也就不与小报争短长。所以我认为，泰华文坛并不曾真正有两个口号之争。拆白说一句，死抱"此时此地"的，实质是有些人以这个为幌子，来反对或排斥文学内容的健康严肃罢了。1948 年底，我倒是看到了坚持这个口号者的检讨。我在 1949 年的《中原报·元旦特刊》以笔名张海写的《暹华文坛向何处去》的专文中，就有这么一段小结：

> 后来有一些人……硬把"此时此地"和"面向祖国"分开来，经过论争之后，才承认"我们过去的错误，是过分强调了小市民，以为已然华侨社会是商业社会，那么文艺就应该为小市民（特别是商人）服务"，同时承认：从现实主义出发，"此时此地"的思想，正是与祖国的解放斗争的思想相连贯和合拍的……这有什么可割裂的地方呢！真是庸人自扰！

我抄摘下这些，只想校正《泰国华文文学初探》一书的两个口号之争的观点。假如作者稍微正视史实，不仅不至于如法炮制马来文坛的实际，同时还会看到 20 世纪 40 年代过后，泰华文学走上康庄大道，是不至于勾销当年大批新唐作家从国内带去，并在那里力行的新现实主义的文艺观的作用和影响的。

◎马家郎和他的《无花的玫瑰》

在泰国，办华文刊物不容易，办严肃的、倾向性较强的定期刊物更不容易。销数不多，几乎要期期亏本。可是出生于泰国，祖籍广州的马家郎，凭着一间三几个工人的联友泰印刷公司，却于抗战胜利的第二个月，办起了一个综合性的 16 开本的《光明周刊》，独资坚持了 4 个年头之久，是当年华文小报、刊物望尘莫及的。单从艰苦办华文刊物的毅力，在泰华文史上是应该大大书写上一笔的。

马家郎热爱侨居国，热爱祖国，更热爱华侨社会。他自任《光明周刊》社长，喜爱文学，写得一手当年泰华难匹的杂文，从创刊之日起，就以胡笳为笔名撰写鲁迅式的杂文《无花的玫瑰》。

我于 1946 年 7 月到泰国，9 月间，即在我参加曼谷文艺界纪念鲁迅逝世 10 周年活动的第二天，马家郎就根据我投稿时稿末注明的住址，叫人到纲銮邀请我这个陌生的新唐去会面，让我接替准备归国的孙慕萍的主编工作。他敢这样交付重任于我，除了知道我刚从香港《华商报》来的之外，只是几篇被刊用的文稿。可见他那不慕名堂讲求实际的为人。初识马家郎，便给我留下深刻的印象，特别是他既信任就放手让你干，让你发挥能量，把刊物办出个局面来的胆识。记得我在着手主编工作时，他只郑重地提及一件事，就是《光明周刊》要重视培养泰华作者的工作，希望改为文艺半月刊后，能保留原来的《萤火》栏目，并经常为这些习作者写辅导文字。除此，在我编的 4 期文艺半月刊的整个过程中，他从不干预编务，甚至连每期必写的杂文也不塞给我一篇。这些特点，在我几十年的文学生活中是很难遇到的。

他的杂文，在当年影响很大。我 1947 年为他的《无花的玫瑰》结集出版在《全民报》发表评论文章《暹华文艺的一件大事》中，就谈到这一点：胡箾的杂文在读者的心中，"比其他文艺形式的作品所受的欢迎更深，读者给《光明周刊》的来信，多半是关心《无花的玫瑰》。因为它敢于面对现实，每节二三百字就把与华侨有关的种种问题以及虚伪丑恶者的嘴脸，戳穿在读者面前"。因手头资料有限，仅抄下1946年他揭穿国民党反动派对待陈嘉庚前捧后骂的根本原因何在的一节：

> 抗战期间陈嘉庚先生回国的时候，全国党官政要忙个不了，特地设了盛大的筵席为华侨领袖洗尘，近来不知怎的，突然又说"陈嘉庚不能代表华侨"了，"不是华侨领袖"了，甚至他"强奸民意"了！听了这些话，实在令人不胜沧桑之感！
>
> 说老实话，陈嘉庚倒没有"强奸"人民，党官想要"强奸"陈嘉庚却是真的，图奸不遂反口诬人也是真的。过处就是他不入国民党，攻击汪精卫卖国，攻击陈仪贪污，称赞延安民主，这一切一切都是他"不是华侨领袖"的原因。
>
> "作华侨领袖实在不易，除了要有本领作汉奸以外，还要能俯首帖耳作奴才，还要麻木不仁说臭为香，指黑为白！难，难于上青天！

像这样一个致力于泰华文化事业的磊落的作家，没料到后来竟至离开京华，流落山巴（乌汶），死时是那么的凄寂。这消息是几年前，偶然在朋友处看到《曼谷故事》（白茶著）一书得知的。白茶在这篇短文中说："在佛寺做功德的时候，真是凄凉透顶，前往致祭的人很少，场面冷落，只有萧兄和流泉！"

想起白茶这一笔淡淡的描述，我忍不住地要为当年叱咤风云的泰华文化人的身世放声一哭。同时，也深深地对此刻——深更半夜摇着笔杆的泰华华文作家，遥致崇高的敬意！

作者简介

卢眉（1918—2000），出生于普宁。前期在海内外教过十年书，后期从事文化艺术工作。曾编过韩江纵队队刊《军中文艺》。抗战胜利后到香港，先后在《正报》《明朗周刊》《华商报》工作。1946年7月到泰国，是年冬在曼谷主编《光明》文艺半月刊（《光明周刊》改版）。1949 年秋归国。1984 年在广东潮剧院离休。半个多世纪来，先后用田非、辛苗、辛可、辛芷、殷拓、卢之、绿燕、高湜、方皇、牧之南、林予等笔名发表文学作品。中国戏剧家协会广东分会、《华商报》史学会会员。曾任汕头市侨联归侨作家联谊会理事。

湄南吟草

林 风

游越母匹佛寺①

黑体佛陀劫后身，风摧雨剥见精神；
梵宇重光巍峨貌，留将本色励后人。

注：①越母匹佛寺位于泰国大城府，系大城王朝（阿瑜提耶）王宫佛寺。1767 年缅军攻陷大城，寺被焚毁，唯巨佛塑像尚存，但金身尽脱，遍体黝黑，200 多年伴同颓垣残柱，在露天任由风摧雨剥，屹然无恙。后来泰国政府发展旅游事业，佛寺进行重修，以现代技术，建筑规模大大超于前代，整座金碧辉煌，但佛体保留本色，全不妆金，成为泰国少有的一尊黑色大佛。据导游云，盖寓有提醒国人莫忘外敌侵凌、国家破灭之痛，以此激励后人也。

越岱怀古①

一榻御床认前朝，英雄王业黯然销；
墓塔斜阳湄河浪，风流淘尽去迢迢。

注：①越岱是座佛寺的名称，位于曼谷湄南河对岸吞武里的哒叻蒲地方，濒临湄南河一条小支流纲銮港。佛寺已相当古旧，规模也不大，没有什么名气。不过却有一点值得一提，吞武里王朝的开基者拍昭达信大帝（华侨称为郑王）的骨灰塔就是建在这个不显眼的佛寺里，有两座二丈多高的白色骨灰塔摆在一间佛堂门前的两旁，其中一座就葬郑王骨灰，与一般佛寺的骨灰塔无大异。寺中还留存有一些郑王遗物，最引人注意的就是一架木制眠床，据说是当年郑王的卧床，十分简朴，与普通民间卧床没有

什么太大差别。究之原因是否因当年战乱之后，王业初创，物质条件缺乏，虽帝王之家也不崇尚繁华。不过这也只是我们的忖度而已。

游挽芭茵行宫[1]

行宫寂寂日影斜，苑固有情思年华。

殿宇榭台各擅格，游人遐想帝王家。

注：[1] 挽芭茵行宫在大城之南，位于曼谷北面数十公里处，是拉玛王朝历代君主的行宫。在君主专制时代，这里是禁地，平民是不容易进入的。20世纪30年代泰国成为君主立宪制国家以后，行宫也对人民开放。一隔数十年，笔者重临其地，觉得变化并不大，甚至觉得已有点古旧寥落，不过也可能因那天游人稀少而产生此种感觉。这座行宫有一个特点，即集欧洲的古典建筑和中国式的宫殿建筑（说是庙宇可能更恰切）以及泰国本身的古典宫廷建筑于一个大园庭之中，各擅一格，也属奇观，但也不免使游者想起当年帝王之家的繁华气派。

参观行宫"佛寺教堂"感趣[1]

王子当年发奇愿，教堂一座奉如来。

耶佛二宗成表里，莫非喻世应和谐？

注：[1] 挽芭茵行宫西南面隔湄南河内河右侧有一小岛，也属行宫范围，现有过河吊车可通，不用摆渡。小岛上有一座颇具规模的精致建筑物，看外表完全是一座欧式的天主教堂，但里面供奉的却是三宝如来，并设有拉玛五世王御像座。堂内虽然供奉佛陀，但装饰设计也完全是天主教堂之风，金碧辉煌。这不免使游者觉得怪奇。问明来由，原来说是19世纪末拉玛五世王有一王子在欧洲留学，学的是建筑，回来之后发愿要建一座佛寺（这是泰国人最高尚的报恩宏愿），供奉佛祖和报答皇恩。但佛寺的格局却偏要建成教堂形式，这就出现了这么一座外表是耶稣基督教堂、内里却是佛陀三宝寺院的奇异建筑物。用意何在，那就只好让人们去猜想了。笔者后来又听说，这座特殊佛寺是泰王为纪念他的一位在此间河道淹死的妃子而命王子设计建造的。何说属是，乏考。

读克立亲王名著《四朝代》①

白头宫女历沧桑，世纪狂飙诉不完。
凭君一支生花笔，历史画卷出毫端。

注：①泰国前总理克立·巴莫亲王，是泰国当代一位知名的政治家，同时也是一位著名的文学家。他的代表作《四朝代》是泰国当代一部脍炙人口的文艺作品。作品以一个本是拉玛五世王时代的宫女，后来成为贵介夫人的上层社会妇女的一生经历为主线，通过一个封建家族的盛衰故事，反映曼谷王朝从五世王中期到八世王末期（1882—1946）半个多世纪泰国社会发生的重大而痛苦的变革，从而揭示封建制度衰亡的进程和年青一代在风云变幻的年代里分化的必然性。作品可以说是展现泰国近、现代社会的一幅历史图卷，表现手法细腻，可读性颇强。

俎豆神香①

祠堂庙宇遍王京，俎豆神香寄片诚。
缘何时代能合拍，文化认同说难清。

注：①曼谷的华侨华人建有很多宗祠、庙宇，俎豆、神香经年不断，近30多年，此风更盛。神权、族权与现代资本社会为什么能够合拍？颇耐人寻味。盖论者所谓"在一个急遽变化的时代，必然会出现文化认同危机，因而产生'回潮'现象"，此理确否？真是一时也说不清。

白头欢聚①

白头欢聚小酒家，宛似田夫话桑麻。
天意怜幽人爱晚，春深老树能著花。②

注：①20世纪20至40年代活跃于泰华文化新闻界的十几位文化人，虽然都垂垂老矣，但他们能自乐其乐，约期聚会于曼谷闹市的一间小酒肆，谈诗论文，讲古说今，倒也别有一番情趣。人老了多会缅怀过去，这些白头翁当然也不例外，不过也不完全是从消极出发，所谓"老当益壮，

宁移白首之心",当也有人在焉!

②第三、四句借用古人李义山、顾亭林诗意。

参观同乡人现代化工厂①

自古经营学陶朱,而今信息时代殊。

电脑指挥生产线,奋蹄骏马不踌躇。

注:①昔日华侨如果经营有成,发家致富,就会被誉为"长袖善舞""懋迁有术",那已是了不起的事了。如今时代不同了,社会经济结构大异往昔,华侨华人创业经营,大大超越前人,参观同乡人所开办的现代化工厂,颇有所感,获益良多。

作者简介

林风(1919—2001),籍贯澄海,泰国归侨。回国前在海外从事新闻工作;1953年回国后做过教师、编辑、编剧和县、市、省人民代表,1986年离休。离休前任澄海县人大常委会副主任。

故国情

黄大炎

踏上老年，就有一种往事如烟的感觉。可是我对黄飞先生的印象，却越来越鲜明起来；甚至时常要反问自己：他怎么会有这么浓重的情谊呢？

那已是 40 多年前的事了。那时我初到曼谷，随几位朋友一同到泰南山芭小学教书。我们都是 20 多岁的青年，课余都喜欢和同学们一起活动，就是身为校长的三明兄，也在繁重的校务工作之余参加打乒乓球，广交校友。其中就有一位青年黄飞，几乎无日不到乒乓桌前。

年纪还不足 20 岁的黄飞，对我们这 4 位漂洋过海的教师非常热情，就像亲兄弟一样关心我们，先是关切我们能不能适应热带的异国生活，进而询问起祖国人民的生活情况，与我们结下了深厚的友情。

在他的带动下，当地不少青年也经常来学校，与我们交上了朋友，他的妹妹也和几位六年级的女同学，经常到三明兄的住家，与谢大姐谈心谈学习。她们这些爱读书、求进取的学生，在三明兄夫妇的启发、教育、影响之下，于 1948 年冬先后回国升学，又相继投进祖国的革命洪流中。

记得有一天，三明兄悄悄对我说："这里有人私下说我们这几位教师，都是在祖国参加过抗日游击队的。"接着又说："我们这次来异国教书，一定要把书教好，更重要的是要团结好当地青年，激发他们的爱国心，关心祖国的繁荣强盛。"三明兄向来长于做群众工作，每个星期天，常做家访和校董座谈，启发他们团结侨胞，办好侨校。由于他一心用在侨教上，工作认真负责，作风踏实，又善于团结人，经过一年多的时间，这间刚办不久的侨校就一切走上正轨，学生学习情绪高涨，进步很快，什么风言风语自然也就平息了，深得当地青年和校董们的信任和赞许。

黄飞是个具有中华民族优良品德的华裔青年，对父母很孝顺，他告诉我们说，只因双亲身体不好，商务又忙，他是长子就不能不帮着挑起担子。常叹息不能回国学习，深以为憾，却积极鼓励支持其胞妹回来。

我们4人也于中华人民共和国成立之前回到了祖国。

打倒"四人帮",举国欢腾,海外侨胞也同样享受了这个欢悦。没料到一别30年的黄飞先生,于1977年国庆,组织侨胞回国观光。当他们从北京来汕头市之前,我特地拍了电报找到三明兄,并请他立即约请当年在小学任教的老师,到汕头市华侨旅行社相会。

相识时间短,相别几十年,才一见面,黄先生就欢呼鼓掌,热情地把我们逐个介绍给他的同行。那天晚上,特为我们点了特具风味的家乡酒菜。自此之后,每年国庆,他都组织侨胞回国观光,每回都约请我们来到旅行社聚会。记得有一次,我因公出差广州,不能赴约,他引为遗憾。从此,他就提早通知预约,不让再有一位老师缺席。他的这份深情,是多么珍贵啊!

1983年,我们意外得到黄先生车祸身亡的消息,心情十分沉痛,三明兄虽然发出唁函,却永远无法抹去对他的思念之情。由于黄飞先生生前的几次亲密行为,使我们同泰南这一商埠的其他华人也结下了真挚感情。

到了1988年1月,三明兄不幸病逝,讣告送到泰南,该埠华侨商会立即派员专程来汕,向三明兄的遗体告别。追悼会上,当我在众多花圈中看到一个以当年小学校友会名义敬献的大花圈时,感触良深,禁不住眼泪盈眶。

这泪,这情,永远不会往事如烟,因为它是人间最纯洁、最珍贵、最崇高的真情。是友情,也是故国情!

作者简介

黄大炎(1920—2001),笔名蓝军,出生于普宁。1946年至1948年曾在泰国、柬埔寨等地华侨学校教书。在泰国《中原报》、柬埔寨《现实日报》、中国香港《正报》等报刊发表新诗、散文。回国后因转行停笔,1984年离休后重新写作。

旧梦寻踪

洪　耀

童心花放

苏门答腊好风光，避乱寻稳涉重洋。

六岁童真少父爱，娘儿一载去来忙。

1928 年，我刚满 6 周岁，为避世乱（八一起义军从普宁流沙撤退后，白军大剿苏区），三叔父带领三婶、母亲以及我们小兄弟两人过洋去苏门答腊。

我们在汕头乘搭金马轮到达棉兰，下船后乘车到先达埠，在三叔的商店住了几天，由父亲接领，坐了火车，转乘马车，在夜里到达一个名叫新板地甲的小镇。从此，我们母子三人，就稀里糊涂地在那里生活了 11 个多月。

在新板地甲，我对生活的一切总觉得是那样的新鲜、奇异。母亲善于针黹活计，为人家做纽扣、缝纽扣，赚取一点工钱。我每天早晚帮母亲到裁缝店取送衣裤，常穿走于椰林、果圃之间，觉得风光旖旎、景色迷人，好像是全新的天地。看到水牛拉车，也觉新颖有趣（家乡只有牛犁田）。有时到果树下拾取果子，突然被绑在树下的猴子猛袭过来，就会被吓得六神无主。在人家屋后的荒园里，拾到一个旧皮球或废弃的小玩具，就会欣喜若狂，好像得到了什么宝贝似的。

母亲和我们小兄弟两人的生活，过得勤俭简朴。一只大猪蹄，加了酱油和一点红糖，焖熟了，就能吃上好些日子。母亲既勤劳，又诚实待人，凡是邻居，不管男女，都能谈得来。有一个叫南径姆的，年老腰弯，善良纯朴，整天在市场卖青菜，经常给我家送菜；有一个叫湘叔的，为人厚道老实，听说是邻乡人，大概是捕鱼的，经常给我家送杂鱼。因此，我们这个生活在异国的小家庭，很快就习惯了，倒真觉得生活在世外桃源，无忧无虑似的。

小小年纪，也有不愉悦惬意的时候：两小兄弟最怕天蒙蒙亮被强拉起来"冲凉"，差不多每天早晨，冲一次凉就要大哭一场。父亲先教我认识几个"人、手、足、刀、尺"之类的简单的字和几个数字，然后又强要我依样转教弟弟。每当弟弟学不懂，不耐烦了，我不知何来天生妒恨，偷偷把弟弟捏了一下，"哇"一声，弟弟大哭了，结果我受到的惩罚要比弟弟受的惩罚惨得多。

好景不长，"日里窟，会得入，不会得出"。我和母亲的小家庭却违背了这条"法规"，仅仅是11个多月，由于父亲假行孝道，说家乡平静了，硬是强迫带领我们母子离开"天国"，回归普宁老家来，说是孝敬公公婆婆。

父亲在老家滞留不到一月，三弟尚未出世，他重返印度尼西亚，后来另娶妻室，从此就不管我们母子的死活了。

母亲屈于封建礼教的压制和父亲夫权主义的横暴，无奈何带我们乖乖回国。未到30岁的少妇，自此恪守妇道，孝敬公婆，苦心孤诣，只望抚育3个儿子长大成人。

母亲生性善良，慈祥温顺，历尽苦辛，最为祖父母所怜惜；睦邻善处，诚挚待人，最为亲朋好友所称道。她终生得不到父亲的关怀、爱护、支助，却从来没有一句怨言。她是1989年农历八月九日、享年89岁仙逝的。我的小女儿说："奶奶寿享高龄，三个89，是人世间大善人。"

1991年，我为母亲两周年祭填了一首《长相思》：

前年愁，今年愁，爱母长年无尽头，苍天恨不留！
山悠悠，水悠悠，冷月松岗泪暗流，思娘无日休。

泰国行脚

借钱买棹过暹罗，椰雨蕉风花果多。
北浪清光怀故国，惹拉恋栈又奔波。

我因在某校与校长志趣不合，加上母亲长年辛劳患病，乏钱医治，征得老友的同意，借了船租路费（留小部分给母亲治病），毅然离开家乡，再涉重洋，投奔泰国谋生。

这次乘搭的船叫万福士，听说和金马轮是兄弟船，长期穿走于南洋群岛诸港口。

我在汕头上船后过了一夜，第二天就到了香港，停泊了两小时。谢汉光也在这里上了船，真是一见如故。

谢汉光曾在揭阳钱坑工作，1945年策应河山部起义，参加了广东人民抗日游击队韩江纵队，日军投降后他"南撤"到香港。那时，我和陈秉天在钱坑教书，虽与谢汉光素未谋面，却久闻其名。我们志同道合，在船上谈了7天7夜，毫无芥蒂。他带了不少香港出版的进步书报，对国内时局的评说也有真知灼见。

到了泰国首都曼谷，谢汉光说要到彭世洛教书，我则乘火车直达西势合艾，从此就不再联系了。后来各自回国，听说他处境不妙，早已惨死。我也多灾多难，无心探问，天地悠悠，人海茫茫，此是后话，不提也罢。

我到了合艾，寄居亲友处一个多月，对暹罗的人情风俗，初步有了认识。和家乡朋友通信，先介绍的是自己以前未经历、未看过的奇闻逸事，如暹罗的大都小镇，佛塔佛寺最多，满街穿袈裟的和尚到处化缘穿走。半夜听狗叫，长声直喉，令人颤惊。

◎北浪清光怀故国

1946年8月，我在合艾乘火车到了洛坤，又坐马车到靠海的港口，然后，转乘电船到北汶浪。在船上，一个穿西装皮鞋的老板从我手上借去一张《民声报》，一看，说是"红色"的，立时把报纸攥成一团。我气愤异常，想要发作，又恐新唐无人应援，只好强忍下去。

上岸不久，我很快找到了中华烟酒二公司（一公司在洛坤）的老板——堂兄洪崇业。他安排我当"心贤"——记账员，月薪不足泰币200铢，欲汇款供养母亲和家人，简直是做梦。想要教书，自己则不大懂普通话，便下决心买一本四角号码小字典，整日查声韵，学拼音，又到了培新小学读夜校，目的是通过听课学普通话。

在培新小学，我结识了校长黄明凯，他是揭阳人，眉清目秀，举止温存文雅，普通话发音纯正准确，我拜他做老师。他说我有小才气，文章写得不坏，能帮学校编壁报。他介绍我参加曼谷教育协会，说吴刚是教协负责人，能帮人找教职。又说丘及的声誉很高，能领导和指挥几万名工人的行动。黄校长的卧室挂有丘及的诗画条幅，清净幽雅，自是读书人的本色。很抱憾，上述两人我都未谋面，由于黄校长的着意介绍，因此，印象特别深刻。

在北汶浪，我又认识了一名教师，名叫黄光爱，同是普宁人，已有妻小，由堂兄洪崇业介绍，在中华小学任教导。中华小学有位莫校长，是海南人，为人处事很不厚道，劣迹被黄光爱写文章揭露，化名登在《全民报》副刊上。一时间，北汶浪满城风雨，都说文章是洪崇业的弟弟写的，有眼有鼻有嘴，说什么草稿在我的写字桌里被搜查到了。不久，黄光爱站不住脚，我向公司支借了几百铢钱，帮他乘船回曼谷，另谋生计。

北汶浪是个海岛，海鲜甚是丰富，但地势很低，没有淡水井，商家民户，食用都是雨漏水，家家户户的后尾，都用钢筋水泥营建着积蓄雨水的大水池。久旱不雨，好多人家都要向大商户买雨水食用。北汶浪又是个小平原，没有山，林木荫翳，花果繁多。我常于晚餐过后，与二三好友，漫步于海滨码头。大河两岸，星火辉煌，映在水里，火光接天，加上清风明月，波光粼粼，特别感到皓洁凉爽。斯时也，去国怀乡，使人增添不少怅惘和思亲怀故的情愫。

好不容易到了年底，结了账，应朋友之约，到惹拉去干下九流的小生意。

离开北汶浪前，堂兄洪崇业要我跟他到东势罗勇仍当他的心贤，我就只好敬谢不敏了。在中华烟酒二公司工作，我确实和他合不来。我每天读的是进步报纸，话不投机，他亦不大高兴，可又无奈我何。抗战初期，他回到家乡，知道我和堂弟洪盛兰积极宣传抗日救国，还出钱帮我们办过夜校。大革命时，他也当过先进人物。后来，却一反初衷，不同情我们了，事情就是如此多变，但亦不难理解：沧海桑田，世事多变，人心不古呵！

◎惹拉恋栈又奔波

1948 年，我和亲友到惹拉埠合伙做小生意，推青果车，卖的是杧果、菠萝、香蕉、木瓜、柑橘等杂果，还有其他妇幼食物。

从此，生活比在北汶浪当记账员自由多了。自己当总铺，又推车，又记账，又上哒叻买菜下厨房，真是身兼百职，自得其乐。

我给我们的合伙生意店铺定名叫南蕉公司。几个伙伴都是南蕉的小老板，以公司的名义充当南侨小学的董事，每月认捐暹币100铢。

南蕉公司订了很多份报纸，有些是叫朋友认账出钱的。闲时，大家聚会看报，纵谈天下大事。我们订的报纸有马来亚的《南侨日报》《民声报》，泰国出版的《全民报》《真话报》《曼谷商报》。应该说，大家出钱，我享用却最多，郭沫若的《洪波曲》在《南侨日报》连载，我每篇必读。

这里山青林密，水果品种繁多，榴梿浑身是刺，红毛丹像个小毛球，香蕉、杜果、菠萝、木瓜果芳四溢。有时带一个特好的榴梿漫游郊外，口啖果香，眼观山城秀色，着实舒心写意。

1948年春节，人们因吃多了大鱼大肉而感到油腻，就特别想吃酸涩的口味以调和，所以这几天的生意最好做，每日可赚比平时多几倍的钱。这个时候，又是三保公最显圣的日子，人们闲了，就特别孝敬神明，善男信女跑了几十里路，到山洞里求神拜佛。我们为了赚钱，也把生意做到三保太监的山洞旁去。

这里沿着公路直达接近马来亚的勿洞埠。三保洞位于惹拉至勿洞的中间，是荒山野岭，林木不多，山洞深邃，有几块大石头顶着，是一个自然大洞穴。但所谓三保洞却没有三保公的神像，也没有香炉，只见香烟缭绕，烛火通红，直把洞里照得昏蒙蒙罢了。

来拜神的多是华人，目的无非是祈求生意兴旺，儿孙满堂，合境平安。自然，我们却是来做生意，又兼看热闹、凑热闹的。

惹拉是一个秀丽的、值得留恋的新兴城镇，周围有山，交通也便利，环境幽美，靠东有公路直通北大年海港，往西可到勿洞。向南沿铁路直到哥洛，过一条大河就是马来地界了。

在惹拉做小贩，我最怕遇到熟人。人家西装革履，我却背心短裤赤脚，身份不同，握起手来，寒一阵，热一阵，怪难受的。人家大方阔气，我却穷极无聊。天分前定，又有何可怨尤呢？

在惹拉，我最害怕的是狗。有一个早晨，天蒙蒙亮，我起身到操场练身跑步。突然，一狗吠人，众狗吠声，大概有七八只狗，都向我奔来，张牙舞爪，对我形成包围圈。这时我手无寸铁，仓皇乏计，以为会被一群恶狗活活咬死。在慌急中我脱下长袖恤衫，当作武器，猫着腰，向群狗猛甩过去，趁着有些狗退走几步，我猛冲出去，退到一堵墙脚，已无后顾之忧了，用恤衫向前后左右猛甩，足足坚持了十分钟，直到太阳出来了，它们才陆续散走，我却是"人窘马乏"了。

为报恶狗袭击之仇，第二天一早，我带了一支竹槌到操场藏好，故意跑步作声，一时间，群狗果然又奔来挑战，我在沟坎拿起竹槌，狠冲猛打，直打到它们七零八落，逃命为止。我虽胜利，但以后也不敢太早出来做操跑步了。

在惹拉，我生过几次病，为了安静疗养，曾乘火车到哥洛，在朋友家住了十天半月，有时漫游到大河的铁桥去，但却不敢越雷池一步，因为过了铁桥，就是另一个国度了。

在惹拉，我又认识了一个会写文章的朋友，名叫郑钟礼，是潮阳沙陇人，他是《全民报》驻北汶浪特约通讯员，发表过多篇文章，在北汶浪，我却和他缘悭一面。当我快要回国的时候，他才到惹拉寻亲访友，和我谈得很投契。我走了，介绍他入伙南蕉公司，以后情况如何，我就不得而知了。后来，听说他也回国了，被安排在汕头外马路第四小学当教员。1954年4、5月间，我曾到汕头市看他。自此以后，在那风风雨雨的岁月里，我自身难保，自然也把他忘却。人情冷落，又有谁可埋怨谁的呢？听说他也不在人世了。

1948年末，我决定回国了，匆匆到宋卡、北大年玩了一回。宋卡、北大年都是海港商埠，山青水绿，风景秀丽，至今还留下了美好的印象。

我和方达等几个朋友在合艾会晤后，即乘火车到曼谷，住了几天，我又到东势罗勇探望堂兄洪崇业、洪克勤父子，清还欠债，回来在曼谷联系上李孝波后，几个人就乘船回到潮汕，先后参加解放事业去了。

往事如烟，依稀可记。在泰国的时间，首尾不足3年，经历了不少世事。40多年又过去了，真是一觉醒来，年过古稀，回首往事，就像是一场虚幻缥缈的梦！

作者简介

洪耀（1921—?），笔名西园老卜。籍贯普宁。曾侨居泰国。1938 年参加青抗会，1945 年入党。中华人民共和国成立前后曾在部队、地方工作，当过中小学教员。业余写作散文、杂文、古诗、格律诗，曾先后在《普宁党史资料》《潮阳党史资料》《铁峰诗苑》《汕头日报》《汕头特区晚报》《普宁文艺》《揭阳诗词》等刊物发表。普宁两纵老战士联谊会理事、铁峰诗社理事、揭阳诗社社员。离休干部。

为潮剧四老祝寿

郑一标

探珠艺海同一舟，半世生涯共白头。
本身一篇潮剧史，银丝缕缕织高楼。
携手晋京谒主席，挂牌同作状元游。
总理叮咛长震耳，挑灯砺剑未甘休。
雪鬓簪花花益艳，韩潮春涨绿更稠。
举盏为君庆高寿，老蹄再奋卅余秋。

附记：

　　1982 年底，广东潮剧院为谢吟、洪妙、卢吟词、吴大四位年届八旬高龄的艺人祝寿，表彰他们为潮剧艺术献身六七十年的劳绩。谁料数年之间，吴大、谢吟、洪妙先生先后谢世，硕果仅存者卢吟词先生耳。愿潮剧艺术有更多新秀发扬光大。

参加农业劳动（潮州方言）

扁担挑起摒呀摒，过路阿兄目金金。
阿兄阿兄你莫笑，肩上挑的一片心。

作者简介

　　郑一标（1921—2002），生于泰国曼谷，籍贯澄海。毕业于西南联大，抗战胜利后在泰国中华中学教书，并从事进步话剧活动，1948 年创办《影剧春秋》杂志。1950 年回国，任潮汕文工团工委会副主任兼编导，导演《赤叶河》。后参加潮剧改革工作，成为潮剧著名导演，导演过《荔镜记》等有影响的潮剧 30 多部。中国戏剧家协会会员、剧协广东分会理事、广东潮剧院艺术顾问委员会主任。离休干部，曾被聘为汕头市侨联归侨作家联谊会顾问。

一张稀奇的名片

陈达民

艳阳的南天，迎接着离别汕头半个多世纪的海外游子回来。

1992 年 8 月中旬，老伴接到香港打来的电话，得知在新西兰定居的表兄嫂偕其在香港的侄儿夫妇等一行 5 人，从香港乘船回国探亲来了。这天我们依时到了码头，迎接我这尚未谋面的亲人。

73 岁的妻表兄，这次从新西兰取道香港来汕，长途劳顿，虽然风尘仆仆，却不见老态，精神还是十分饱满，步履矫健。我们接客人到家稍事休息时，他彬彬有礼地递给我一张名片。我是干过旅游和侨联工作的，以为表兄这样高龄，在海外还荣任这么多高职或其他什么公司职衔，因为直印的名片右角上排列着四行整齐的中文。等我挂上老花眼镜——太稀奇了，真是世上罕见，这名片上面印的，却是一首小诗：

小为普宁穷农民
少作越南小商人
老居桃源躬耕者
美澳两地迹常临

名片的中央是仿宋体的"庄文林"名字，左边是祖籍"广东省"。下边还印有其在新西兰和美国加州的英文住址和电话号码。

海外游子的最大夙愿就是寻根敬祖。他的返程日期是 29 日，再乘"潼湖"轮经香港后到美国子女那儿住几个月，才回新西兰。他在 8 月 25 日至 29 日由家乡重返汕头那几天，我们才得以叙谈，他爽朗地对我诉说他 50 年的人生经历，这就是他概括成而印在名片上的这首小诗的内容。

妻表兄祖籍普宁果陇，幼年时与老伴一家常有来往。他在家乡读了几年私塾，又在普宁乌石师范读了一年半，为了谋生，于 1936 年漂洋到越南，修理过单车，也经营过小饮食等小生意。太平洋战争时越南沦入日寇之手，因生活所迫，他冒着生命危险，闯过越南、泰国之间的日军封锁线，贩点小买卖度生。日军投降后，法、美帝国主义入侵越南，长年烽火连天，幸亏他尚能多方经营，度过了艰难岁月。1975年越南解放，原以为一家从此可以过上安稳日子，而他自己也该安度晚年了，哪知当局竟对华侨采取骇人听闻的迫害政策。为了生存，已属花甲之年的妻表兄，只好带着老少眷属十多人，离开居留了40年之久的第二故乡，冒着九死一生的险阻，雇乘一艘机动木船逃离出境。他们在茫茫的大海中漂流了好几个日夜，到了新加坡却未许登岸，不得已又在海上漂了很久，漂到了泰国，才获得上岸暂住，后得到联合国的帮助，办理了安置国际难民手续，安排他的部分子女到美国、澳大利亚两个国家去，表兄嫂和其余两个子女则于1977年底被新西兰政府接纳。至此，全家人虽分散在几个国家，但总算得到安居了。

表兄嫂抵达新西兰后，因年纪已长，新西兰政府发养老金给他们过生活。子女初则由政府安排职业，后来自己创业。经过13年的奋斗，分散各处的家人生活过得都很安定舒适，分别加入所在国的国籍，表兄嫂也成为新西兰人。而今，表兄在新西兰，已自建了别墅，在宽阔的花园里，他除栽花种果之外，特辟出菜地，种植四时蔬菜，躬耕以自娱。表兄早时读过古文，照他的说法，他真是置身于陶渊明所写的《桃花源记》里了。当他谈到这里时，无限感慨地说：“我不愿死于苛政猛于虎的越南，不得不冒死逃出虎口，当日是前路渺茫，没有料到今天，竟能生活于世外桃源的境域。”这就是他那张名片上的“老居桃源躬耕者”的自赏诗句啊！至于分居美、澳的子女，他们能秉承父辈艰难奋斗的优良传统，也各办起一定规模的餐馆、旅行社、家私厂等企业，各有建树，聊堪告慰。他们这对老而弥坚的夫妇，就如同诗中最末一句——“美澳两地迹常临”了。我听后深深向他们祝贺。

表兄自幼受中华文化教育，以后在越南使用的也是中文，所以移居新西兰后，由于生活安定如意，更嗜好读书，现在家藏的香港版、台湾版的中文书籍以及近些年购置的大陆版古籍颇丰，价值一万多美元。他说他读祖国的古籍，是晚年一大乐趣。

表兄这次是专程回来为其老母亲100周岁举办期颐寿庆的。寿庆那天，还有来自美国以及中国香港、广州、韶关、佛山、汕头各地和本乡的亲人，满堂洋溢着欢悦的喜气。他在寿宴上全用文言致辞，概述他的身世和孝亲之道，至为感人。

表兄夫妇这次返回汕头住了几天，尽兴逛市区、游公园、看观海长廊、参观特区。他不禁忆起半个世纪前出国时经过的旧汕头，十分感慨地说："人间真如沧海桑田，汕头变化太大了，祖国富强昌盛是大有希望啊！"今天的汕头，令他多么感奋呀！

别前，我有感他的身世和晚年生活的幸福，赠打油诗一首：

> 勤劳卅载君脱贫，六十花甲成难民。
>
> 劫后余生享福运，乐观开朗庄文林。

他看后十分高兴，我们紧紧握手互道"再见"，我祝他旅途平安，欢迎再来。他说："我们一定会再来的，后会有期。"

作者简介

陈达民（1922—2010），侨居印印度尼西亚时笔名陈克夫，普宁人。1946 年秋至 1955 年初，旅居印度尼西亚苏门答腊，任过店员、工厂职员、进步社团负责人、华校教师以及棉兰市《苏门答腊民报》和《民主日报》特约撰稿人。《风雨中的人》和《S 小姐》两篇中篇小说在《苏门答腊民报》副刊连载。回国后，曾在《汕头日报》任职，1979 年调汕头旅游局工作。离休干部。曾任汕头市侨联归侨作家联谊会副会长。

追记粟芭村

陈韩萌

我小时候，居住在英国殖民地马来亚吉打州万那峇鲁县的粟芭村。

"粟芭"这个村名，本身就具有国际性。原来聚居在这个最盛时也只有十多户居民的小山村的，都是广东省的潮州人，而潮州方言是把稻谷叫作"粟"的；这个"芭"字，却是马来话"田地"之类的音译。因此，"粟芭"就是称那些种植稻谷的田地。最早来这里定居的我的同乡叔公，可能他当时在这里种植稻谷，便起了"粟芭"这个古怪的村名。后来，由于英国殖民者引种橡胶成功，在20世纪初到处提倡种植橡胶树，连我们这个偏僻地方也改种了橡胶树，到我懂事的时候，这一带都长满了四五丈高的橡胶树，先后到来的十多户居民就在橡胶树下、小河边建筑亚答草屋过着很简陋的生活，除几个是专业割胶工人外，多数是到村后深山开垦荒地种木薯，利用薯渣养猪，贩卖薯粉和猪度活。求得英国殖民当局的批准后，人们在薯园间种橡胶树，经过几十年的艰苦奋斗，有几户成为小橡胶园主，有的到十多里远的吁噜埠去开杂货店、猪肉铺，或做鱼贩、豆干贩等小生意，有的发了点小财，便在祖籍新建瓦屋，后来还出过个别商店的财务管账人员和教师。到了20世纪50年代，英国殖民当局为了镇压反对殖民制度的民族抗英武装活动，竟把最后几户居民也强迫迁入吁噜埠，这样，粟芭村终于在英殖民当局的摧残下消失了！

我在粟芭村生活的时间不长，13岁就离开了，抗战胜利后回去，只住了半年，了解也不多。但我知道这里原来的十多户邻居，多数人有一段被剥削的悲苦经历，认真追忆，粟芭村其实就是典型的"猪仔"村。

100多年前，英国、荷兰等殖民者就把拐掠华工的黑手伸入潮汕，把大批贫苦劳力用"契约"形式贩卖过洋，潮州人叫作"卖身入日里"，当时还流传着"日里窟，会得入，不会得出"的俗谚。粟芭村成员中正有我的两位在日里受过苦的亲人。一位是陈心叔公，我懂事时，他已是 50 岁的老工人，单身，在给小园主干些除草、松土等工作，老实、沉默，有如条老牛，他通常光着上身，吸着熟烟，坐在一边听人家说话。听母亲说过，他是从日里寻亲来到马来亚，在粟芭村定居的。我 13 岁回中国祖家读书，未来得及与他告别。我 24 岁重回粟芭村时，再见到陈心叔公，他仍是默默过着单身生活，仍干那种不重不轻的铲除橡园杂草和松土工作，只是更老了，走路显得相当迟钝。不久，他病倒了，死了，族人邻居买了棺材，把他埋葬。那天，我见到几位中年亲戚抬走他的棺材时，我才感到他的历史应该是一部书的材料，我痛感没有在他生前把他的历史记录下来，悲疚之余，我写了一篇散文，题目叫"老人之死"，发表在新加坡《星洲日报》的副刊，这算是我写马来亚华侨生活的第一篇作品。

还有一位也是"卖身入日里"的陈国珍叔。他算幸运，在日里种了若干年甘蔗后，就摆脱了殖民者的欺骗束缚，回到中国结婚，还带了一位婶母同到粟芭，在众亲人的帮助下，建了亚答草屋，还上山开荒，像我父亲那样，种木薯、养猪，但因英殖民当局的限制，不准他在木薯园里间种橡胶。记得有一次，他因偷种橡胶树的事，被殖民警察抓去坐过几天牢。国珍叔会做木工，也会做豆干，挑去吁噜埠市场出卖，多点收入，还养了几个儿女，这几个儿女和我一起上吁噜埠光华学校念华文。后因这里没发展前途，他在日本占领前就迁居霹雳州朱毛埠，继续开芭。

陈心叔公和国珍叔，他们是粟芭村的正牌"猪仔"，他们是卖身去日里做工的。

早年过洋的穷人，还有一种叫"赊单工"，由雇主在汕头预先垫付船票金（船票叫"船单"），到达目的地，头几年要为偿还这笔欠款而进行无代价的劳动。实质上这也是"猪仔"。粟芭村里，这类"赊单工"的"猪仔"为数不少。第一位在这里定居的叔公是不是，我不知道。但是，我父亲就是一位不折不扣的"赊单工"。我小时听父亲说过：我祖父 33 岁时病故，祖母守寡难养活四男一女，大伯父 20 多岁夭折，以致我父亲只读了 4 个月书便辍学当挑夫，二伯父做豆干生意，也难维持生活。我祖母可算敢于抛头露面，听说乡里有位番客叔公，从马来亚回来，他是马来亚威省的小橡胶园主，可以容纳一些乡人去做工，她便登门叩求，求他先出船租（船票金），带我父亲去他的橡胶园做工。那叔公见我父亲才 19 岁，身壮有力，便答应了代买船票带我父亲过番。我父亲曾一再回忆说，那次过番，他是睡在轮船的煤仓里的，看来，"客头"还与外国轮船的水手有勾结，把他偷藏在煤仓里，假为水手，这样客头和水手也可从中剥削一番了。我父亲随叔公到他的橡胶园后，一直做了7年的胶园杂工，才算还清那笔船票欠款，获得自由。这中间，他与已在粟芭立足的叔公联系上，只身到了粟芭村，在叔公帮助下，搭草屋，种木薯，养猪，赚得点钱，才回祖国娶我母亲。几年后，他带她去粟邑料理家务，主持喂猪杂事，直到母亲在日本占领马来亚期间病故之前，她一直在粟芭村干这项沉重的劳动，并养下8个儿女。

粟芭村的开创者——我的叔公，把我父亲和堂叔父文安引去后，就有族叔国珍一家寻亲前去，而后，族叔阿声叔、阿音叔、配仔叔公等（都属普宁县南山乡人）先后到达，并在邻近搭草屋聚居，和睦共处，互相照应，如在家乡一样过日子。其他的同县几家人也因有亲戚关系先后而来的。

粟芭村最盛是在1928年以后的几年中。那时，传说家乡"浮农会"（兴办农会），不久，又说农会散了，乡亲"走反"过番。我叔父一家来后，又有几位表叔前来，他们出洋时，缺钱买船票，就由我父亲先汇款给他们买船票，有的因我父亲一时没钱汇去，便先向汕头我乡里人开设的客栈代他担保赊船票，然后再汇去还。这几位表叔，原在家乡种田、耕山，"走反"到南洋后，就住在粟芭，为我家做工（种木薯、种橡胶树），逐步还清船票的欠款，才到外地去开荒创业。分析起来，这几位表叔，也就是"赊单工"无疑了。这样因战乱而来的"赊单工"，国珍叔、文安叔家也有几位亲戚，都同样在他们家做工还船票款。

还有一位表伯，普宁咸酸寮人，姓陈名登来，他到粟芭后，村里各家叔伯都很尊重他。母亲告诉我，登来伯在家乡当农会领导，农会散了，他送两个儿子去台湾，不料两个儿子在半海沉船死去，悲痛之余，他只得自费逃来马来亚，凭着与我家有表亲关系寻亲到粟芭来的。我父亲很关心他，为他买木材草料建了一座十多平方米的低矮小草屋，独人居住。他为村里几个大户打短工，有些收入，可维持生活，后来还接来表伯母。登来伯虽独居一屋，却常于夜间到十来个"赊单工"聚居的集体宿舍座谈，一边吸烟筒，一边讲述唐山故事。

那时候，粟芭已有十来个10岁左右的男孩，日间到十里远的吁噜埠光华学校读书，早晨带午饭出门，傍晚回家。夜晚，我做完作业，有时也到登来伯家去听故事。那时"九一八""一·二八"事件接连发生，他十分气愤，主张团结抗日才能救中国。我发现他的说法和老师说的一样，心里佩服他。有一次登来伯还在山上用一把长柄大镰刀砍死了一只受了枪伤的野公猪，他被公猪的长牙齿撞伤，进了医院治疗，出院后，全村的人更加敬佩他勇敢过人的表现。中华人民共和国成立后，登来伯回祖国定居，被尊为"老革命"，原来，当"八一"起义军撤退到流沙镇时，周总理和郭沫若等率领贺龙、叶挺军队来到流沙，开了一个决策会议。会后，郭沫若和其日本籍夫人在撤退途中，因受庄大泉截击，与大队脱离，错走到登来伯的家乡，他作为乡农会执委，便把郭沫若夫妇带去藏在村后的石洞里，然后带到惠来县神泉港乘木船逃到香港去。有同志为他写信给已当中央政府副总理的郭沫若，郭沫若马上写信感谢他当年的救助，并寄赠一张大相片，亲题上"赠老朋友陈开仪"（他这个"开仪"的名字，在粟芭时就没告诉什么人）。到此，登来伯的光荣史，就如解开一个谜似的使我发现当年粟芭村也还"隐蔽"过这样一位可敬的革命者呢！

粟芭村的"猪仔"和"赊单工"都是文盲，像我父亲，小时候虽在家乡私塾读过4个月书，平时记账却会把"初一"错写成"刀一"。他们因自己不识字、没法经商，在那商业社会中受尽折磨，便希望儿子能认得字，会记账，会打算盘，能去商店当职员或做生意，开商店发财，不必再拿锄头、挑重担流汗过日子，因此，大家都重视让子女念书。但是，吁噜埠光华学校只办初小，读4年书后，就无法升学。在我13岁那年，因我祖家与人发生"风水"纠纷，要我父亲到祖家去处理这些事，父亲便顺便带我回祖家，到邻乡的兴文中学读高小、初小，后来又转到南侨中学去。随后太平洋战事发生，给我家两地带来了很大灾害。家乡因侨汇断绝，加上1943年大旱灾，家人有些只得逃荒到福建去谋生，在家的人半饥饿过日，伯母几乎是活活饿死的。远在国外的粟芭村，因日军占领全马来亚，曾派兵前来粟芭搜掠过。我母亲患了痢疾，本是轻症，但因交通断绝，没法到外地请医生治疗，便无辜病死了。活着的，因橡胶没法出口，大家只好靠吃木薯度日，也够苦的。直挨到日本投降时，我父亲患了食道癌，也因失医而含恨死去。有几户邻居，也迁居到可以种木薯和稻谷的外州府去求生了。

1946年，株守在家乡的伯父催促我赶回马来亚去，因我父亲遗留下的十几亩荒芜的橡胶园和三个弟妹，需我去料理。同时，因全面内战爆发，我难以在贵州从事新闻工作，便回祖家，卖了祖遗的两亩田地，得 24 万金圆券到汕头买了一张船票，经泰国"偷入"马来亚，回到粟芭村。

　　记得 1947 年 1 月初，我回到粟芭村时，全村只剩下五六户人家，文安婶接我走进父亲遗下的那座破旧亚答草屋，流着泪对我说："你父亲断气时，还喊着阿石阿石……"我听了不禁流下两行悲泪，心中暗叹："是呵，父亲和母亲在粟芭村奋斗一生，却没实现他的理想，把儿子阿石培养成生意人，而自己又不能发财回祖家，在新建的瓦屋里享福，还埋骨'番山'，这是他最感悲痛的事呵！"我望着饿得瘦弱的三个弟妹，更感到自己的责任重大，于是嘱弟弟铲草，请工人开割橡胶，争取点收入。我自己动笔写些回忆文章，在新加坡、吉隆坡、槟城的华文报纸副刊发表，以换点稿费。不久，把弟妹们的收入和我的稿费加在一起，买亚答叶片修复了破屋，使一家人得以安身。当时我的堂兄和一些亲戚眼见曾在粟芭村住过的同学何浮云开了杂货店，他们也都希望我学做生意，但我考虑到自己全无本钱，做生意谈何容易，且向来不懂经商之道，在那商业社会，怎样与人竞争？如去商店里当店员、职员，收入也微，养家实难。好在这时，我有个光华学校的好同学张伯溉，在吁噜埠继父业开店收购橡胶片，生意不错，他发现我能在新加坡大报纸上发表诗文，十分意外，对我特别器重，在生活上给我多方资助。高渊埠的张见初老中医，是我父亲的好友，听说我在报上用的笔名"陈北萌"之后，就不断寻读，并向诸戚友宣传，还向我伯父大夸我的文才，说粟芭那小地方竟能出这么个"文化人"，真能为他们上一辈的潮州人争光。我那位半文盲伯父刚从祖国再到马来亚，听了张医生的赞许，也知道我曾有一个月收到稿费马币七十元，就背后对邻人说："我阿石有这支笔就不会艰苦了！"（意说生活有保障）。那时候，与我同经泰国到马来亚的同学米军（林紫），已到新加坡，与文友丁家瑞合编《读书生活》杂志，他们特地到粟芭村约我参加编辑工作。我们彻夜畅谈，对马华文学取得共识，决心继续走文学道路，写好华侨生活题材，为建设马华文学作出贡献。这样，我把自己到马来亚几个月的所见所闻写成了一系列短篇作品，陆续发表。如写一位头家在战争中败落成乞丐的遭遇的散文《布施》，在《读书生活》杂志发表后，被泰国的《全民报》转载。

　　恰好在这时候，我听到粟芭村一位从唐山嫁到粟芭这山村来的叔母吊颈自杀的噩耗，十分震惊。听说她在唐山原是个年轻的童养媳，因不满封建婚姻，受媒人说合"嫁过番"，她随"客头"乘船来到槟榔屿，上岸过关时，与她未蒙面的对象"相认"，才发现他竟是个中年人，长得还不合其意。随他到粟芭，才知这里原来是一个如此荒僻的小山村，进狭旧的亚答草屋，见板壁木床，简陋至极，物质条件比她在唐山婆家还差得多，暗叹命苦，成婚后，越想越不甘愿，便乘家人不备自尽了。我以此悲剧为素材，结合唐山一位游击队员遗属的遭遇，构思成一篇题为"过番新娘"的短篇小说，从唐山写到南洋，生活情节较丰富，寄投《星州日报》副刊发表。此稿后由苗秀编入《马华新文学大系》。前几年，在秦牧主编的大型文学杂志《四海》上也选登过。

在日本占领期间，我的一个表舅病故，战后英殖民者卷土重来，对马来亚再实行殖民统治，经济萧条，人民生活困难，歹徒乘机卷起一股赌博恶风，特别是"花会"一类的赌博，十分盛行，为求神赐"字"，有些妇女到神庙歇宿，受了流氓侮辱、强奸。我的表舅母也堕落为女赌徒，受侮辱后，自觉没面目见人而投海自杀。我听后觉得这是个揭露殖民统治者罪恶的好题材，就写成短篇小说《花会》，在上海《文艺春秋》杂志发表。

在粟芭写的几篇小说和散文是我加入马华文学队伍的开始，也促使我树立反映海外华侨生活题材的信心，决心对这一文学矿藏进行挖掘。

从 1947 年下半年起，我离开了粟芭村，在吉打州双溪文池埠学校和新加坡青云学校任校长，后到霹雳州兴中中学任图书馆主任兼教初中国文课。那三年中，我就只有每年暑假和年假才在粟芭村生活，眼见弟妹已逐渐成长，近可自立，心中暗喜；也看见我的堂弟陈木荣已订阅新加坡的报纸，用心阅读；又听说我的学生陈坚石已离粟芭村到高渊埠去开饲料店，生意兴隆。新一代已成长起来了！时隔三十多年，坚石回祖国探亲，曾来汕头访我，亲口告诉我粟芭村被消灭的情况，都摇头叹气，对殖民统治无限愤慨。

记得 1950 年，我已决定离开仍被英国殖民主义者用"紧急法令"严加统治的马来亚，要到香港从事出版工作，便在清明节，最后一次在粟芭村扫墓，当我在那荒山坡跪在父母合葬的坟墓前，注满泪水的眼帘，一下子闪现着粟芭村"猪仔"们几十年中的种种苦难历程和忧愁场面，一时悲从中来，竟忍不住放声哭泣一场。回到粟芭村，在父母建造的如今已破旧的亚答屋里，我挥笔写下《粟芭的歌》一诗，其中有这么一些诗句：

粟芭是我的家，
粟芭是我的摇篮，
粟芭是我父母流尽血汗的地方！
…………

这破旧亚答屋，
父亲年年在门顶贴上"颍川"两个大字，
叮嘱后人别忘记陈氏家族的"根"远在中原，
可怜的先人呀，
你们却埋骨异邦！
呵，如今，我将离开粟芭，
告别我这童年的摇篮，
告别与我同龄的耸天的椰子树，
告别我流连过的翠绿无边的橡胶园。
我对我戏过水的小溪河说：
——无论我走到多遥远的天涯海角，
我也会记住粟芭这亲人哺养我的地方。

　　一别 40 年，马来亚早已摆脱英国的殖民统治，成为独立的马来西亚国家，在那片洒过"猪仔"们血汗的土地上，受尽苦难的人民已过着安居乐业的生活。我的姐妹来信，希望我能重游旧地，与亲戚、老友会面。我想，如果有一天，我真的能回去马来西亚探亲，我必然要去给父母扫墓，要去粟芭村的旧址凭吊，重温那胶林、椰树下"猪仔"们的血泪遗迹，重读那页不可轻忘的苦难历史……

作者简介

　　陈韩萌（1922—2007），原名陈君山。幼年居住在英属马来亚吉打州农村，13 岁回祖家普宁县，先后肄业于兴文中学、南侨中学。1940 年开始在潮州、梅州报刊发表文学作品，后去广西、贵州，任报刊编辑。1946年去马来亚，在新、马任小学校长和中学教员。1950 年起在香港出版《七洲洋上》《红毛楼故事》等 4 部中篇小说和短篇小说集《海外》《在古屋里》，同时，在香港创办赤道出版社，编辑"赤道文艺丛书"。1951 年回广州，任广东人民出版社文学编辑，出版中篇报告文学《建社前后》《林炎城丰产故事》。20世纪80年代在香港出版长篇小说《寻根奇遇》，在泰国发表中篇报告文学《秦牧的足迹》。长期从事华侨题材创作，用40年时间写成小说《侨乡三部曲》（包括《七洲洋上》《柑园风雨》《海峡惊梦》）。中国作家协会广东分会会员、汕头作家协会顾问。汕头市侨联归侨作家联谊会创会会长。

回忆碧娟姐

黄名卓

　　最近，连续接到年届七旬的黄碧娟姐从巴黎寄来的信，获知她晚年乐享天伦，过着安逸的生活，真为她感到无限欣慰，也引起了我对她的深切回忆。

　　碧娟姐是我的邻居，1940 年，随丈夫到柬埔寨金边居住。她为人和蔼可亲，勤俭朴素，敦睦邻里，对丈夫体贴关怀，对儿子慈爱、抚育，尤其对婆婆孝敬奉养，是一个贤内助。不幸的是，1948 年，她的丈夫骤染重病，隔年就与世长辞，遗下两个幼子。碧娟姐年轻丧偶，有如失舵孤舟，上有婆婆待养，下有幼子尚须教养，一家老幼的生活重担，全落在她的肩上，境况凄凉困苦。有人劝她另择良人匹配，使一家的生活有所依靠，但碧娟姐不愿再嫁，她既感到人世间真心相爱者的不易幸遇，也担心儿子难与复杂的家庭关系良好相处，便咬紧牙关，含辛茹苦，把丈夫留下的小杂货店接手经营起来。经她勤劳拼搏之后，杂货店颇有起色，家庭经济生活得到安定，两个孩子也能就学。随着时光的流逝，儿子长成，都娶了媳妇，一家生活也过得愉快。不料风云突变，柬埔寨战火纷飞，杂货店被无情地摧毁了，财产毁于一旦，为逃离险境，另谋生路，她扶持婆婆，率领一家人逃亡山区，山间交通工具缺乏，只得靠两条腿走路，婆婆年迈，难以支持跋涉之苦，老人家只好倚坐在大树下歇息，向媳妇和孙儿们吩咐说："我再无法走动了，不要拖累你们，我就躺在这里不走了，你们赶快上路吧！"碧娟姐听了老婆婆这撕心裂肺的话，悲从中来，泪如泉涌，抱住老婆婆一字一泪地说："是生是死，都要在一起，怎能丢下你老人家呢？"孙媳们也伤心地说："老人家放心吧，我们一定设法扶持你一起上路。"正在这为难之际，刚好有一壮汉骑着自行车来到，碧娟姐就恳求帮忙载老婆婆一程，那壮汉也表同情，把自行车让老人家坐着，扶持着一同上路，来到安全口岸。一家人对这个壮汉感激不尽，并给他酬劳。

　　为避战祸，碧娟姐忍痛把所有的金银首饰换得一家的出境护照，冒着风险，乘船出海。几经惊涛骇浪，终于到达香港，辗转来到澳门。此刻，她已是一贫如洗。为求生计，她与两个媳妇日夜操劳，赚点缝衣工钱，两个儿子则在街边摆卖生意，生活极为困难，兼之婆婆年迈多病，卧床不起，虽细心服侍治疗，也难奏效，终于逝世。在澳门时，两个媳妇已各有4个儿女，一家13口，生活实难维持。

　　1978年冬，在巴黎亲人的资助下，碧娟姐一家才以难民身份转移到巴黎定居，儿子有了职业，孙儿得以就学，从此一家生活才得以安定。碧娟姐几十年的坎坷苦难历程，才有了转机，如今晚年享受清福，共享天伦之乐。

　　碧娟姐的一生，历尽艰苦的奋斗与波折，饱尝了人生苦难的打击和战祸的迫害侵凌，是我们的先辈同胞到海外谋生的血泪史的写照。忆当年多少为躲避战祸而买舟奔逃者，尸沉怒海，含恨终生，碧娟姐犹获一息尚存，如今老境怡然，真还算是千万侥幸，值得欣慰啊！

作者简介

　　黄名卓（1922—1996），出生于泰国曼谷，1929年随家人回家乡庵埠镇。1951年开始写作。1958年与人合编大型现代潮剧《党重给我光明》，收入《中国戏曲集成·广东省卷》。汕头市作家协会会员。

旅新组诗

郑普洛

快给我传个信

1987 年 4 月 2 日 6 时 10 分，新航 747 班机，就要降落樟宜机场，班机正穿过迎来的白云。

> 白云下面，
> 一道道彩虹，
> 彩虹簇拥着的，
> 是新加坡河。
>
> 吻一吻白云，白云呀白云，快给我传个信，
> 唱着《同路人之歌》①的
> "年轻小伙子"就要飘下去。②
> 再吻白云，
> 白云呀白云，
> 快！快！
> 给我传个信！

注：①1942 年 1 月新加坡保卫战期间，我曾在《南洋商报》的副刊发表《同路人之歌》一诗。②我离开新加坡时年 26 岁。

老榕树

家乡十里长亭畔，有棵老榕树，
像一片乌云，
年年暗暗地哭。
新加坡河畔，
也有一棵老榕树，
像一片乌云，
年年暗暗地诉。

老榕树呀老榕树，
当年你俩牵肠挂肚，
两地相思泪，
注成千根长胡须。

经 历

1942 年我住在新加坡河畔韩江励志社楼上，参加抗日宣传工作，直至同年 12 月 14 日下午向后港撤退。如今，楼房依稀不可寻，保卫战则历历如在眼前。

没有灯光，
夜空像个黑锅，
海峡炮弹狂啸而过。①

没有寒冷和颤栗，
每对眼睛似探照灯，
锐亮，灼热。

电台冲出抗击的电波，
约翰!②指挥着
每条跳动的脉搏!

大坡到小坡，

英雄的儿女，

汇成怒吼的新加坡河。③

将军拉下不落的太阳，④

扛着白旗低着头。

地下火继续熊熊燃烧！

悲剧不许重演，

兀立如林的高楼，

一支支雪亮的钢戈。

注：①日军抵达柔佛海峡，隔岸就是新加坡，距离有如汕头至礐石。②约翰，叶立夫在英校用名。他是铜锣合唱团的指挥，每晚在电台上指挥播唱抗日歌曲。日据时专学日语，以获取日军情报，后被抓捕，判死刑，牺牲时年仅22岁。遗作有《新加坡河》及其他抗日歌曲。③新加坡保卫战大游行，具体日期未能记起。④将军指英国白思华中将，1942年2月15日向日军投降。

作者简介

郑普洛（1923—1990），原名德松，潮州市人。1937年侨居马来亚。抗战时期参加新、马进步文艺活动，以竹松、歌江、植泥等笔名写有《同路人之歌》《保卫新加坡》《风暴》《献给大地》等诗作。1948年经香港回国，历任汕头商船航务学校教导主任、汕头正始中学校长、汕头十二中校长。离休后为汕头市侨史学会常务理事、新马归侨联谊会理事。后期作品有《新加坡宗乡会馆的历史演变》《活跃于新马文坛的潮籍文学作家》《旅新见闻》《旅新组诗》等。曾任汕头市侨联归侨作家联谊会副会长。

厦门侨乡：集美镇巡礼

王微之

　　侨乡集美镇原是厦门滨海的渔村，是爱国华侨典范陈嘉庚先生（1874—1961）的故乡。1990 年初春，我和老伴士英从汕头市北上返回保定，途经厦门，暂住侨生吴思南家中。得知集美镇离市区不远，为瞻仰陈嘉庚先生的故居和陵墓，我俩从厦门市内坐公共小巴到达集美火车站下车，正准备步行入集美村参观，恰有路旁的人力三轮车夫前来招徕生意："先生，来游集美村吧？给 3 元钱，就可以送你俩进村参观 3 个景点（故居、归来堂、集美学校），并当你俩各景点的导游。"我们心想："这位车夫劳动半天多，才收 3 元钱，又兼导游，太便宜了，何况我们又是初次来到，何乐而不为?!"于是坐上三轮车，沿着跨海的长堤，驰向集美村而去了。

　　从车站到集美村门口，车行 10 多分钟可到，但沿途风光旖旎，为了欣赏沿海波光帆影，我们倒让车夫放慢速度，陶醉在滨海飘拂的晨风之中。

　　首先映入眼帘的是一幢面临大海、壮丽辉煌的教学大楼，与旁边的建筑物形成了雄浑无比的建筑群。这就是闻名海内外的集美学校。它是一个汇集了师范、水产、航海、商业、农林等各类中专科技学校的教育中心。这一中心包括幼儿园、小学、中学以及"国学专科学校"（即文学大专）和水产商船等大专学校，应有尽有。这里还兴办了图书馆、科学馆、体育馆等科技、文化机构，总称"集美学村"。这是陈嘉庚先生从 1912 年起，经过 15 年的坚持不懈努力，才使这一簇中西结合而又具有中华民族建筑特色的教学楼群耸立在祖国的东南沿海地区，格外威武雄壮。

　　集美学校楼群建成及开办之后，1921 年，陈先生又捐出 400 万元创办厦门大学。为了振兴中华，全力支持辛亥革命和抗日战争，1940 年，他从新加坡率领华侨代表团回国向抗日战士进行慰问及视察，到了国统区，他所见到的只是国民党的官僚统治乱象：贪污成风，四大家族成员"官商合一"，囤积居奇，物价飞涨，民不聊生，到处"抓丁征粮"，造成老百姓流离失所，惨不忍睹！陈嘉庚先生亲眼见到国统区的社会现实，大为失望，决心到中国共产党领导的解放区亲眼看一看，那年 5 月，他冲破国民党的阻拦，到达延安考察，亲眼看到解放区的军民，在中国共产党领导下，军民合作，同仇敌忾的种种新气象，感到耳目一新，大出意外，从而决心把支持抗日与支持民主革命运动结合起来，坚持实践他的"爱祖国、爱家乡、爱广大侨胞和祖国的广大人民"的宗旨。他爱憎分明：为了培养祖国的建设人才，倾家兴学，并且坚持了一辈子；为了誓死保卫祖国，打击动摇妥协的汉奸言论，他在抗日时期国民参政会上提出"在日寇军队未全部退出中国之前，奢谈'和平'者即是汉奸！"的庄严提案。总之，陈嘉庚先生的一生是光辉的一生，是爱国华侨的一面光辉旗帜！因此，从海外回国探亲的华侨，路过厦门或闽南的人，莫不以集美村为参观、瞻仰的中心景点，人心的景仰于此可见。

由于时间关系，我们只游览了集美学校的外围风光，而主要目标，则是陈嘉庚先生的故居。当我们到达"故居"（辛亥时期二层式小楼房）门前时，新建立不久的陈嘉庚铜像矗立在故居的小草坪上。几乎所有的参观者都围绕在铜像四周，并各自以注目礼，表达对陈先生的衷心景仰与怀念，然后才进入故居门内。

故居的内部，除大客厅改成展览图片室外，其余的卧房、书斋、走廊都按陈先生生前安排的样子陈列。这些几十年前陈先生使用过的生活用品：茶具、壁钟、壁橱及笔砚、衣架、长衫、礼帽……都是朴素无华，和普普通通的南洋华侨客的生活设施无丝毫不同之处。这使我们感到：这样简陋、陈旧的生活环境竟是二十世纪二三十年代（1925—1930 年左右）一位拥有 1 200 余万元家产的著名华侨企业家陈嘉庚先生家庭的生活设施！真和他实业家的身份太不相称了！但仔细想一想，这正是陈先生"生活简朴、爱国忘家"因而"自奉甚廉"的一大明证。

在参观大厅的展览图片时，我们看到了抗日战争时期，侵华日寇派飞机对厦门进行轮番轰炸，不仅市区受害惨重，连集美学校及陈先生的住宅也被炸成一片废墟的多幅照片。

展览的图片告诉我们：抗战胜利后，陈嘉庚先生以南洋爱国华侨代表身份返回厦门，将自备资金和募捐款全部投入重建集美校舍，并为复办厦门大学而四处奔走。当时，有人劝他："你应把资金及时投放在祖屋（即归来堂）及自住的楼房复建方面，以便今后在祖国长期居住。"但他慨然回答说："校舍未修复，若先建住宅，难免违背'先忧后乐'之训耳！"（引语见《陈嘉庚先生言行录》。下同。）

在此同时，也有不少人劝陈先生"少捐些办学资金，多留下些资产给自己的子孙，使子孙得以坐享先人遗产，过'舒舒服服'的日子……"但陈先生却对上述所谓"爱子之道"，发表了他的独特见解："人谁不爱其子？唯应合乎人类道德之爱。非多遗金钱，方谓之'爱'。且（子孙）贤而多财，则损其志；愚而多财，则益增其过（即养成其骄奢淫逸之恶习）。是乃害之，而非爱之也！"

"财，自我辛苦得来（指在南洋种植橡胶园及自办橡胶厂，生产大批橡胶制品而得利），亦当由我捐去。公益事业既需我财，'令子贤孙'何须凭借？！"

以上几段名言，我见许多参观者都停下来，抄录到自己的小笔记本上，我为这些内涵深远、饱含哲理和人生真谛的名言所折服。除了摘录这些名言和记下展览图片中的要点之外，我还联想到陈嘉庚先生一生致力于办学育才、爱国忘家的动人事迹，以及留下的上述的名言，不仅给当时（抗日时期）那些不知国家、民族大义，只知捞钱积留给自己的宝贝子孙的老财迷们敲响了震耳警钟，即使在今天，也足以给某些眼光短浅的拜金主义者和某些对公益事业一毛不拔，却在歌台舞榭挥金如土的"大款先生"们以鲜明的对照和深刻的嘲讽。陈嘉庚先生事迹展览的另一方面意义是：让无数到这里参观的中外游客、仁人志士，以深刻、自然渗透的爱国主义教育，增添对陈嘉庚先生爱国主义精神的崇敬。

参观陈嘉庚先生故居（即纪念馆）之后，我们移步到陈先生的祖居归来堂参观。这里原是陈先生的家祠，但早在1912年陈先生从新加坡归来，将这祠堂修葺后，即成为集美小学。这便是陈先生兴资办学的开始，这儿便成为办学的发源地了。陈先生的家祠及住家在抗日时期被日寇飞机狂轰滥炸，夷为平地，直到中华人民共和国成立后，陈先生回国当选为中央人民政府委员，经中央人民政府拨款支援，陈先生与乡亲合力重建家园，从此他在祖国定居，致力于全国侨务工作，直至1961年8月，因病在北京抢救无效，溘然长逝。根据他的遗愿，他被安葬在故园集美村滨海地带、厦门解放纪念碑前。陈先生的墓碑上刻着"华侨爱国老人陈嘉庚之墓"几个金光闪闪的大字，下边落款是：中华人民共和国国务院华侨事务委员会敬立。用以表彰这位热爱祖国、热爱海内外中华子孙的华侨代表的业绩，这里也成为悼念和缅怀这位爱国老人的旅游胜地。

在参谒陈嘉庚先生的陵墓过程中，我们几位不相识的游客，不约而同地各自默默地站在陈老先生墓前，肃立致敬。然后背向大海，面向着巍峨高耸的厦门解放纪念碑举行肃立致敬的注目礼，以表达我们对为解放厦门而壮烈牺牲的解放军指战员及在解放战争中为支援前方战士运送军粮、子弹等而献出生命的人民群众的悼念和敬礼。

离开墓园之后，我在归来堂门前广场休息时，拿起一张绘有厦门风光的明信片，在背面写下了如下的题词，借以表达我对爱国老人陈嘉庚先生的敬仰与怀念：

> 这里长眠着一位伟人！一位爱国爱乡、振兴中华文化、复兴中华民族而奋斗一生的伟人！一位为培养祖国的建设人才而呕心沥血的华侨模范！——在这里，我看到了一颗鲜红的赤子之心，也看到了中华民族的希望……

作者简介

王微之（1923—2008），原名王彦衡，籍贯潮阳。1941—1951年间侨居泰国，做过店员，工余自学古典文学。日本投降后，编辑出版《晨曦周刊》，后任《光华报》《华侨日报》记者。1951年回国，1955年毕业于河北师范学院中文系，分配在河北保定市三中教书，1986年离休，定居于汕头市。

回忆与感受

廖鹤滨

回忆往事，人皆有之，而对当年峥嵘岁月的回忆，最能激起新激情，也最有意义。为此，我写下了如下回忆录。

◎领导、导演、演员

1949 年 2 月 10 日夜，我韩江支队 11 团，胜利奇袭了敌伪驻文祠的登荣联防中队后，在我游击区根据地的五股蟹地举行祝捷庆功大会。周边各武工队、突击队均组织群众参加庆功活动，慰问 11 团的指战员们。在大会上表演的节目中，最博得群众喝彩、鼓掌的是《轻机舞》。

舞步舞姿是仿秧歌舞的，展现了我指战员凯旋的欣喜神情、姿态和决心，以及用轻机枪对敌作战，瞄准扫射敌匪兵的威武动作。

表演者是政委吴健民同志和记者廖育，道具有之前在文祠战役缴获的两挺轻机枪。

庆功会后，战友们和群众抢着问我：是谁编的？什么时候排练的？……我笑着答：是吴健民同志编的，临表演前才赶排的，是吴健民同志教的……

一位"四突"同志竖起大拇指说："比'阮四突'更猛更厉害！"

《轻机舞》是领导、导演、演员三位一体的产物。

◎誓师冲杀真英雄

1949 年 1 月 25 日夜，是一个月光夜，在五股某村的山埔上，我 11 团指战员举行攻打凤凰墟敌伪军的誓师大会，张震、许云勤同志作动员讲话，每当讲话告一段落，战士们情绪高涨、声音洪亮地高举拳头抢着表决心。不同的内容，汇成共同的心声。

"我一定要听指挥！""我要冲锋在前！""我要坚决完成战斗任务！"
"我要为已牺牲的战友报仇！""我要为受苦受难的百姓雪恨！""我要接受
党的考验！""我要火线入党！"……

誓师动员一结束，各班、排、连按各自路线进发，到达各自潜伏地，
静候攻打时刻的到来。

天拂晓前，信号枪弹打响了，各埋伏地的枪炮声也响了，攻打敌炮楼
的火力越来越密集，似在迎接黎明。

"轰！轰！""咽咽咽……"

"冲呀！""你们被包围了！""投降免死！""优待俘虏！"

劝降声与枪炮声交杂，奇袭转为强攻，我军机智勇猛地全歼各点
守敌。

近中午，太阳大放光芒，照亮了凤凰墟，照亮所有山岭松林，似在为
我军解放凤凰而欢笑。

后来，我到参战的连队去采访，战士们欢天喜地对我讲起各自的战斗
经历，我深感战士们的可爱可敬，重温和证实了人们对战士们的一些
印象：

"太久没出击就疲软！"

"遇着战斗兴过吃炒面！"

"一有战斗就生龙活虎！"

◎流血治伤仍英雄

1948 年中秋后，我暂住澄海大衙交通站，等候转移上凤凰山时，曾会
见在那里养伤的阿胡同志（平原突击队队员），他因一次突袭战斗，脸右
颊被敌人子弹射伤。交谈中，他悔恨不留意被敌射伤，巴不得早日治愈，
可再归队杀敌。1949 年 4 月的一天，我们喜出望外地在五股重逢，我为他
如愿上山归队、将重挑任务感到无比欢慰。后来他在店市战役中不幸光荣
牺牲，当我得知后，难过、怀念、敬佩的心情，久久不能平息。

1949 年春，我到伤兵站采访，使我永不能忘怀的是，我见一卫生员在
为一伤兵摘除左大腿外侧里的子弹头，用的是消毒后的单车钢线，伤口敷
抹"消毒药"后，插进伤口后探索子弹头，准备以钢线末梢钩把弹头钩挖

出来。被探挖的伤兵，神情自若地配合该卫生员："再深点""稍左点""稍右点""着了！着了！"

卫生员格外小心地将弹头慢慢取出，伤兵同志像打了胜仗似的露出笑容。我出了一阵冷汗后，郑重地指着弹头说："把弹头留作纪念吧！""不！请阿苞用弹头专制成新子弹，让我用子弹再瞄准敌人射击，至少要中一人，能连中两人更好！"

听后，我对这位光荣负伤的战士充满敬佩之情。

溪墘楼战役受重伤的班长阿成，由战友用担架抬至临时抢救治疗站时，他一手按住流血的近膀胱部位，一手按着担架床的床边。两位卫生员迅速着手为他擦血、消毒、敷药、包扎……阿成对着那两个抬担架的战士说："我无相干！快再回去攻打！活捉那帮'乌青'！"好似仍在指挥班里的战士，充满了革命英雄主义精神！

1950 年春，我与他欣然在汕头西堤码头重逢。因各有公务，稍为寒暄几句又分手了。分手后，我一直在怀念他，衷心祝愿他健康长寿，祝愿其后代更有为地发扬"老英雄"的革命精神！

◎不爱西装爱武装

1948 年秋，我到五股后，被分配在新一武工队，重逢当年在泰国南洋中学的同学宋升拱、丘家宣。谈叙中得知当年在泰、老结识的同学、朋友，有的已先期上山打游击了。我骤感欢慰，也感惭愧：我比他们迟到了……

一个多月后，我被调至《自由韩江》报社当外勤记者，又有机会遇到些从国外、香港回来的老师、同学、朋友。

见到了先期上山的香港达德学院老大哥许云勤、李世海、马兴勇，后来见到了林名歆，他与我是当年同班同届毕业，入伍后也在《自由韩江》报社当编辑。

最使我惊喜的是：当年在泰国南洋中学念书、上学与放学都要私家车送接的一对"阿舍"陈之梁、陈之越兄弟俩，小姐型的李维娟、朱甦俩，还有绰号"羊克思"、戴着深度近视眼镜的杨国智等也都上山来了。

在香港我称他阿舍的原南越侨生宋鉴澄也来了。我握着他的手惊疑地问："你也来?!"他笑着反驳："你好来！我怎孬来?!"

另外，还有在泰京华侨天会医院实习的许慕兰、林月兰、丘良玉三位护士也上山来了。年仅 17 岁的小丘，也跟其他侨生一样，找上关系后，瞒骗父母，舍弃优越生活，历尽风险，越重洋、爬高山，乐于吃苦上山来随军当卫生员。人人称赞他们："人小心红技术高！"行军时，大家唯恐她跟不上队伍，人人关心她，在精神上给了她很大的鼓舞。

1949 年春，我喜出望外地在凤凰一山埔，久别重逢了当年在老挝万象的丁翀老师。对我来说，他是爱祖国、求进步的好老师，也是我的启蒙老师之一（他曾指导我设法秘密到华南东江纵队参军）。见面时，我们师生紧握着手，为各自如愿实现了昔年的理想——奔向革命而高兴得眼眶饱含热泪。

◎投笔从戎上凤凰

1949 年 5 月上旬的一天上午，太阳高照着大地，清风轻拂，心旷神怡！

一组组的人，沿着不同的山径小路，陆续汇集在文祠南社埔上村的晒谷场上。彼此相见时，握手呀、拍肩呀、拥抱呀，有的相互拱手道喜，有的竖起大拇指互为赞扬，山村骤然间变得朝气勃勃、喜气洋洋。

他们是谁？——他们是秘密上山参军的 100 多位"澄中生"！等人数到齐，四支队负责同志讲话后，《团结就是力量》的歌声响彻天空，震荡山山岭岭。

是会师的歌声，更是誓师上凤凰山的歌声。不久，师生们以组为单位，排成单行跟着四支队的"尖兵"出发了。

此后，陆续又有潮州城的"一中""金中""韩师"、饶平的隆都中学、平原的中小学以及汕头市的"礐光""聿怀"等校的师生，集体或个别上了凤凰山。

城市、平原各交通站（线）奔流着"投笔从戎上凤凰"的青年学生，他们各自书写人生最光荣的历史，也为四支队发展书写知识青年参加革命的光荣史。

◎军歌雄壮振精神

1948 年冬末，气候寒冷，我完成采访任务回到家竟觉得我们驻地牛担弯很温暖。这是革命大家庭的温暖。

有一夜，写好采访稿后，我很快就入睡了。

"咯！咯！……"不停的咳嗽声，时强时弱，断断续续。

我在被窝里看夜光手表，已是半夜两点多了，不久，也许是咳嗽者怕影响其他同志的睡眠，咳嗽声减弱了，间歇拉长了，我才缓缓地安心入睡。

"……东进！东进！我们是铁的新四军！"

天亮了，是陈谦同志在唱新四军军歌。

谁个不高兴呀？谁个不受鼓舞而振奋精神呢？我，更为欢慰。歌声唤回我当年在南洋曾学唱这首歌的记忆，又重温了昔年向往投奔革命的纯朴愿望。

新的一天工作又开始了。

陈谦同志仍照常地指导我们工作。

有一天，我们接到上级紧急指示："有敌情须转移。"陈谦同志一改病弱书生气，宛似富有经验的军事指挥者，胸有成竹地布置撤退，安排大家到新的地方隐蔽、联络以及开展新的工作……

每到比较安全的驻地，我们就立即投入工作。每当陈谦同志唱着《新四军军歌》时，我们的精神更振奋，生龙活虎。

一期期的《自由韩江》，一本本的小册子，一张张的号外、布告……以及在凤凰使用的流通券，是凝聚着党的感召、陈谦同志的指导、同志们同心协力的结晶。

前年"七一"，我把北京暹罗崇实学校校友会赠的《崇实学校纪念文集》转赠给陈谦同志，文集里图片部分有 1938 年 3 月参加新四军二支队的一批同志的合影，其中就有陈谦同志。

◎山上苦斗迎新天　入城勤奋作新篇

自从 1948 年冬初我从新一武工队调《自由韩江》报社当记者之后，

一直就跟着新老战友艰辛笔耕。

这是报社领导最关心的，也是后勤部门特别照顾的单位之一。我们个个珍惜上级同志对《自由韩江》报社的爱护，并化为无穷力量，战胜所有困难。在山上，每到一安营地，就进行正常工作。一有敌情，就及时按指示转移、隐蔽……我们的战斗就是以钢板、铁笔、蜡纸、格尺、三角板、油墨、刷子为武器……纯手工的操作，分工协作地埋头苦干。

经常性的油印任务，是编印定期的《自由韩江》报，也印刷有学习资料和战士学文化的小课本、宣传资料……突击性的任务则是印战讯、布告……最艰巨、细致、费神的是一次印刷特殊任务——设计印制"流通券"。

气候寒冷手冻僵时，我们只能呼呵暖气、摩擦着手或喝滚水取暖，唯一希望的是能按时完成各自的任务。

一接到"敌情"须转移，到达指定的石洞或深林隐蔽，直到敌情解除接到指示，才另到新营地继续工作。

我们曾在一石洞里隐蔽，整天整夜坐卧的石板总是湿冷冷的，寒气袭人。

有一次，我们报社的一小组，避敌情隐蔽在深山丛林茅草里，长达一夜两日，肚饿了，只好嚼着各自背带的生米，配点行军丹。

有一天早晨将要开饭，胡琏匪兵逃窜经我们驻地的后山，遭我军阻击。枪声突然爆响，我们沉着地化整为零，按指示的方向转移。

我们虽是"文弱书生"，必要时却也能英勇战斗。

"潮安解放了！""入城接管了！"我们《自由韩江》报社的小队伍，快步地随着大队伍进城了。

"争取3天后出报！"陈友盛社长用响亮的嗓音对大家说，并做了具体的工作部署。

从入城隔天起，吴方华、翁惠君、廖育等外勤记者都出发了，力争采访到更多新闻，保证按期出版新报……

"新一期出版了！"全社的每一位同志无不笑逐颜开，大家争看着，胜似在山地争看"捷报""号外"！

"争取天天出报！"陈社长又胸有成竹地再做部署，我们外勤组最紧最重的任务是采访、开辟稿源。于是，外勤采访的几位记者，天天早出晚归，吃饭时甚至相互催促，争取早点出发。一回报社，就赶写新闻，尽快交稿。

　　"到各区建立通讯站!"社长又安排了新任务。我们接到新任务后,先后到三、四、六、八……区政府去,经各区区长支持,就由各区文教助理负责供稿,建起各区通讯站,从而使各区的新闻稿件成为《自由韩江》报的新稿源。

作者简介

　　廖鹤滨(1925—2010),出生于老挝,祖籍潮安。早年在泰、老参加地下党抗日外围组织。当年在泰京南洋中学边教边读时,应聘担任《全民报》特约通讯员。1948年秋毕业于香港达德学院新闻专修班。后回国参加解放战争,在闽粤赣边纵队第四支队(凤凰山)《自由韩江》报社当外勤记者(化名廖育)至中华人民共和国成立。报社停办后,调潮汕专署公安处,1954年后在教学系统任教。1982年在华侨中学"华商侨生班"当班主任。期间获得地区公安处"平反"1952年错判的"叛徒案"。1987年秋在汕头市归国华侨联合会离休。先后参加汕头人大杏园诗社、汕头市侨联归侨作家联谊会、广东省归侨作家联谊会。

湄江寄情

林琪俊

湄江闻讯

母亲召唤语频频，游子思乡未了情。
梦回几遭鏖战急，顽恶不除恨难泯。

湄江别

余将返国，与友话别于王家田一世王桥下，临别唏嘘，遂赋。

重阳将至赋骊歌，同是漂萍奈别何！
此后云山虽万叠，亦须心迹两相和。

湄江喜会

1990年末，余返泰访友，相对难言，感赋。

湄江阔别秋几度，此刻重逢鬓如丝。
老泪纵横弹不尽，但期此后有会时。

作者简介

　　林琪俊（1925—?），出生于揭阳。1945年起经常为韩江纵队队刊《军中文艺》写稿。1948年往泰国，1950年10月回国。在《团结报》、《汕头日报》、汕头市广播站、广播电台多次发表诗歌、曲艺、演唱作品。小潮剧《闹帚》《虎口夺粮》（与人合作）等获创作奖。汕头市戏剧家协会会员。离休干部。

往事如烟

宋升拱

　　汽车在通往泰北的高速公路上急驶，时速超过 80 公里。4 月，是泰国最炎热的旱季，柏油路上热浪腾腾，行人极少，田野间不见耕者，显得空旷、沉闷和孤寂。我闭着眼想心事：此番坤敬之行，只因老同学阿芸知我莅泰消息，多次通电话到舅父家中，邀我非到她那里玩几天不可，盛情难却。我也想再浏览一遍泰北风光，暌违已逾 40 年，这也许是此生最后一次机会了！只是我此刻遐想的，不在于高原的崇山密林、湄公河的清洌流水，而陷进了一缕说不清的、难得解脱的怅惘情绪之中。听说阿芸在这 30 多年来，虽则历经磨难，毕竟还是靠自己的双手，开辟了事业成功的坦途，也算是个"头家"了。几十年人事沧桑，她还是我当年那些豪言壮语的倾心者么？抑或是有着不少"头家"的心态，带着成功者的骄矜和冷漠，把昔年友伴当作刘姥姥拜访荣国府……

　　坐在身旁的妻子，摸不清我的心事，却兴冲冲地说："芸姑见到你，定然很高兴吧！"

　　弟弟正专心驾车，听见这话，侧转头接口说："怕还有一番埋怨呢！当年我真想不到，阿兄能不与芸姐一道返唐山?!"

　　我猛然省觉：心灵的弦索被弟弟拨动了。不知阿芸对当年的抉择如今是感到幸运，还是悔恨？

　　在我心灵的屏幕上，蓦然浮现当年的场景——温馨的乐园之夜，圆月高挂椰梢，我们并坐在木椅上。我焦躁地要求她迅速作出抉择，因为再过几天，我将与佛国诀别，回归祖国，投身于刀光剑影之中。她低垂着头，心灵在激烈搏斗，被催问急了，抬起溶溶泪眼，嗫嚅地说："你说的全都对！火能使人类获得光和热，获得熟食的美味。但我深知自己，永远不是盗火的英雄，还可能被火烧死！我只祈求人生的安谧与舒适！"她心灵祖露到此地步，我还有什么可再说呢？我俩虽然同是出生于泰国，成长于中国的"半菜番",经历了8年的流离与冻馁,给予我俩的感受却迥然不同。她出身于中产家庭,本质上善良却又怯弱,如今成为到南方躲避严寒的候鸟,又获得一处水草丰茂的寄宿地,厌倦飞行,畏怯冰雪,自然也可理解。——这场谈话,使我们从人生的岔道口上分手,从此天各一方,40年音讯渺茫……

从曼谷到坤敬的公路400多公里,5个小时就到达了。按照地址,弟弟把汽车开到她的店门前。阿芸热情地接待我们,喝过冰镇咖啡,她引导我们参观了她的家私店铺和制作工场,傍晚,她在当地最豪华的饭店请我们吃鲜牡蛎和大螃蟹。这些东西是用飞机从泰南的夜功、龙仔厝运来的,新鲜可口,是泰北难得尝到的海鲜,价钱昂贵得惊人。饭后,她的儿媳们各自驾车回去,阿芸亲自引导我们到一家别墅式的旅店投宿。

旅店庭院种满花草,阒静清爽。我们坐在髹漆的竹椅上,一边喝着我带去的乌龙茶,一边天南地北扯谈往事。阿芸对家乡人们现在的吃穿情况甚为关注,探问得很详细,我都给予如实的回答。她听后满意地说:"看来家乡是比40多年前好得多啦!"

我说:"那还用说!要不然,我们这些人,当年抛亲人弃家业,还有什么意义!"

阿芸淡淡一笑,说曾有传闻:有的唐山人回去后,把探亲者的财物,以半讨半夺的方式,盘剥净尽。她认为此种举动影响国家声誉。

阿芸能这么关切国家,使我欣慰!我诚挚地告诉她:十年前那场人祸,确实把人们摆弄苦了,这种丑事,是曾经发生过。只是,如今变了,现在家乡人稀罕的,是彩电、冰箱、摩托车了,一般的衣物,引不起兴趣了。我又开玩笑说:"要是你这位'头家'回家乡去,可能也有人认为:'番客番客,无一千有八百'。自古就有这句顺口溜的呀!"

阿芸喟叹道:"谁又知我这个'头家',泪有几苦、血有几咸啊!其实,所谓'头家'也有大小。就以我来说,目前有间店,外貌显赫,其实自己的钱不多,都是银行贷来的。生意兴旺时还过得去,清淡时就抓破头皮了。还不是在代银行的'大头家'赚钱!"

我很自然地把话题转移,请她谈谈40年来的经历。她轻轻摇头说:"往事岂堪回首!我本已淡忘,不拟重提。既然老同学垂问,那就例外吧!"她略作停顿后,语调低沉迂缓地叙述起往事。

"……当年,你走后,我曾想出去做事,但不知能干什么,想做生意,又不懂行。隔年，也就是 1949 年，由父亲的友人介绍，匆促结婚。我那位先生也是华裔，易三仓的毕业生，在洋行办事，月薪 600 铢，在当时可买两三吨谷子，算是高薪阶层。我这个人胸无大志，你是清楚的。还以为当家庭主妇，安安稳稳过日子，也就罢了！谁知婚后才一个月，就发觉他有嗜赌恶习，我婉言规劝，他说是不能一辈子当白领阶层，想通过赌钱捞笔资本开店当'头家'。我劝他别存奢望，说多了，他就暴跳如雷。我真傻，怕伤感情，还以为能缓缓用脉脉温情感化他。赌钱自然带来吃、喝、玩女人等并发症，1956 年，他终于负债累累，躲债跑到西贡，半年后我才知他行踪，不得已带两个孩子去和他会合。那时，美国势力已侵入西贡，法语被英语代替，他仗着易三仓英文学校的牌子，给一些富家子弟和大老板教授英语，勉强维持四人低水平的生活。此时我才醒悟：家庭主妇的日子不牢靠，必得摆脱金丝雀的地位。就变卖了首饰，加上从曼谷带去的一点钱，开了一家家私店。当时的西贡，经济刚恢复，生意不错。我们的收入也就有富余。20 世纪 60 年代后期，局势紧张，只好迁徙到当时是西哈努克亲王统治下的金边，仍干老本行。朗诺垮台时，我们果断抛弃一切，带上一点现款，匆忙但还算及时地逃到万象。万象是个穷地方，又是动乱时期，老本行都干不成，坐吃山空，差点沦为乞丐。幸亏他还保留泰籍，经亲友帮助，得以重回泰国。20 年辛苦积攒，几经颠沛流离，只落下两只破皮箱和几套旧衣服，真够狼狈可怜了！幸得我父亲资助，才得在此地重操起旧业，天下事也真是无奇不有，有的地方战争破坏，百业萧条，有的地方却正好仗着战祸，畸形繁荣，此地的情形正是如此，我们的家私店居然门庭若市。但他却狗不改吃屎，安居不上两年，手头宽裕了，坏习惯又来了，又是赌钱玩女人。我实在气恨不过，多次想到跳湄公河！还是儿女们多方劝慰，在与他吵过几次后，虽然各自都快到 50 岁了，还是办了离婚。他带上一个女人，至今也不知跑到什么地方……"

阿芸这时已控制不住感情的冲动，泪珠滚滚了。我与妻子也双眼潮红。但我不知道应说些什么，才能给她以有效的慰藉。我只能套用极庸俗的语言说："以往的一切，就让它像云烟般飘走吧！要珍重眼前的幸福！你现在儿女长成，必要的物质享受也有了，应该感到安慰。"

阿芸抬起泪眼，呆滞地瞅着我，梦呓般说："也许吧！我也曾这么想过！不这么自我安慰又能怎么办呢？但是，细想起来，这样的人生，未免太乏味了！一辈子当牛做马，操劳积攒，难道就只为了充饥暖体？儿女长成了，成家了，我却更感寂寞！每当黄昏，店门关了，儿女们成双成对驾车去兜风，丢下我守着电视机，连个说话的都没有！唉！这一生，真不知为的是什么！"深沉的哀伤，笼罩着她犹显俏丽的脸庞……

在坤敬住了3天，阿芸开车陪我们游览了廊升，眺望湄公河对岸她曾滞留过的土地，还参观了坤敬大学。当谈及往事回忆旧友时，她有说有笑，显得轻松开朗，我仿佛看到了40年前同游湄南河、玉佛寺时那个青春焕发的姑娘！当我们告别她回曼谷时，她伫立公路旁向我们挥手作别，我看见她双鬓迎风飘动的灰白发丝，看着她越远越模糊的身影，蓦然觉得她是真的衰老了！大思想家庄子说过："终身役役而不见其成功，苶然疲役而不知其所归，可不哀邪！"此时此地的阿芸，难道不正是这种心境么？

作者简介

宋升拱（1925—2008），出生于泰国。1934年回国读书，1946年重返泰国。曾以宋朗、宋稜、冈陵、谷雨等十几个笔名在《光明周刊》及其他华文报刊发表小说、散文、诗歌等作品。1948年7月回国。短篇小说《阿山与娘莲》获曼谷《新中原报》1988年泰华短篇小说创作优秀作品奖。

梦

谢中然

昨夜依稀到故乡，室家团聚喜洋洋。
雏儿绕膝看容貌，细妹牵裾问短长。
堂上椿萱仍壮健，庭前棠棣亦芬芳。
醒来又是孤衾枕，始悟邯郸梦一场。

这是我 34 年前所作的一首以"梦"为题的诗，刊登在《南洋诗坛》上。那时，浮云落日牵情意，飘蓬游子每思家。记得印度诗人泰戈尔在一首诗里这样写道："我周游世界，跋山涉水，花了那么多钱，走了那么多路，阅尽世间万物。但是，这一切我都忘了，独有我家门外，一棵小草的嫩叶上面，冒着一滴露珠，它映出通天宇宙。"在旧社会受尽折磨苦难，为饥饿而奔波异国的我，对解放了的祖国，自然会同诗人一样，对家园的一棵小草，一滴露珠，都产生深厚真挚的感情，会眷恋着那生养过我的地方，所以在异地做了这样的"梦"。

"白日放歌须纵酒，青春作伴好还乡。"新生的祖国，它摇曳着多少海外赤子的心旌。不久，我终于和几位志趣相同的朋友回到了可爱的故乡。如我儿时在慈母的怀抱中受到亲切的抚爱一样，敦厚纯朴的乡情也使我暖透心窝。后来，乡里的群众又推选我当上了干部，在一浪推一浪的社会主义建设高潮中，我看到了锦绣灿烂的前程，在那生活沸腾的日子里，一颗为人民服务的心如火一样灼热。歌从心出，文由情生。我往往会情不自禁地拿起笔杆子，来描绘那不断涌现的新生事物，为壮丽的河山纵情歌唱。当《骨肉重圆》的通讯在香港《中国新闻》上登出之后，有位朋友寄来读后感说："新旧社会的对比，悲欢离合的故事，感人至深。一滴水能见阳光，写一个家庭也可反映出祖国的新貌。"当中央人民广播电台用潮州话向海外播出岭头侨乡的新人新事，过了七八天之后，就收到新加坡乡亲朋友的来信说："当时深夜听到自己家乡的消息，亲切有味，激动得一夜不能合眼，天一亮，大家就奔走相告，在咖啡店聚会，畅述新闻内容和家乡大好形势。我曾先后在《南方日报》等报刊上发表《桥》《海》等散文，广西有一个大学生在报上登文给予亲切鼓励，同时又收到一些由编辑部转来的读者写的读后感，有一位还问我是不是大学生，这真令人百感交集呵。我复信对他说："我在旧社会只能踏入小学的门槛，什么文章体裁都不懂，倘若没有党的关怀教育和群众的鼓励支持，我是什么也写不出来的。"在那段时间里，我也经常做一些梦，都是欢乐、兴奋、充满阳光的梦。过后回味时，心头总是甜滋滋的。

在那"史无前例"的凄惶岁月，举国罹难，全民遭灾。到了1968年秋，我的家乡也卷起黑旋风，我也被卷进这旋风里了。我被隔离、审查了10天后回家的那一晚，老伴给我炖鸡汤喝，并对我说："你的一箱材料、稿件，我都给你烧掉了，留下来今后还会害子害孙呢！"我倒在榻上，一时什么话也说不出来，只觉得头昏脑涨，心火燃烧……当我被人催醒睁开双眼时，只见房间里电灯明亮，一家大小都围坐在榻前对我凝神关注，我不知是怎么一回事。老伴对我说："你整夜睡不安稳，常发呓语，刚才又挥掌呼叱，真把全家人吓坏哩！"我定神一想，呵，原来是在做梦。我追忆着梦境，缓缓地说给大家听：我游览了九泉，看那里雄伟壮观的山河和光辉的日月都和人间一样，那里没有贪官污吏，坏人不敢猖狂。大家听着，听着，都舒了一口气，老伴也转忧为慰地说："好人自有好报，恶人哪有好日！只要你不是生病，做个梦倒不要紧。但这是一场惊梦呵！"母亲还立刻亲自去煮了几个青皮鸭蛋给我吃，说是可压惊呢！

阴霾扫净，玉宇澄清。顺民心、合民意的政策像和煦的春风一样，暖透了海内外每个中华子孙的心。飞鸿万里，互传喜讯。百花争妍，皆成文章。一位十载不敢通信的新加坡朋友也寄来一诗："故梓妖氛荡十秋，天涯怀旧倍增愁。盼君玉照随鱼索，慰我乡心热泪流。"我读后就次韵酬答："花谢花飞几度秋，故园风雨惹人愁。狮城亲友如相问，松竹依然翠欲流。"后来，我被评为全国归侨、侨眷表彰大会先进个人，他们在《华声报》看到我的姓名登在光荣榜上，也由海外寄来了鼓舞的辞章。"……画笔挥来豪气盛，新诗吟罢漏声稀。年丰更觉侨乡好，共乐天伦愿未违。"当我这首《述怀》的七律在《广东侨报》刊出之后，国内外的吟侣也都寄来了热情洋溢、言志抒怀的诗。上海、江苏、四川等地的朋友，还把和诗写成书法寄来。墨宝知风度，丽句传心声。大家虽未晤面，但已心投神契，结下了翰墨之缘，这真使我受到很大的鼓舞和慰藉。

昨夜，我同老伴一同读着南洋一位诗友的来信，其中有"把晤非遥，统俟面罄，剪烛西窗，共话夜雨……"等语，真是越看越高兴，越想心越清。老两口心中计划着：聚首之日，一定要请好友和我们的儿女、媳妇、孙儿们合照一张相……等到醒来，老伴问我："你夜间多次笑出声来，莫非又在做梦？"是呵，我这回是在做着一个甜蜜、美好的梦，只见熹微的晨光已透过窗棂，我披衣而起，乘兴又写了一首诗：

> 壮年判袂在星洲，转眼吾侪皆白头。
> 蕉雨椰风频入梦，暮云春树怯登楼。
> 繁花耀眼千家富，政策归心万象幽。
> 知己重逢相视笑，金瓯风物画中游。

作者简介

谢中然（1925—?），潮州人。新加坡归侨。1950年在《南洋商报》发表散文及旧体诗，1952年回国后，在省、市报刊发表散文《桥》《海》等。长期在基层从事侨务工作，曾被选为潮州市侨联会委员、潮州华侨历史学会执委。

昔日同窗

周艾黎

　　1989 年冬，偕同老伴到泰国探亲。老伴是侨生仔，自青年时期归国，至今已有 40 年又过半载，刚好进入花甲之年。常有人说，老年人喜欢忆旧，而老伴一回到出生地，就不只是追忆，而是想尽可能地寻访旧时物事、昔日同窗，聊以慰藉思念之苦。为此，我曾在一个大清早，陪伴她徒步走到三聘城门，然后沿着狭长的三聘街寻找她的生身之地。这时，街上的商店尚未开门营业，行人不多，比较好辨认，她也终于在靠近"书册巷"那里辨认出来了。又有一天下午，我们行经耀华力路，她提出要去看看当年离开曼谷之前，她家住的一条小巷。刚到巷口，一个正在冲咖啡的汉子，看上去 50 多岁，看了我们一眼，就提高声调冲巷口边上的小店里喊道："阿妈，芬姐来了！"老伴还没反应过来，陈婶已经走出小店，热情招呼着老伴。原来这位陈婶当年就在这巷口摆小摊卖杂货，同老伴一家人十分熟悉，刚才喊话的正是陈婶的儿子——那时才十多岁的阿森。40 年过去，虽说很多事物都发生了改变，但还是被老伴寻访到了，辨认出来了，老伴为此着实感到甜蜜温馨的满足。

　　但是，她想会晤昔日同窗之事就不那么顺利了。我们已经抵泰半个月，在亲戚朋友之间探询，都问不到信息，心中着实沮丧。难道十位女同学之中，就无法找到其中几位、至少一位相会么？都是 60 岁的人了，要是这次缘悭一面，此生就恐怕没有晤面的机会了。真是老天不负有心人，一天，我的朋友终于寻问到一点线索。不过，朋友告诉我们，这个人不一定是老伴要找的人，但肯定是他们家族中的成员，我想，找到"线人"就一定能找到老同学。老伴在她嫂嫂的协助下，终于弄清了"线人"原来是老伴同学章以茵的姐姐，章以茵就是她亲妹妹。这使老伴喜出望外，立即拨通了章以茵的电话，找到第一个同窗。在电话里，章以茵也说想不到分别 40 年的老同学能够会面，便约定半小时后前来。

嫂嫂也在一旁高兴。她忽然记起什么来了，走回房里拿出一张周边有点破损的旧相片递给老伴，用带有邀功的口吻说道："我替你保存了40年的相片，现在亲手交还你。"老伴接过相片一看，十分惊讶："这张相片还在！"原来，当年老伴走后，嫂嫂为她整理房间，发现这一张毕业合照没有带走，就收藏了起来，归入家庭相片簿。前年嫂嫂要搬新家，好多旧家什被清理掉，一些旧相片或褪了颜色，或破损不堪的，也在丢弃之列，嫂嫂看到这一张八英寸毕业相片尽管周边破损，却没有褪色，人像也清晰可辨，特地拣出来保存，想在日后交还老伴作纪念。嫂嫂说："我本是'无心插柳'，想不到这回有用场了，你就先认一认相片上的同学吧！"姑嫂二人沉浸在欢快之中，并排坐着一起辨认。其中几个常来走动的，嫂嫂也认得，而且能叫出名字。"这不就是章以茵吗？""是的。""中间这位老师，如果健在，该有……""钟老师，今年应该快80高龄了，不晓得健在否？"

我听他们姑嫂谈到将要来到的章以茵，就要过相片来看，但见二十几岁明显带着稚气、又充满青春活力的脸孔，脱口说了一句："都是小青年。""而今都是公公婆婆了。"嫂嫂说。

说话之间，门铃响了，我起身开门，门外一位衣着整齐、朴素、脸庞圆胖的太太朝着我行合十礼道："您好，请问尉筱芬住这儿吗？"

我连连点头称是。我明知来者就是章以茵，而且头一眼就看出好些面善，只因模样好像50岁人，才没有立即招呼她。"是章以茵大姐吧！尉筱芬正等您到来。快请进！"

这时，老伴同嫂嫂早已在客厅候客好久了。两个昔日同窗拥在一起，又各自后退半步，相对端详起来，而后开怀大笑："都老了，都老了，如果在路上见到，不仔细辨认，说不定要失之交臂了。"时光在不停地流逝，40年的时间，在各人的脸庞上烙下皱纹，鬓发上添了白丝，从少女到老太太，变化着实不小，尽管轮廓依稀，哪能一眼相认出来？

老同学见面，都有说不完的话。章以茵眼尖，看到刚才那旧相片，取过一瞧，惊讶地问老伴："你还保存着这张相片？"老伴说明了原委，嫂嫂说："刚才我还认出了你，还记得同学们都钦佩你，说你毕业考试是班里第一名。"

"嫂子，这些事后来都忘记了，问你小姑是不是都忘记了，她是第二名。"章以茵笑得很腼腆，接着却说出一番颇为感慨的话：女人嘛，读书成绩好并不实用,嫁了人之后,命运往往由丈夫决定,封建社会的"夫荣妻贵",其实在工商社会里同样存在。女人一结婚,就把自己固定在家庭圈子里,围绕丈夫、孩子、厨房忙个不停,学习成绩用不上,根本没有价值,而当年那些男同学,成绩不见得优异,可是经过几十年的奋斗,有的却能闯出个局面来。章以茵的见解,我觉得很能说明她的人生观。在此后的多次交往中,印证了我的这个看法。

一个下午很快就要过去了,章以茵起身告辞,嫂嫂和老伴都想留她吃晚饭,她却幽默地说:"女人,又是主妇,不能不回去呀!"临走,她要求老伴给她两天时间,她把能够联系上的同学约在一起聚会,还带走那张毕业合照,说是拿去翻拍,多晒几张分赠老同学留念。

想不到次日晚上,章以茵便来了电话,高兴地告诉老伴说:已约好老同学明天中午在素里翁路香格里拉酒店相聚,还郑重地转达所有将赴会的同学的意见,要老伴务必带我一同出席,同学们要看看当年"拐走"她们同学的这位先生,到底是什么模样。章以茵说这话时还直笑,笑声溢出听筒,连我都听到了。老伴则急于想知道约到的是哪几位同学,章以茵故意卖关子,回答得很干脆:"这个现在不告诉你,大家要考考你的记性和辨认能力。"老伴得不到答复,也半嗔半怨回话说:"你把毕业照带走,原来是早有预谋,好一个章以茵……"

老伴与阔别40年的昔日同窗,就要相会了,能见到谁呢?是十个不缺,还是章以茵平日交往较多的三几个?但看她那副高兴模样,则至少是一半以上的人能见到。在章以茵接我们去酒店的途中,老伴多番探询,她始终守口如瓶,还指责老伴未改当年的急性子:"这不是到了吗?你准备认人吧!"我们跟着进了雅座,就有三位太太一齐拥了过来,截住老伴,却不开口,看来这是在实施考老伴的计划了。老伴并没有太多思索,头一个呼出"程新玉"的名字,那个程新玉笑着拥抱起老伴:"尉筱芬,我也认出了你。你看她们又是谁?"老伴微笑着又一连道出两个名字:"符又君、苏洁珉,都不会弄错吧?"正待就座,又有一对老年男女进来,女的行动不便,步子移动得很小,完全靠男的搀扶着走路。老伴忙走过去,一边扶着她一边说:"是柳絮青吧!你这是……这位是你先生?"柳絮青乐得脚步轻松,自己趑行,在餐桌边对着大家说了一句概括性的话:"小尉记性很好,简直同从前在课堂上背书一样。"老伴又会见了四位同学。

应该说这是一次盛会了。据说能这样五六个人聚在一起谈叙,几十年中并不多有，主要原因是各人各有一个家，很少有时间应酬，加上曼谷市区连年来不断扩大，不少人迁往新区，住得分散，交往联系多借助电话，如此年深月久，渐次疏远。她们商定要在饭后集体去探望另一位老同学杨泱，她们早先都是过从密切的同窗好友，她家生活优裕，房子宽敞，还曾设家宴招待过老同学，后来因大家负累渐重而减少往来，一直到前些年杨泱的丈夫去世，老同学们去吊唁时才与她会面。听说杨泱本人也病了颇长一段时间，个别人曾去探视过，就是无法约齐若干人同去慰问。章以茵说：下午这么多人一起去，杨泱会很高兴的。

老伴得知老同学们虽然长住曼谷，同处一地，却难得聚会，很感怅然，因而对于她今天受到盛情接待，深觉过意不去。她感谢老同学们给了她这么大的面子，尤甚感谢柳絮青，她是在丈夫吴先生的陪伴下才能到来的。据程新玉透露，席间6个女同学中她自己年龄最小（59岁），柳絮青是老大（65岁），吴先生则年近古稀，还特为妻子驾车前来，真是太难得了。听说柳大姐已得病多年，全仗吴先生护理扶持。本来她们有一对子女，留学后都在国外谋生，而且是儿子讨了洋媳妇，女儿嫁了洋丈夫，成为一个跨国的"国标家庭"。老两口钱是有的，不仅原来有积蓄，还有不少的外汇，所缺少的是家庭团聚的欢乐。自柳大姐得病后，儿女们两三年才能回来探望一次，这就使她总是感到孤寂。不过，有了吴先生的朝夕相处，体贴照顾，她又是满足的。朋友们很羡慕这对结婚40余年的夫妻。

杨泱感冒了，却特地下楼接待老同学。老伴见她拄着一支下端可以分叉成三脚架、能够平稳支撑身子的拐杖，忙着安排客人就座，我们见状感到有些过意不去，她却说："感冒已近尾声，不要紧的，至于这拐杖，已是经年的伴侣，我很信任它，没事。"看来杨泱还很乐观，不时说笑话，她走到柳絮青跟前时就说："我的先生如果不死，说不定我会同柳絮青一般幸福，终日有人鞍前马后地服侍，太羡煞人了！"又对着章以茵、程新玉说："为什么不把你们先生也带来？你们看，七位女士两位先生，男士们太拘谨了。"说得女士们大笑着，只有符又君在一旁作态，笑不起来。我观察到了这情景，颇感疑惑。

杨泱母家原来同老伴他们是邻居，是老伴姐姐的同寅姐妹、童年的好朋友，后来又与老伴在师范班同学，老伴一向称呼她姐姐。以后两家人各向相反的方向搬迁，联系中断，这一次如果没有找到章以茵，也就无法和她晤面。

俗话说：各人都有一本难念的经。杨泱的经，她刚才已经一语道破，那就是她失去了丈夫，造成生活上的孤独。杨泱的几个孩子，因已男婚女嫁，都在外面自立门户，这一幢4层楼房，当时只住着老两口和一个老管家，倒也安静舒适。周日孩子们带齐孙子回家，则热热闹闹，充满生机，正所谓天伦之乐，其乐融融。尤其令人看红了眼的是其家庭经济优裕，丈夫是银行的高层，杨泱自己也在银行谋得一份收入颇丰的工作。像这样的家庭，在泰国社会可谓美满幸福的了。但自从丈夫去世后，家庭顿失了主心骨，经济上的损失对杨泱构不成威胁，精神上却令她陷入了孤独的境地。特别是后来杨泱自己也病了，孩子们因事业羁身，无法看顾，便想尽办法来安排母亲的晚年生活，他们分配老管家专门管理杨泱的日常起居作息，另雇用一人买菜做饭，再请一名家庭保健护士兼开车陪游。做孩子的以为这样的安排是尽了孝心，母亲一定会感到满足。但他们怎能理解老年人寂寞的心境，是任何物质都不能弥补的。杨泱为了排遣孤独感，有一段时间还曾拄着拐杖，由护士小姐开车去银行上班。她说她不稀罕一万几千铢的工资，而是为着"近生人气"。又说："昨日接到电话，知道今日老同学聚会，我好像病全好了，一心想去，无奈医生一再告诫谨防重感，只好劳驾诸位光临舍下了。你们看，我此刻全好了！"

在杨泱家畅叙，是老伴会晤老同学活动的高潮。杨泱因做了脑瘤手术，以致身体十分虚弱，还留下行动困难的后遗症，而且正患感冒，大家怕影响她休息，坐了一会儿便告辞了。同时，各人也在这里分手。章以茵怕我们道路不熟，坚持送我们回亲戚家。在车上，我听见老伴低声向章以茵探询道："符又君原来有说有笑，为什么在杨泱姐家就沉默寡言了？"原来老伴也觉察到了。章以茵叹了口气，沉默良久，才说出如下内容的话：男人风流，几毁家业，又君忍让，胼手胝足，撑持生意，抚养子女，一心挽救丈夫，重叙欢乐，谁知狗食糯米，本性不改，竟然抽走资金，筑巢纳妾。听到这里，老伴忙问："又君给甩了？"章以茵说："好在又君掌着经济权，所有文书要有她签名才生效，这才不吃亏。事实上是又君把他赶走的。""离婚了？""没有办法律手续，实际上断绝来往十多年了。""处在这花花世界，女人不放心的事太多。不过今日聚会的同学之中，家庭和睦、夫妻互敬互爱的还是占多数的。""只能说是微弱多数。"章以茵修正了老伴的话，又说："看来'贫穷夫妻'把精力集中在挣钱过生活上面，摩擦会少一点吧。"老伴说："这主要决定于个人道德品质，泰华社会不乏守身如玉的人，章姐，你的先生和吴先生不就是这样吗?"二人相视而笑。章以茵最后说：我觉得这是我拜佛的结果。40 岁后我开始专心拜佛，我用佛心感化了我先生，也用佛心熏陶我的儿子、媳妇，佛光普照，多年来也就一家和睦。"她告诉我们：她拜泰国佛、中国佛，后来又拜日本佛，对日本池田大作主持的日莲正宗教义领会犹深。她说她已约好符又君、程新玉等人在秋天结伴赴日本"朝圣"，进行一次宗教性旅游。

老伴在两个月的探亲期间内，终于会晤了昔日同窗，尽管只会了 6 人，心愿足矣! 那一天，当我们告别送行的亲朋、登上航机后，老伴说：人类促使着社会的繁荣和发展，而社会的变化则永远制约着人，人在斑斓驳杂的社会中泛化无穷，这就构成了人生吧!

作者简介

周艾黎（1925—2005），出生于潮阳。昔年侨居泰国，曾任《曼谷商报》《全民报》副刊编辑，以艾黎、周一、李孺、周克年等笔名发表作品。1949 年归国，历任《工农兵》文艺月刊主编、广东人民出版社第五编辑室主任、《潮人》杂志社副社长兼主编。整理过潮剧《火烧临江楼》（合作），1959 年摄制成潮剧艺术影片。1986 年离休。中国戏剧家协会广东分会会员、汕头市作家协会理事、汕头市华侨历史学会常务理事，曾任汕头市侨联归侨作家联谊会副会长。

怀念林青

许业信

　　我同林青结识和交往是 20 世纪 40 年代末至 50 年代初的事了，那时候，他是《全民报》副刊《全民公园》的编辑，我是投稿人。而我知道林青其人，是在日本投降后，在曼谷黄桥区"暹华青年总会"一次大会上，我听过他的发言，当时，在我的印象中，林青是一个充满活力的青年。这个"第一印象"，至今没有泯灭。

　　《全民公园》的前身是《曙光》，1948 年"六一五"事件以前的主编是赵怀璧，我的小品文和短篇小说等作品曾在该副刊发表，笔名"猎户"。1948 年后，林青接编时，把刊名改为《全民公园》，我只要有时间和题材，便继续投稿，那时候，我的笔名改为"猎人"。

　　我曾经在《历史的回顾》（见汕头大学《华文文学》1989 年第 2 期）一文中，对林青这位精练的副刊编辑，表达了个人的一些看法和感想，主要是针对他的工作方法和工作作风方面而言。他的工作方法，在我看来，能够放下编辑的包袱，走出办公室，深入到作者和读者群中去，了解并观察他们的思想动态和要求，在面对面亲切交谈中，建立了编者和作者的感情，使作者和读者认识到这块文艺园地就是大家的，必须共同努力把它办好。这样，使许多作者在创作过程中渐渐增长了主人翁感，这点精神是最可贵的。它决定了这片文艺园地是兴旺发达，抑或是枯萎凋敝。

　　我没有做过编辑工作，但我始终认为要办好一种刊物，编者与作者（特别是基本作者）必须紧紧地拧成一股绳，才能发挥出它应有的精神威力。因为，他们之间的关系，就好像是鱼水相依、血肉相连。作者需要编者的方向性指引和写作上的一些技术指导，并希望自己的文章能够尽快与读者见面；而编者则希望自己苦心经营的文艺刊物，有着一批强有力和高素质的作者，能够源源不断地为他们输送优秀的作品，使刊物内容充实。

　　在这种互相依存的前提下，客观上就要求一个聪明能干的编者，不但要善于选稿、改稿和精于编排设计等业务技术，而且，还要善于联系和团结广大的作者和读者，共同奋斗。这是一个不容忽视的重大问题。

基于上述观点，我觉得林青当时在编辑《全民公园》以及后来主编《半岛文艺》时，对于联系作者的工作，做得相当成功。我见他把很多时间安排在联系作者上，他经常在外活动，挨家串户，除了和作者谈写作外，还谈社会、谈生活、谈工作，当然也谈读书……特别是对那些写作比较积极的基本作者，过从更为密切。他的工作作风民主而正派，对人不是绷紧脸皮，而是满面春风，有说有笑，使人乐于与他接近。

20世纪50年代初，当我以"修人"的笔名撰写长篇小说《一个坤銮的故事》，开始在《全民公园》连载的时候，林青与我的接触便更为频繁了。他几乎是每隔两三天便跑到我家来催一次稿，来告诉我读者的反应，把我的气鼓得很足，使我写得很顺手。由于过从较密，我家里的人，都知道他的名字是"林青"。而我的孩子则称他为"林伯伯"。

有一次，我受到屋主的逼迁，精神十分苦恼，整天忙于寻找新房子，哪有心思握笔写稿呢！那天，当我正在门口等候公共汽车准备外出时，恰巧又碰上了他。

"喂！老兄，你的……"他想问我的稿子写好了没有，但当觉察到我神情不悦之后，便刹住嘴巴，没有把话继续讲下去。

"什么？老林，你问我那篇稿吗？我现在心情不好，慢些时间再说吧！""你现在到哪里去呢？""看房子去……"

"哎！那家伙又来逼迁了吗？真他妈的！"接着，他便要和我一同去看房子。我过意不去，怕耽误了他的工作，他却泰然地笑着说："迈炳莱喳（没问题）！"这时候，叫人很难想象，他还在嬉皮笑脸，讲几句半生不熟的泰语，企图逗我一笑，以便解除我胸中的郁闷。

当时，与林青往来的几个热心写作的青年作者，包括我在内，彼此的关系，不单是编者与作者的关系，而是感情深厚的文友了。大家在生活上互相关怀照顾，在创作上共同砥砺切磋。虽然大家都是业余作者，但都感到这种业余时间过得有价值。

礼尚往来。当然，我不会经常让林青上门来催稿的。有时候，我自己也送稿到他家里去。在我的印象中，他家人口颇多，经营饼食维持生计，我曾戏称他的饼食店是"林家铺子"。他一家老幼，除妻子外，全操揭阳口音，特别是他那位老母亲，更为标准。我曾问他："你家膀饼质量怎样?"林青不假思索地答:"质量保证上乘!"他装得很像一个经营饼食业的行家,其实,家里的生意,他是很少插手的,他在家里,不是看书,便是写字,忙他自己的事。

林青为人乐观,有时候,几乎使你感到他有点所谓"哈哈拢"。其实不然,他对待工作是十分认真严肃的。我记得有一次,《一个坤銮的故事》在插图上碰到难题:林青需要有一幅插画来反映文中人物郑通小时候在家乡"拾猪屎"的细节,然而,当时负责作画的昭坤兄、林青和我都是曼谷长大的城市青年,根本没有家乡农业生产方面的任何见识。我只是从间接资料构思细节,究竟猪屎怎样拾,工具是什么形状都不清楚。当时,我对林青说:"算了!画别的内容吧!"但林青认为这是典型细节,坚持自己的意见:"我一定要把'拾猪屎'的镜头,叫昭坤兄画出来!"经过他几次走访了一些懂得家乡农事的"老唐",终于,如愿以偿地把这一幅插图刊出,增强了小说的吸引力。我十分敬佩林青这种办事认真的态度。有许多事情,我总是"知难而退",而他却是"知难而进"。

我与林青属于同龄人,但从各方面衡量,他却比我老练得多,成熟得多。从华文文学来说,林青是我所尊敬的良师;从个人的感情来说,他又是我不可多得的益友。他在担任繁重的编辑工作的同时,自己还不断挤出时间创作。不论诗歌、小说或散文,他都善于驾驭,实在是一个不可多得的才华横溢的泰华文艺工作者。他的作品究竟有多少?时至今日,还没有人统计出来,大概是旁人很少知道他究竟用过多少笔名的缘故。比如他以"陈仃"的笔名写了长篇小说《三聘姑娘》同我的《座山成之家》,一起在《半岛文艺》连载,而我当时并不知道"陈仃"就是林青,很久以后才听别人说的。

林青于1956年归国,途经汕头,曾与我见过一面,但他马不停蹄,匆匆北上,在中国新闻社工作。大概是20世纪50年代末下放到海南兴隆华侨农场。尔后,听说再调回原单位。这些年,我们都没有见面。遗憾的是:其才虽可擢高科,唯却未能享大年!林青不幸竟于70年代初因病逝世,令人为之痛心!

40年过去了,历史既无情,又有情,回首过去林青及其朋友们所耕耘过的土地,值得欣慰的是,那里的炊烟,至今仍然袅袅……

作者简介

许业信（1926—?），笔名谭真。生于泰国，籍贯潮安。日本投降后开始业余写作，以"猎户"为笔名写杂文、小说，多在《全民报》副刊发表，20世纪50年代初以"修人""谭真"为笔名创作了两部反映华侨生活的长篇小说，即《一个坤銮的故事》《座山成之家》，后者在曼谷出过单行本，并被译成泰文。1953年底回国后，在外贸部门工作。

七律二首

王　菲

祝中、新两国建交

孤舟昔日渡重洋，汗水遍浇南岛疆。

狮市寻常忘客地，椰林深处有华乡。

长堤已是连中土，海上喜今架玉梁。

变幻风云凝瑞霭，东亚共谱和平章。

怀　旧

阔别狮城四十秋，依稀景物梦中游。

人民抗日气同鼓，师友临风情倍稠。

铁骑摧残心鼎沸，屠夫"检证"血横流①。

难忘最是"牛车水"，历尽沧桑可白头②？

注：①1942 年日军南侵时，以"检证"为名在新加坡屠杀大批市民，血洒海滩，惨不忍睹。②"牛车水"昔是中下层华人集居之地，故友多居该地，至今未通音讯。

~~~~~~

作者简介

　　王菲（1926—2000），出生于潮州。3 岁时随家人赴马来亚，青年时期开始从事文艺工作。1949 年回国，长期从事潮剧工作，任广东潮剧院专职编剧。离休干部。创作潮剧剧本《除怪石》、《岳银瓶》（与人合作）、《江姐》（与人合作），整理传统剧目《彩楼记》《荆钗记》《绣襦记》等。中国戏剧家协会广东分会会员、汕头市作家协会会员。

~~~~~~

西山遐思

郑白涛

西山是潮阳县城的靠背。站在西山上，俯瞰近处的练江和眺望远处的南山，潮阳的山山水水尽收眼底。

西山，是小北山的余脉。小北山从普宁的万山跌宕起伏而入潮阳境，先在铜盂结出了九龙聚首的灵山，余脉向东伸展，在潮阳县城的西山，又成为凤地。西山顶上的双髻峰，是潮阳的出海人在海上看家乡的"目望"。西山腰上，早在唐代，就建有寺院。唐代僧人惠照就曾在这里住脚，并为大颠剃度。明代，一代忠烈萧端蒙，少年时期则在这里攻读。

西山环境优美，历史上的文人名士，总要在西山上感兴吟诗，抒发对潮阳山水的赞美。有如"到此已无尘半点，上来更有碧千寻""带月步龟屿，观潮辟海门"。民国时期，广东省民政厅长林翼中所书"青崖点黛"的刻石还引起不少游人的追忆和评说。

西山是古老的，历史是悠久的。潮阳人喜欢夸耀自己的县城，说是山如弓，水如弦，形势优美。但历史上的潮阳，屡经洪水、台风、咸潮、战祸的侵袭，近代，就有许多潮阳人移居海外，他们经历了从无到有、从少到多的艰苦的资本积累过程，发财了，他们正像西山一样，既伸向太平洋，又连着祖国的五岭。他们创业海外，心悬故土。他们想将祖国河山一角的故乡潮阳装扮打点。眼前就有一座白壁琉璃瓦的楼宇，镶嵌在西山的半山腰上，像明珠般闪耀，这就是潮阳海外赤子所建的林百欣中学。我信步来到学校里，看到楼宇前的广场上，欢快跳跃的小青年，我回头向上望西岩古寺的萧端蒙读书处，我想起：昔日在如豆的油灯下苦读的萧端蒙，能成为国家的栋梁，今天在雪白明亮的灯光下，向知识海洋航行的青年，他们的将来，更应该是国家"四化"建设的人才吧。我这样想时，心神一畅，我看到我的故乡充满着希望。

作者简介

郑白涛（1927—2011），潮阳人。泰国归侨。在海外曾任《曼谷商报》外勤记者，回国后在北京电影学校编剧班学习、工作，后调到新华社华侨组。1958年回乡务农，在家乡度过20余年，1979年落实政策，安排在潮阳广播电台任记者。

我的处女作《卫生官》

郑侯祥

办好了离休手续后,头件事是清理自己住的小房间。一日,在一本硬皮簿里意外地发现了几页剪报,竟是我最初的几篇习作。真是太高兴了,42年后还能看到自己青年时期的作品,其中《卫生官》一篇,还是我的处女作哩。曾经有人告诫"不悔少作",我是不悔的,这并非因为我不是专业的文艺工作者,写得不多,"物以稀为贵",而是我觉得在我初学写作时,就能得到正确的引导,走上反映生活的写作路子。《全民报·青年学习》编者在刊出《卫生官》的同时加了按语,说作者深入观察生活,并以关心贫苦侨胞的心情反映生活现实,走这条写作路子是对的。还说作品中运用了潮州方言和泰语,读起来十分亲切。

《槟榔花》诗文集组稿,我把这篇习作再发一次,不是单纯偷惰塞责,而是想作为我学习文艺的足印留存起来。庶几可以鞭策自己沿着这条路,在离休后再走若干年,同时,希望在我曾经居留的国度里,类似的丑劣现象(包括那引起祸事的臭鱼),在商品经济相当发达的今日,能逐渐减少,更主要是想让我们世世代代缅怀先人创业维艰的境况,不要因为今日有"粿条大王"而忘记过去的"粿条担"小贩,正如前几年有人在泰华报纸上建议接待潮剧团的单位,不要只带剧团的人去博他耶、鳄鱼湖、玫瑰花园等地游览,也要带他们去"义山亭"瞻仰先侨葬身之地。总之,历史是要全面来考察的。《卫生官》写得很幼稚,我是在考察我个人的历史。

◎卫生官

"阿喜,今日是划船仔个节日,生理知知好了。"阿喜刚把粿条担搬出来摆在门前时,同屋的老林伯便笑着对阿喜这么说着。

"好正好,唔哩欲倒账了。你看我连日来卖存的货底不是日见日加吗?"阿喜听老林伯的话后,便一边工作一边回答他。

"咯咯咯……"越①里正午的鼓声响了，往日这个时候，阿喜的粿条生理已是收盘了，可是今天却真的热闹了起来。那些来哒叻游玩看热闹的外社芭人，三三五五来阿喜这里吃粿条。

"我一碗！""我一碗！""快点！""快点！"

阿喜真是应接不暇。这时，一个查卫生的"波立"②走来吃粿条了，他只用指头在桌上敲了一下，然后就在门外一只凳子上坐下来。埋头做粿条的阿喜竟然没有注意到这位"波立"先生的到来，把做好的一碗叫阿客弟捧给先来的顾客，再做好第二碗时，又叫阿客弟捧给后面一位行车员，这位波立先生便气起来了："贪勿③，等得这么久。"他把手上的香烟蒂向地上用力一丢，便狠狠地走了。这时阿喜才恍然大悟似的，急忙叫阿客弟将粿条捧给他，并向他说好话。这位波立先生却歪着头，斜着眼睛，摆动着身子气愤愤地走开去了。

"这是祸！这是祸！"阿喜感到受了威胁，心头万分的惊恐，一时想不出主意，口里才不断地这么说着。

"是做呢！"老林伯这时刚洗好手从后面走出来，听见阿喜口里不断地这么说着，觉得奇异，就急着询问他。

"这时一个波立欲来食粿条，慢做给他，他就生气走了。"阿客弟听老林伯询问，便将事情告诉他。

"那就哭父！阿喜你怎好唔知看，你唔知这班阿爷就是这脾性，着紧症，凡事总欲猛猛，欲人扶……两三天前，隔壁海南哥的烤供铺④就是因为去得罪他们，结果破了200铢，现在你……遇着就衰，遇着就害！"老林伯听知缘由，心里头好不焦急，但他也无法代阿喜想出什么解脱妙计。

阿喜已经心乱如麻，再加老林伯的这席话，他简直呆住了。这时候那个波立又来了，还带来另外两个，他们走近粿条担，就指着担边一处问道："这里为什么臭死人，苍蝇也这么多？"

"啊！阿乃⑤，有人放了几桶臭鱼在只块才挑走。"阿喜知道祸事真的来临了，他的说话声音和面色都变了。

"胡说！这不是你倒下去的污水吗？"一人大声地对着阿喜问着，两粒眼珠也几乎突出来了，"扎排！"⑥他手一挥，另一个波立便动手用绳子把阿喜缚了起来。

这时引得全个哒叻的人都走来看，正在吃粿条的人，也都放下了碗筷，静静观看。只有阿客弟忙着照顾顾客，收拾碗筷。

老林伯见阿喜被缚了，急着跪在地上，抱住那波立的双脚，叫他开恩饶了阿喜。

可是，这位波立哪管你什么，"排排!"⑦他叫了两声，便把阿喜带走了。

后来，老林伯在阿客弟的陪同下，用 50 铢钱把阿喜解救了出来。这 50 铢是"不卫生"的罚款。

注：①佛寺；②警察；③怎么样；④餐室；⑤先生；⑥抓起来；⑦走走。

作者简介

郑侯祥（1927— ），生于揭阳。1947 年至 1949 年侨居泰国。曾在《曼谷商报》任校对员，业余学习写作、绘画，有散文、方言诗歌、漫画等作品在《曼谷商报》《全民报》副刊发表。回国后，任报社记者多年，主要写新闻报道及特写。后改行做行政工作。离休干部。

难忘第二故乡情

郭　华

马来西亚是我的第二故乡，是我出生、成长之地。我的亲人和朋友现在还生活在那里。我离开她已40年了，但我在那儿经历过的许多事，至今不能忘怀。

记下三则生活故事，抒发怀念之情。

◎印度大叔

"呼呼呼"，印度大叔盘膝坐在草地上，那长长的大鼓在他双手的拍打下发出了雄浑的响声，他边打边唱，鼓声越来越紧，他唱得也越来越欢。鼓声一响，我们就知道"端"（指英人矿场主）夫妇外出赴宴了。这时这座洋人别墅前的广场就是我们的天下了，有的在茸茸草的地上翻滚，有的打起羽毛球，有的在摔跤，歌声、打闹声连同印度大叔的鼓声组成了一支优美的乐曲。

这里是毗叻州朱毛山区英人锡矿场场主的家，印度大叔就在矿场主家当厨师。矿场主不知叫何名，人们都叫他"端"，他们夫妇和3个儿女却雇了十多个工人，其中有厨师、保姆、司机、花匠和各种杂工。印度大叔年约50岁，身材高大、结实，是首席厨师。他心地善良，和蔼可亲，大家都乐意亲近他。我不会说吉灵话（印度话），我和他对话是用马来话（巫语）加上一点英语，因他的巫语不流利，英语却说得很好，因此，我们就使用英、巫两种语言混合起来会话，倒也可以交谈。他告诉我，在印度，他有妻子和两个儿女，他原在一酒家当厨师，因待遇差才离乡别井来马来亚谋生。他说，待多两年，积点钱就回国。

谁知，不到两年，日军的铁蹄踏进马来亚。英人矿主早已安排妻子和孩子回伦敦，他自己也在日军到来之前几天走得无踪无影了。在"端"家打工的人失业疏散了。只有印度大叔留在别墅，我要他跟我们疏散到"甘邦"（农村），他摇摇头："我没家没亲人，能到哪里去呢？你们走吧。"我们含着热泪告别。

过了两个月，我骑辆单车到别墅看望他。碰到老矿工李伯（他也是孤单一人没疏散，反而搬到别墅去住，他幽默地说：住了一辈子"阿答屋"（矿工棚），能住进端的别墅要感谢日本兵了），他告诉我印度大叔死了。啊！我真不相信自己的耳朵，但看见李伯那沉重的神情，我知道是真的。李伯告诉我：那天，日本兵汽车来到之前，他就告诉印度大叔躲一躲。印度大叔说能躲一次不能躲两次，听天由命吧。李伯见日本兵跨进大门，就躲到厕所假装大便。日本兵来到大叔面前，问他："英国佬哪里去了？""走了！""走到哪去？""不知道！"日本兵又问："在这里做工的呢？""走了！""走到哪去？""不知道！"

说实话，英人端走了是真的，到哪去了大叔确实不知道，在别墅打工的十多人走了也是真的，到哪去大叔是知道的，但他怕说出来给人惹来麻烦，因此都推说"不知道"。日本兵又问："只你一人在这里吗？"他点头说是。好心的印度大叔连李伯在这里也不肯说出来。"那你为什么不走呢？"大叔答："我单身一人，无亲无故！……""哼，你有亲有故就想走了？八格呀鲁！"一脚踢去，大叔倒在地上。

日本兵走后，李伯从厕所走出来，扶起大叔，在那缺医缺药的日子里，大叔终因伤势太重与世长辞。听完李伯的叙述，我痛哭失声。善良纯朴的印度大叔就这样死在日本兵的皮靴下，终于无法回到印度老家。在那战争的年月，也无法把他的死讯告诉他的妻子、儿女。

◎美湖，美丽的湖

1946 年春，我到槟城罗浮山背工作，住在美湖。美湖距槟城市区约 12 英里，英文名叫"吃答山个"，意为美丽之湖。事实上它是个美丽的渔村。这里有 100 多户人家，全是渔民，有间小学，有数十名学生，一男一女两位老师，女老师吴清梅当我的助手。还有一家咖啡店、一家杂货店。渔民每天捕到鱼就用汽车载到槟城卖给渔行，买回生活日用品和粮食。渔民性格大多率直，待人热情，我住、吃在一位姓陈的渔民家里，他待我像亲兄弟一样。

美湖，不仅是美丽的渔村，也是革命根据地之一。这里出了一批献身革命的人才，干了一番事业。槟城沦陷后，渔民用渔船把一批进步人士送到印尼就是一例。提起此事，渔民们神采飞扬，无比骄傲。原来，槟城是个孤岛。当年，日军才到双溪大年，英军就撤离槟城，日军占领槟城后，中国民主同盟的一批民主人士，其中包括槟城《现代日报》方君壮和洪丝丝等人都来不及疏散，急忙逃到美湖，渔村的渔民像迎接亲人一样分别把他们藏在家里，热菜热饭侍候，并准备好船只、干粮、清水，看好潮水、风向，航行了5天5夜，在一个月黑风清的夜晚冒着性命危险，避开日军巡逻艇，把20多位民主人士送走。这是多么崇高的品质啊！我听了这故事深受感动，便写了篇散文《美湖情》，于1946年底投寄槟城《现代日报》，没两天便在副刊登载，这是我的处女作。

◎阮登先生，您在哪里？

《南侨日报》阮登先生是我文学创作的启蒙老师，是他引导我走上了文学创作之路。由于"紧急法令"之故，我经常到处"流浪"，终于在1949年春到了柔佛州岑株，在福兴隆杂货店当店员，结识了岑株华侨中学的黄水江、张愈胜、范国志同志。我们在一起读了不少文学作品，我把读书心得写成读书札记寄到新加坡《南侨日报》副刊，没几天就收到副刊编辑的回信，说将采用，鼓励我继续写下去。信末署名"阮登"。就这样，我结交了阮登先生，并经常通信。在一年多的时间里，他先后发表了我十多篇读书札记。阮登先生循循善诱、诲人不倦的精神值得钦佩。我的习作是随手写来，想什么就写什么，可说是杂乱无章。但经过阮登先生修改，文章层次分明，逻辑性强，文字也通顺了。他来信常指出我习作中的问题，要我对照已发表的文章的原稿，从中找出问题。我知道《南侨日报》是份大报，作为副刊编辑，他每天都要编一版副刊，他对我这无名小卒给予的无微不至的关怀，真令人感动。

1950年6月，我和黄水江、张愈胜、范国志回国，经新加坡时，我和范国志专程到《南侨日报》社拜访，阮登先生在副刊编辑室接见了我们，他看上去30多岁，中等身材，很健谈，普通话带点海南音。他详细询问了我们回国准备报考哪间大学，并鼓励我们在革命熔炉中接受锻炼。谈话之间，电话铃声不断，不时有人找他。知他很忙，只好告辞。

因张愈胜是海南人，我们乘美安轮到海口。在海口逗留期间，我写了一篇近万字的《海南散记》寄给阮登先生，按当时情况，我估计阮登先生不一定能收到稿件。加上到了广州之后忙于考大学、入学等事，也把寄稿之事忘了。约在10月间，我收到省侨委转来阮登先生给我的信。拆开一看，原来是一张《南侨日报》，我那篇《海南散记》占了副刊的整个版面。阮登先生不知道我在哪间大学读书，自然无法投寄信件，但他想到了省侨委。当我看到信封上写着"中国广州永汉路广东省华侨事务委员会转交郭华先生收"的字样，感动得热泪盈眶。可惜不久《南侨日报》因种种原因而停刊，我与阮登先生失去了联系。又因"文革"之故，一直无法进行联络。新加坡一别至今已40年了，如果阮登先生健在的话也有70多岁了。我永远不会忘记阮登先生的情谊，我今天能成为一名文艺工作者，阮登先生有很大的功劳，是他指引我走上了文学之路。

阮登先生，您在哪里？

作者简介

郭华（1928—2000），出生于马来亚。1950年回国，大学毕业后分配到汕头文化部门，当过创作辅导干部、专业作者和市群众艺术馆副馆长。在国内外报纸杂志发表各种文学形式的作品。话剧《阳光洒满校园》《两个妈妈》《爱的抉择》等，先后获奖。中国文艺家协会会员，省作协、剧协会员，广东省新故事学会常务理事，汕头市民间文艺家协会副主席兼秘书长。

一对大红柑

黄流星

从马来西亚回梓探亲的友人，受我的异族好友——马来人玛哈曼之托，给我带来了一份贵重礼物：一对大柑，鲜艳艳、红彤彤，惹人喜爱！这是玛哈曼及其父亲加申两颗滚烫的心呵！我立时坠入美丽的回忆里了。

玛哈曼的父亲，在牛仑镇开间板廊（手工锯木厂）。40年前，马来人少有自己办厂的，在其同胞中，加申不愧是个开拓者。但他自称办板廊非为谋利，意在以生意为渠道广交朋友，尤其是广交华人朋友。他说："华人勤劳、节俭、热情、助人为乐精神很突出……"他对华人充满崇敬、爱慕之情。

交朋友，特别是交华人朋友，确是加申办厂的主要目的。加申有20多亩果园，距牛仑镇不远，其住家也在那里。园里果树种类繁多，榴梿、红毛丹、波罗蜜、山竺等佳果，花香四季，此摘彼熟，以果易利，单靠果园收入，他家的生活也是富裕的。

别说生意来往是交友桥梁，就凭他园中那两株特优的榴梿和两株红毛丹果树，早就是他广交朋友和结知交的媒介。他这两种特优佳果，确也有点来历。原来从加申的父辈起，就喜爱种植，一棵棵、一亩亩地陆续种成了这个大果园。他家与别人不同，尤其喜欢研究水果的嫁接和改良，一提起那4株美果，玛哈曼和他父亲就归功于华人老田伯。他逢人便说："若非老田伯把着手指导，就培植不出这么优质的好果树！"来自栽果之乡潮汕的老田伯，对植物改良嫁接和栽培确是内行，也乐意无私指导，长年累月，帮助加申培育出了特优佳果，又结下了如兄似弟的情谊。加申的这几株佳果收成了，从不拿去市场卖。有一次，一名英裔警长慕名登门求购，他也婉言拒绝。每逢果熟，便设果宴，把平日交厚者一批又一批地请来品尝。"果宴"的美名是华人替他取的。在果宴上，彼此边尝边谈，如同家人谈心，毫无民族隔阂。大家吃得痛快时，就有人建议"友谊友谊吧"！

一言未歇，大家齐执工具奔向果园，没过多久就把园中的杂草锄得干干净净。主人从来好客，非要你吃够，走时不带果出门则不放行。

我家经营木材，因生意来往与加申渐成知交，也是果宴常客。我首次赴宴是随父同往，以后人熟，就常一个人去。有时还带着我的小伙伴同去。玛哈曼与我同龄，接触多了感情也就渐渐深厚，有如兄弟。我最爱吃他的特优榴梿。榴梿一熟，踏进果园，香味四溢，一果入口，整半天仍有余香，且一果多是一瓣一瓢，核小肉厚。有一次，我带个朋友同去赴果子宴，此友一尝叫绝，冒冒失失地央求加申让他包销榴梿，并说价格可以从优再加优，加申一听，立时不快地瞪起眼睛：“一粒榴梿一两金子，你买不买？”弄得这个朋友很尴尬。

种瓜得瓜，种豆得豆。加申以炽热的心，广交华人，华人珍重感情，对这位异族人也是情同手足。有一回，他板廊里的两个执锯师傅，相继病倒，原木堆积如山，眼见客户签订的付货合同即将落空，加申急得团团转。没想邻近仁岭镇的两家板廊老板，都是华人主动派了师傅前来支援，使得产品一车车及时运出，交货合同全部如期兑现。加申专程到了仁岭镇向华人老板表达谢意时说：“人说同行相忌、异族相轻，可你们在我最困难的时候，送来最高贵的情谊。我们却是同行心相连、异族似兄弟！”又有一次，一场来势很猛的虫害无情袭向他的果园，只两三天，那茂密苍郁的果树，顿成枝残叶黄，有的竟只剩光秃秃的枝干，奄奄一息。受灾最严重的是红毛丹树，那两株他最心爱的榴梿树，也未能幸免。那时除虫化学药物很少，一时又措手不及，把加申愁得脸失光彩，仅以其民族习惯，祈祷真主拯救。邻近的华人，得知这个消息，都走到果园来，潮籍人用潮汕的土办法：芦藤水、烟叶水、石灰水等土农药并施，有的人更爬上树用手捉虫，七手八脚，各显神通，终于消灭了这场灾难。随着果树重新吐出枝叶，加申满面春风感慨地说：“真主伟大，华人也伟大。我的果园重获生机，使我再一次体会到，华人是个可贵可敬重的民族，华、巫应世世代代和睦共处！”

当地华人素知加申一家热爱种植水果，故每逢回祖国探亲，南返时都会给他带上三几株唐山果苗，加申均视为贵重礼品，移植在果园里，倾心灌溉，但因水土不同，效果都不佳。又一次，华人王亚顺从唐山给他带回两株潮州柑苗，却能枝壮叶翠，生机盎然。加申赞其携带有方，亚顺笑着说：“是的，我的祖父是有培植经验的老柑农，这是他特意培育的良种柑苗。我在唐山时向他提到你，他叫我带两株送给你试种，让它成为华、巫友谊柑，我祖父把这柑苗看得这么重，我便像捧珍珠般捧着它漂洋过海的呀。"加申也认为此苗非同小可，特在园里选了个最好的地方种下，用心浇灌。3 年后首次结果，却令人失望：果少，皮总是不红，味又酸又涩，难以入口。别人脸无笑容，加申却冷静地安慰在场的人说："人初到异地，尚且不适水土，何况植物。华人不是常说失败是成功之母吗？我当年培植特优榴梿果树，也屡经挫折，才从一再失败中踩出成功之路……"这时，我想到了小田，他与我很要好，其父老田伯已弃世，小田从父亲那里学习到了很多东西，便向加申提议把小田请来当"军师"，研究这两株柑苗的改良之路。加申赞同，小田也欣然同意，两人见面，加申紧紧握住小田的手说："每当我碰到困难时，你们就友好支援，我十分感谢。"小田如其父，同加申一起用心血浇灌这两株友谊苗。

不久，我就离开那里，临别，加申父子郑重表示，一旦友谊果改良成功，会立即向我报喜。

随着岁月的流逝，柑苗的事在我的脑际慢慢淡化了。送柑人的出现使我重温那些珍贵的往事。他告诉我："这对红柑，已记不清是友谊柑苗的第几代子孙了，加申临终时改良的才初见成效，他再三叮咛玛哈曼，酸果变成甜果时，就要设法给你报喜。"闻知加申辞世，我心情沉重，怅然若失。但看着面前终于改良成功偿了遗愿的佳果，我的心激荡得快要跳出来，立即剥开一个尝尝，味甜如蜜，不亚于祖家之柑。但来人遗憾地说："果虽甜了，株产量尚低，还得再培育，才能与祖家的柑比美！"虽然如此，我已感满足地说："你千里迢迢替玛哈曼报喜，谢谢你，玛哈曼在编织华、巫友谊纽带。"他爽朗大笑："加申和玛哈曼父子，老田伯父子都在编织这友谊纽带，还有你——你们都是我的前辈！"

作者简介

黄流星（1928—2016），马来西亚归侨。1947 年在海外时开始习作。回国后，于 1958 年起，重新提笔习作。出版有《送寒衣》等剧本，有特写《归侨老黄牛》、小说《怪鸟翼掉下来的人》等获奖。离休干部。

夕照芳心别有情

——追记港胞女诗人邱弁芳

周镇昌

  邱弁芳女士是原香港中华总商会会董刘筱铭先生的夫人，也是香港知名作家邱卓恭先生的妹妹，1911 年生于澄海东湖乡一户世代书香门第。邱女士自幼受家庭的熏陶，涉猎韵律，喜爱吟咏，是一位不见经传的有道德、有文化素养的家庭主妇。古稀晚年，文缘犹在，翰墨情深，不懈执笔。1982 年 9 月 27 日在港病逝，终年 71 岁。留下 1980 年夏到 1982 年春遗作五言、七言绝句 50 余首，刘先生把它编辑成书，名为"留馨集"，几经再版，馈赠亲友同好。年前又蒙惠寄新版书，拜读之余，掩卷沉思，乡人故友，风雨沧桑，感慨良多，遂命笔品诗后记，以抒缅怀之情。

  感物吟志是诗的特色，诗也如其人，邱女士自 1957 年离开澄海故里，定居于香港，在客地度过了 20 多个春秋。故乡，仍长系着游子的心弦，诗人的《怀乡》《秋夜》，便倾吐了这种缠绵依恋的情怀。

青山如黛月当空，万里秋思处处同。
客里怕吟陶令句，几回梦绕故园中。

远隔云山思故里，夜来飒飒起秋声。
何时买得归帆去，载尽千般离别情。

  热爱自己的祖国是广大侨胞、侨眷的共同心愿。邱女士于 1951 年毅然送长子光荣入伍。为使后代不忘故土，不改乡音，又于 20 世纪 70 年代初，送幼子回内地就读。"文革"期间，她对祖国的命运与前途关注有加。解冻回春之日，舒了一口气。她在《有感》《感时》二诗中，记下这一深刻的历史教训：

卅载沙场喜并肩，同心创业志昂然。
何期一夕翻云雨，釜底豆萁急相煎。

天上游云多变化，人间忧患岂无穷。
十年动乱谁评说，万户同声哀世风。

拨乱反正后，随着各项政策的落实，国内喜讯频传，海外侨胞莫不为之欢欣鼓舞，邱女士有一姨甥，家贫而好学，由她资助其攻读高等学校，毕业后调京工作，1980 年对科研有贡献而获奖，驰书报喜。邱女士遂先后成《得姨甥信有感》与《秋思》各一首：

读罢姨甥信，欣知业有功。
少年能苦学，今日用无穷。

一钩新月挂疏林，处处吟蛩秋意深。
千里家书传喜讯，故园风物系归心。

1981 年 12 月，邱女士偕诸亲人回乡观光，看到了家乡建设新貌，各业蒸蒸日上，人民生活水平逐步提高，返港后欣然命笔，写成了《回乡有感》一诗：

去年腊月回澄中，喜见城乡气象隆。
苦难十年惊客梦，从头收拾移新风。

寻根访祖，使海外赤子世世代代不忘故地，这种感情是极其细腻、微妙的。对祖国家园有着深厚感情的邱女士，能不魂牵梦萦吗？邱家原有祖业"有怀堂"与"待园"两处，旧居虽在，却已易主。邱女士对此心胸坦然，溢于诗笺：

千竿绿竹绕池边，一水澄清碧透天。
半亩园亭非故主，依稀往事忆童年。

人民政府落实侨房政策，犹如和煦春风，吹拂了侨乡。1986年初，邱家这两处旧居，俱物归原主，邱女士有灵，当可告慰于地下了。

《留馨集》出自一位普通女港胞之手笔，抒发了海外赤子的共同心声。她的佳作，还曾见诸深圳《晶报》、汕头商会《会讯》《潮汕乡讯》等报端，备受赞赏。她留下的是一笔不可多得的精神财富。

作者简介

周镇昌（1928—2018），澄海人。侨眷。曾为馆员、剧作家、中国剧协、中国民协会员，曾任中国戏剧文学学会剧本中心理事，汕头市民间文艺家协会名誉主席，汕头市金田影视有限公司艺术顾问、签约编剧，澄海区文化馆艺术顾问，澄海潮剧团特约编剧等职。编写上演大型潮剧《三闹金銮》《乱世情仇》等20多部，创作电影剧本《无敌鸳鸯腿》（合作）摄制上演，出版专著《中国戏剧文库·周镇昌卷》，有《灵光妈祖》等多部剧作获省级、国家级奖项。

冲新客凉

刘少卿

冲凉，又叫洗澡、洗浴、洗身、沐浴和抹身，通常是指躯体接受常温清水的洗涤，使之清洁干净，以消除疲累，达到身心愉快舒适的目的。根据健身和锻炼的要求，变化水温以加强身体皮肤的刺激强度，故又有所谓的冷水浴、冰浴、热水浴、蒸汽浴、海水浴和雨水浴，还有加按摩的桑拿浴、芬兰浴等。

常温的清水冲凉是生活中常见且乐于被人接受的。不过，地域、种族、不同生活习惯的群体，又各有不同的冲凉观和方式方法。总的来说，人们冲凉习惯、方式与气候关系最为密切。有些高寒地区民族，人们一生中仅在出生、结婚和死亡时才进行洗浴，而南洋群岛的居民，每天早、午、晚都要冲一次凉。

南洋群岛不少华人的先辈，当年从中国沿海省份"卖猪仔"到热带荒凉的海岛上，这些悲惨的失去人身自由的契约华工，为了适应热带高温多雨、丛林瘴气、海潮风暴和瞬息万变的恶劣气候环境，有意识地进行强制的冷水淋浴锻炼，或配合"打棍"动作强化刺激，这便是所谓的"冲新客凉"。后来，人们发觉冲凉确实对健身抗病有神奇功效，因此，冲新客凉就逐渐成为所有过番新客理应接受的"洗礼"。

冲新客凉是从新客初到贵境开始，时间最短为 120 天，每天两次，早晨 4 点和晚间 8 点各进行一次，每次至少半个钟，或冲水 100 桶。

马六甲土生土长的"娘惹"唱歌调笑道：

> 唐山阿哥咁"门堂"[①]，
> 漂洋过海来冲凉，
> 冲得少哩唔"打限"[②]，
> 冲得多哩发水黄。

冲新客凉配合"打棍"动作属高标准的强制锻炼。它是适应矿井原始采矿劳工长年泥水作业的需要，也是锡矿公司的要求。

新客冲凉前，每人各备一个冲凉桶，通常是能盛5斤以上清水的铁皮罐或木桶，一截圆滑的格木短棍，比肩宽稍长，粗细以适合各人掌指抓握为宜。冲凉时，新客们被催促着来到矿湖，脱光衣服，手提棍桶，站到架在贴水面的木板上。开始前先俯身捧一捧水含在口里，用手掌弄点清水拍打额头、胸口，叫作试水。接着随手庝湿双脚，鼓足勇气，快速提桶打水，起立举桶过头，把水从头顶冲下，接连冲下三五桶，算是开场白。

开场这胡乱的几桶水，冲走了怯懦，冲湿了身子，然后放下冲凉桶，腾出双手，以迅猛的动作，从头、面、胸、腹、背到四肢，用力摩擦全身，使身体发热，再打水冲凉。用右手举桶冲头时，右脚站立，重心落在右脚上，左脚伸直点地，身体向右倾，挺胸抬头，睁开双眼，接受清水从额头冲下，流向胸、腹、腿直至脚尖。右手冲水三五桶后，换左手提桶打水冲头，以左脚站立，按相反动作再冲三五桶，接着开始打棍。打棍的动作是有讲究的，要领是双手伸出，与肩同宽，正握木棍两端，先以右脚站立，左脚侧出一步，身体稍向左转，后仰挺胸，双手握棍在左胸前，紧贴胸部肌肉，从上往下滑动摩擦，直至腹部、腿部。动作由缓到急，反复运动，打右胸时，动作同前，但方向相反。打完左胸时以右手冲水，打完右胸则以左手冲水。打完胸肌后，依次对左右腰部和背部肌肉进行打棍。打腰部时握棍从膈肌窝往下打腰部和臀部肌肉，打背肌肉则将棍置身后，打左背时左右手反正握棍，打右背时正反握。打棍与冲水如何配合，无硬性规定，大致以冲水为主。打棍时用力或认真程度不同，运动量会有所差别，主要目的是使皮肤和肌肉接受强刺激而获得锻炼，切不可乱棍打伤了身子，通常反复冲，打半个钟左右结束，然后用毛巾擦干身体。

据家父回忆，当年他做新客时，在吉隆坡半山芭惠州头家的公司里做"沟仔"，冲新客凉就在露天的大矿湖里。早上几十人在冲凉，整个矿湖一片水声、棍声，沸沸扬扬，矿湖沸腾了，像煮沸的一锅开水，在晨曦雾霭中热气腾腾！

父亲年轻时身体并不好，经过近半年冲新客凉打棍锻炼后，身体传奇般健壮了起来。在往后几十年历尽坎坷的艰苦磨难，以至出生入死的抗日斗争中，他深深体会到冲新客凉打棍练就了他一身铜皮铁骨，终生受用不尽！

叔父做新客是在吡叻山芭的菜园屋里，亚答屋搭在丛林边缘，那里没有矿湖大河，只有山泉的潺潺流水，冲凉房就搭在坑沟堵成的水潭边。

叔父对热带丛林有如下的描述：亘古洪荒的热带森林一片喧哗，昼夜不息。鸟类、兽类、爬虫类以至种族繁多的昆虫，凡是有发音器官的，都各自为生存竞争、生命角逐而大声疾呼，营筑栖身之巢，抚育待哺之雏，悲欢离合，戏弄调情，或是胜利者的狞笑，或是弱肉强食的哀鸣。森林的大合唱，真是神秘莫测。

叔父是怎样描述他在这丛林的坑沟里冲新客凉呢？晚间 8 点，他点燃一块橡胶饼，那是小孩从胶园里捡回来的。胶饼燃亮了，发出哗啪声，冒着黑烟。阿叔把它放进 5 斤装生油桶里，铁皮桶侧边开着，顶上有铁丝提手。胶饼燃亮的火光，照亮通往小山坑的泥路，映着茫茫的大森林。

叔父来到山坑，把当提灯的铁皮桶挂在树枝上，让火光向着漆黑、神秘的森林，他背着光脱掉衣服，一阵山风使他哆嗦。他不甘示弱，俯身伸手捧起冰冷的山泉，往额头、胸口试水，冷得他心肝几乎都僵了，他不顾一切，咬紧牙根，迅速打满水桶，狠狠往头上冲，一桶，两桶，一连冲了五六桶。然后放开水桶，像打乱拳一样双手擦身，伸手伸脚使全身发热后，再继续冲水。突然，在背光暗处，传来一声怪叫。他起了一身鸡皮疙瘩。转身寻声望去，一片漆黑，什么也看不见。是恶蛇、老虎还是什么鬼怪？"别怕！"他替自己壮胆。一边取下铁皮桶，让火光照向声响传来的方向，挂好桶，一边警惕着会有什么东西突然向他猛扑过来。他有点心虚，头壳在不断胀大，俯身打满一桶水后拔腿就跑，跑到六七步远的高处，没发现有什么东西追来，才把水往头顶冲。冲凉完毕，又蹑脚返回小坑，像小偷一样警惕着东张西望，打了半桶水就跑。因为紧张没看准水潭，冲到头下竟是满头满面的泥沙，他有点气，猛啐着嘴里的泥沙，壮着胆子走上坑沟，打水往头上冲了几桶，又是一声更难听、更刺耳的怪叫。他不禁"哇"地一声哭了，狠狠将铁皮桶砸了过去，"当啷"一声打在石壁上。他抓起衣服就跑，一口气跑回屋边，没有动静，才停下来穿上衣服……

这是叔父追述他冲新客凉的故事。

母亲当年也是在吡叻山芭的泉沟里冲新客凉的。先用一束束茅草倒挂在横竿上搭起冲凉房，架块可供站立的木板，也用点燃的胶饼装在铁皮桶里当提灯，不同的是母亲有我大哥做伴。辛苦的是母亲留着长发，冲湿了，梳理半天还是不干，以致深夜不能睡觉，第二天又得早起。为了减少麻烦，她干脆把头发剪了。

父亲对母亲冲新客凉要求很严，冲凉期间，发现母亲无精打采了，饭量减少了，眼睛里有血丝了，或中午打瞌睡了，都归咎于冲凉马虎，不到家，怪怨说："水都冲到哪里去啦？"他断定母亲不是每桶水都冲在额头上，要不就没把两眼张开着。他告诫说："短月易过，可长年难挨啰。"于是加强了监督，令大哥一五一十计算着，非要冲足一百桶不可。

一天早上，老虎在林子间吼叫，母亲问：

"那是什么？"

父亲骗她说："鸟叫。"

"什么鸟那么大声？"

"大喊鸟。"

"大喊鸟有多大？"

"就是声大，杀了不到一碟肉哩！"

天亮后，母亲发现了老虎的脚印，竟像牛脚印那么大，还在林子间找到了被老虎吃剩半边的山猪肉，可真把母亲吓坏了。

冲新客凉的苦情，非亲身经历的人，是不容易理解的。土生土长的峇峇、娘惹，看起来确实感到唐山新客"门堂"可笑哩。

注：①马来语 mentong，即傻瓜。②马来语 tahan，即忍受、忍耐。

作者简介

刘少卿（1929—?），籍贯揭西，出生于马来西亚。13 岁随父兄参加抗日武装斗争。胜利后重返学校，怡保育才中学毕业。1951 年回国升学，1953 年分配到河婆中学任教。1984 年在香港出版长篇小说《吡叻山风云》。曾为中国作协广东分会、广东省民间文艺家协会会员。

狮城散记

苏伯炯

应新加坡亲戚的邀请，癸酉年之夏，笔者同内人等一行 4 人到新加坡探亲、旅游。在羁旅新加坡 80 多天中，接触了亲友和新加坡的一些社会生活，现从社会文化景观方面作几则琐记。

◎美丽的国度

新加坡位于马来半岛南端，又称狮城、星洲、星岛、叻埠，有"花园之国"的美誉。百闻不如一见，我们的汽车沿着新加坡东海岸宽敞、笔直的高速公路奔驰，虽已是夜晚八时许，但到处灯火光亮如白昼。只见公路上汽车如潮，公路两旁树木参天，绿叶成荫，花坪、花坛间杂其中，花卉遍地，绿草如茵，"土不露面"。市区高层建筑物鳞次栉比，市容极为整洁。大概是刚下过雨，更显出热带蕉风椰雨的异国情调。所有这一切，使我感到这是一个经济发达，城市建设和绿化工作都规划、管理得很好的美丽国度。

◎居者有其屋

新加坡面积 626 平方公里，人口 300 万。新加坡独立后，十分重视国民的住房问题。据新加坡《联合早报》有关文章介绍，新加坡建屋发展局先后已建成 60 万套公屋（通称组屋），到 1992 年间，已有 87% 的国民住在政府的组屋，一般国民均是住 4 房式或 5 房式，面积分别是 105、123 平方米，其中有 94% 是自购的。新加坡国民的月平均工资为 1 000 新元，国民用中央公积金供款买楼。具体来说，国民可以把中央公积金供款的 75%（即月薪的 30%）分为 25 年摊还国家建屋发展局。这是政府实行中央公积金（储蓄计划）的结果，可谓是福利国家对住房管理的一种模式。

笔者在新加坡的亲戚，大多居住在政府的组屋。有一位内弟以前是住在低标准的 3 房式组屋，面积 80 平方米，去年他向建屋发展局申请购买了义顺镇新建的组屋，并邀请我们到他的新居做客。这套新居是属于 A 型 5 房式组屋，面积 140 平方米，价格为 22 万新元。他又另请人进行室内装修及添购家电、家具等，又花了 4 万新元。这是一套宽敞明亮的房子，是一个 5 口之家（夫妇及 2 女 1 子），他将靠近客厅的一间睡房同客厅打通，改为餐厅。客厅陈设简单，浅灰白色的墙壁上挂着一幅中国画《九鲤图》，客厅摆放着一套黑色人造革大沙发，茶色玻璃茶几，配搭柴纹色的电视组合柜，显得和谐清朗。还有 3 间宽敞的睡房、一间厨房和两个卫生间。我的亲戚颇有感触地说："忙碌了一天，回到自己家里，空间宽阔一点，会使休息时更有一种舒适之感。"这也许可以反映新加坡人的一般心态。

新加坡的组屋都属高层，每幢都是十几层至二十几层，每一层楼一般有 12 套房子，每幢楼都配有 2 部电梯，上下很方便。令人称道的是，每几幢组屋的范围内，都建有一个儿童游乐场，场内有沙坑、秋千、滑梯等，供儿童玩耍、锻炼身体，是儿童户外嬉玩的好地方。

组屋每一住户每月要向市镇会交 9 元的杂费，作为维修、保养之用。组屋范围内的树木、草地、停车场以及清洁工作，均由市镇会聘用专人分工养护管理。同时，新加坡政府颁布卫生条例，严禁工业污染，不准人们在地上乱扔纸碎、杂物和随地吐痰。每到一处，可以说干净整洁。

◎勤劳的华人

新加坡基本是一个移民社会，华人约占 76%，马来人占 15%，其他为印度人、欧洲人、美洲人。英语和华语为官方及国民日常通用语言。众多的华人同其他种族的人都杂居在政府组屋里。笔者曾住在亲戚居住的政府组屋，经常碰到的邻居为其他种族的人，看来华人同其他种族的人都十分友好，有着一种互相尊重、和睦共处的气氛。

华人占多数的新加坡人，尽管不同的种族有着自己的文化、传统和生活方式，但他们有着共同的品格：合作互助，勤劳进取，在不同岗位上尽力尽责。

笔者在新加坡的亲戚，大多从事建筑装修行业。我到新加坡不久，有一位亲戚向我透露新加坡的名胜裕华园，两三年前由他承办全园建筑物的修缮工程。有一天，他兴致勃勃地亲自驾驶"奔驰"小轿车，带我同家人前往游览裕华园。该园是按照中国苏州园林模式建造的，园里面还建有一个"蕴秀园"，这个园中园面积为 0.58 公顷，园内展示了 3 000 多盆中国盆景，是除中国以外、目前世界上最大的一个苏州式园林。我们去参观的那天虽不是星期日，但游客甚多，游客们对中国园林和中国盆景都很感兴趣，纷纷拍照留念，流连忘返。我很欣赏裕华园里面装饰一新的亭台、楼榭、小桥、高塔，这是华人弘扬中华园林文化而辛勤劳动的结晶。

新加坡华人大都十分勤奋。笔者的一个襟弟是一家公司的部门主管，我到新加坡之后曾较长时间住在他家里。他真是个大忙人，起早睡晚，每天工作 10 个钟头以上，经常是到晚上七八点才赶回家吃晚餐。起初我们到新加坡，他生怕我们不大习惯这种生活方式，微带歉意说："不要等我回家才开饭。"他这种废寝忘食的工作精神，令人钦佩。

为了解新加坡华人艰苦创业的史料，笔者曾到新加坡国家图书馆浏览有关书刊，现从我的读书札记中抄录一则如下：

> 星洲第二驻官克劳福氏在致上司书中有云："一个华侨，相当于两个印度人或是 4 个马来人，他们不仅构成星洲人口最大部分，他们是勤敏、最有用的成分，没有这些宝贵的、勤劳的华侨，马来亚的天然财富是无法开发的。"（摘自鲁白野：《狮城散记》，星洲世界书局有限公司 1972 年版。）

上面引的这段话，是 100 多年前英国驻新加坡一个高级官员致其上司的工作报告，对华侨在开发新加坡这块处女地给予高度评价。的确，我们华侨先辈，历尽了多少艰苦，用他们粗黑的双手和洒下的血汗，在南洋的红土壤上开垦、播种、耕耘、开花、结果，与当地的各种族的人共同创造了一个新兴的新加坡，使她今天成为繁荣之邦。

◎华人的传统习俗

新加坡华人至今仍保持故土的礼俗，他们很重视儒教的伦理道德和传统节日，笔者在新加坡探亲、旅游期间恰逢清明、端午两个节日。新加坡四季似夏，清明时节，骄阳高照，热气逼人。我们用过早餐后，就同亲戚一起带着香烛、冥纸、三牲、果品等，驱车前往榜鹅的佛寺、武林山公共墓地。通往墓地有一段山路，崎岖不平，汽车摇摇晃晃一路上颠簸不已。到达目的地之后，我们大大小小，诚心诚意祭祀先辈，以追思已逝亲人和表达对先辈的怀念。一位亲戚长辈说得好："全家大小前来祭祀先辈，可使年轻人熟悉华人节日文化，了解先辈的艰辛历史，发扬华人奉行孝道的美德。"

新加坡的潮籍华人普遍有信奉大伯公、妈祖（天后圣母）的习俗，每逢农历初一、十五，家庭主妇便大清早起来，都要在家里安放大伯公、妈祖于神龛上，点燃几炷香烛，供奉果品、鲜花。对这一习俗，我曾请教一位亲戚前辈，他说："我们的华侨祖宗初到南洋时，乘坐的是画着大眼睛的木船，扬起风帆，远涉重洋，漂泊到海外来谋生，人们在船上神龛安放大伯公、妈祖两位海上守护神，香火日夜不断，祈求平安抵达目的地。从此，域外的华人信奉大伯公、妈祖就成为一种习俗。"

清明节刚过，亲戚卓君伉俪邀请笔者同内人参加新加坡潮籍卓氏宗亲会一年一度的聚餐晚会。这个晚会的议题之一，就是商定派几位代表，于近期择吉日在新加坡的大伯公庙"分灵"请一尊大伯公神像"返回"潮安县故里，以表达海外赤子对故土的眷恋及不忘中华子孙的民族感情。

◎中西交融的生活方式

新加坡独立后，其经济成就令人瞩目，与中国香港、中国台湾、韩国合称"亚洲四小龙"，一起创造了高速发展的奇迹，现在是亚洲发达国家之一，人均国民生产总值仅次于日本，是一个年轻而又有活力的国家。在新加坡的老一辈华人都经历过艰辛日子，现在生活水平普遍提高，每家每户都有比较宽敞的房子和拥有各种家用电器；不少家庭还拥有小汽车、钢琴等。但我接触到的华人亲友，他们仍然保持着中华子孙勤劳朴素的品德。

新加坡华裔职工一般是穿着笔挺整洁的制服上班，但妇女不喜欢浓妆艳抹、珠光宝气，也不大喜欢穿高跟鞋，她们也讲究穿着打扮，但以朴素为基调，很少会花高价去买高档衣服。职工下班回家后的穿着都很随便，有时还穿着拖鞋到超级市场买东西。

　　笔者的亲友大都是潮籍新加坡华人，他们在饮食方面仍保留潮汕人的习惯，但已经中西结合了。早餐已不吃大米稀粥，一般都是吃面包抹上牛油、花生酱等，饮一大杯热咖啡、牛乳红茶，或另加一个鸡蛋，既方便又有营养，午、晚餐是大米干饭，一般有肉、鱼、菜及一大碗汤，讲求营养，食材物美价廉。上班的职工和上学的学生，中午都不回家，他们到熟食中心吃面食、鸡饭等，或到"麦当劳"快餐厅吃汉堡包，花五六新元就能吃饱，既实惠又节约。

　　新加坡华裔家庭日常生活基本上是用汉语，潮汕籍的多用潮州方言，同时间插英文交谈。跟我到新加坡探亲的一个外孙女，年仅5岁，是幼儿园中班生，她跟亲戚共同过了一段生活后，也学会了许多日常的英语口语，当大人给她糖果吃时，她会立即随口用英语道一声"感谢"，把在场的人都逗得乐起来。

作者简介

　　苏伯炯（1930— ），生于曼谷，潮安人。童年时回祖国读书，就读于汕头一中，后加入解放军闽粤赣边纵队第二支队，曾在潮汕革命干校学习。汕头解放后，曾先后在团市委、二区政府、市委宣传部、市文联等单位工作。离休前任汕头市文联副秘书长、汕头市文艺讲习所所长。曾撰写书画评论、散文、随笔100余篇在各报刊上发表；书法作品曾参加中国书协主办的"全国书法作品邀请展"和"广东省、市书协主席书法作品展""汕头八人书法作品联展"等。入选《中国文艺家传集》，书法作品被编入《当代书画家福寿作品大观》等。现任广东省书协理事、汕头市书协副主席、汕头市硬笔书协会长、汕头市集邮协会常务理事兼学术委员会主任。

读《烟波集》·怀念邱秉经老师

黄大斌

一

萍迹粤闽岭海程，南陲湄水献真诚。
"披荆斩棘觅新路，播火燎原导后生。"

二

自乐"去来云水乡"，豪情未减奋海洋。
驾风御雨迎春汛，再扯征帆浪里忙。

三

爱国怀乡惜栋材，山河锦绣眼心开。
少田乏教常忧患，耿耿斯心向未来。

四

怜梅爱桂恋红棉，高洁愫情一脉牵。
莫道栽花人已逝，芳园展眼尽娇妍。

五

怀友悼亲细诉声，催人泪下是真情。
诗风质朴情融景，正气萦胸日月明。

注：《烟波集》系邱秉经老师诗集。

作者简介

　　黄大斌（1930—?），出生于马来亚槟榔屿，籍贯普宁。幼年回国。中学时期开始写作。中华人民共和国成立后在汕头、广州报刊陆续发表散文、诗词作品。曾任普宁县第七、八届人民代表大会常委、普宁县文联主席、普宁县铁峰诗社社长、中国民间文艺家协会广东分会会员、广州诗社社员等。

凤岭航魂千载情

蔡英豪

　　我站在粤东凤岭之巅，遥望南海，那一片一片翻过的白帆，那时而嘶鸣的海鸥，那仿佛还听得见的涛声，越来越近。它不是还在拍击我脚下的凤岭古港吗？山下，那一望无际的大池塘，从我还未出世的年月算起，不就出土过远洋艨艟舶艚的船板吗？多少年，这里——从池塘到沟堀，到潮洄头，到古运河，以至前铺、横陇、大衙广阔古海湾，何止出土古船板，航道和码头出土的小食店、古寺院、古窑群……匣钵、出口的青釉洋酒杯、黄釉瓷枕、云纹线口碗、轮纹划纹碗、勾纹浅底碟、青釉牡丹花瓷盘、双鱼碟、唐代大酒瓮、唐代妇人环鬓插、银手札、古币、外币、银币、金币……说不清道不完啊。

　　梦，终是有醒的时候，凤岭古港是不是也该醒了。

　　这个潮州凤岭古港，是樟林古港的前身，是汕头港的祖港。尽管遗迹依稀，程洋冈村头那石牌坊上，还镌刻着"凤岭古港"四个金碧大字，透过那古老的更楼，碎石和粗砂砌成一堵堵高墙，仿佛在告诉人们千年的沧桑。那本来用鹅卵石铺成的"永兴街""新兴街""源兴街""顺兴街""詹埠头""阜兴街""营盘市"，构成了"之"字形的网络格局，流动着昔日"四通曜""八达夷川"的喧哗。这里曾经在唐末就成为艨艟舶艚停泊起航海外的潮州始发点，北宋太平兴国丁丑年开始繁荣。曾经是那梳着大蓬头、插着环鬓插、挂着银手札的越婆红火生意的集散地，她们托着双鱼碟走向商客，银手札上的铃铛正声声作响，那尾随于后的纱笼姑娘，那小食店里的浓浓酒味和沸沸汤熬的香味四溢，那着短裙的俚人汉子搬运货物的码头，"北顺胜""南顺胜"两个码头工人的聚集馆舍还依稀可见，"双桅行南北，一肩挑东西"的对联让人们记忆犹新。他们都似乎和我擦肩而过，而当我正想停步和他们对话时，他们却都走远了，留下了手札的铃铛声和搬运货物的吆喝声，永远录进耳朵，录进那冲不掉抹不去的耳碟。

　　我站在凤岭之巅，默默地读着清代邑人蔡家泰《古港考》的摩崖石刻："程洋虽一弹丸之地，然凤岭南峙自成港湾，古乃船坞也。前临大海，白浪连天，今之陇路街市，昔日则为临海之街也。石匾遗刊，兴国丁丑而立焉。贤者云：兴国创市，是为永兴，故以永兴街为市名也。"读着那"粤东襟喉、潮州门户"的巨大手书石勒，读着各地名人为凤岭古港的题诗，读着吹箫石、猴仔石、金狮石、地母脐石，仿佛爬进了时光隧道，往事越千年，7 000年前人文遗址的出土，一千年上下的绳缆工场，大铁锚又沉重地叩响心扉。

　　我流连着"虎丘之月"，穿梭着"虎卧凤阁"，侧耳倾听那"凤鸣岐岗"，捧起清冽的凤泉，不禁想起大宋枢密院枢密使陆秀夫饮泉濯足、挥毫题书，林泉之下，惶惶国事的情景。山风吹来，凤阁虎洞呼呼如鸣，叠石岩如笛似箫。"这不是吹箫引凤么？这不是凤鸣岐岗么？凤鸣于鲁门而出孔子，凤鸣于斯，岂无出抗胡人才？"陆老太夫人的慨叹，引起了陆秀夫、蔡盘溪和潮州军事诸人的沉思，他们默默无言，踏过歆石，穿过松林，爬过杏花坡，来到凤岭宫，索得文房四宝，陆秀夫挥题了刚劲而端庄的"凤鸣岐岗"四字，又补上了"君实"落款，山风依旧穿堂而过，陆秀夫对蔡盘溪说："规甫大人，此犹何声？民怒？天悲？"蔡盘溪答："陆大人，如今仕庶同心，共匡社稷，我辈无愧乎天呵。"蔡盘溪接过笔，挥题"毋愧乎天"四字，这同以后在大坑口题的"探骊"与"水面文章"成了陆蔡两人踏勘群山的两处杰作。"山无名人不珍，名人无山不显"，这就是承议郎、潮州知府蔡盘溪陪被贬的陆秀夫及陆老太夫人勘山察势、布防抗元留下的遗迹。

　　从凤泉到千人井，烙下了多少故事。远远望去，在潮洄头和古运河交叉处，有个营盘山，那里有大宋兵民联合抗元的古营盘和古寨，名为洄潮寨，俗称陈吊王寨、石寨。如今"千人古井"仍在，无名宫、点将台仍在，古寨门、马东路仍在，兄妹榕仍在，上下花园和审厅遗迹犹存。汩汩的韩江流过多少往事，却抹不去这古战场的风云。"三山倚半山吊民伐拓雄风在，两水归一水王恩浩荡虎气扬。"陈吊眼将军，在陆秀夫、蔡盘溪等人的敦促下，与戍疆皇兵及将仕郎蔡西畴带领的民勇，联合起强大的抗元队伍，星夜过江伏击元营、毙其头目的可歌可泣雄风，在这里，即便已过千秋万载，仍被人们称颂着、张扬着，像一股强劲热流，拍击着我们敞开的胸脯。

这凤岭古港所在之程洋冈古寺林立，有建于唐代的凤岭宫，有建于宋代的林（默）姑娘宫，有宋元交替时为纪念陈吊眼将军的无名宫，有建于成化十三年的丹砂古寺，建于雍正时的古葵庵，建于乾隆时的晏侯庙，以及木坑爷宫、七圣夫人宫等，使人目不暇接。我站在丹古寺刻有"千年宝光"的石牌坊前，凝视着皇明天启六年立的两尊请罪石刻像，耳边一阵马鸣，武士道的倭寇和练过武当拳的结梅会好汉正在厮杀，拳来腿去，刀光剑影，地上那几片残瓦，说不定就是当年刀光剑影劈下的残存，两只无言的石狮和两座巨大的石碑是当年抗倭的见证。倭寇惨败，疯狂放火烧寺，于是有了"倭寇请罪"石刻；为了防倭患，明廷采用消极的海禁政策，这历来就是向外通商的地方，人民已走了"四通曜"的路，怎忍得"片板不得下海，点货不得进番"的政令？于是，在群情激昂、决心杀出生路的氛围中走出了一个林道乾。林道乾是澄海苏湾都凤岭林厝园人，字悟梁，父已早逝，只存老母及妹妹慈贞，祖籍福建泉州，来此落户已有数代。林道乾自小听潮泅水，人称"水鬼"，继之进村头绿波书院就读。绿波书院的主讲邑贤蔡守庸、礼部儒学蔡时徵等一批文人为之执鞭。他聪颖过人，过目成诵，机敏灵活，凡事诘问；稍长，被潮州府纳为吏员。林道乾不满海禁政策，认为"作此下策、绝民生路"，遂聚众反抗，啸百余众窝集南湾，游弋海上，发展武装以卫自己商贸而与官兵抗衡，继而造船一百余艘，化名卓添奔至南亚，到北大年岛，向柏耶大年王献重礼，得其赏识，招为驸马，并任客长。林道乾致力开发农商、发展商贸，一时北大年繁荣起来。而这时，他老家林厝园正遭官兵剿乡，妹妹慈贞早已逃离寻兄，幸免一死，老母在围剿中罹难身亡，族亲死的死，伤的伤，走得出的则逃亡他乡。绿波书院也遭兵燹，还殃及丹砂寺。那丹砂寺门的林道乾立像，手捧云水灵芝，向民众请罪致歉祝福，就是天启六年民众所立。那充满无奈的姿态，是对老母及林氏家人的哀悼，是对官兵荼毒生灵的怨恨，是对民众谴责的难言慨叹！而那炯炯有神的目光，却代表着一代潮人洞穿海水、不屈不挠、一心拓展海洋的性格。在中国史上被称为明代海上七个武功人物之一的林道乾，就只有他的故乡凤岭林厝园留下了这么一尊亦贬亦褒、以贬代褒的石刻。历史是这样的无情，历史也是这样的深情，总算把他的身影留住，作为一页教材，一页好男儿志在四方的教材，一页反思中华振兴的教材。而国外却以他的名字把北大年港命名道乾港，还有"卓添驸马府""林姑娘庙"等圣迹。一尊不大不扬的石像,勾画了一个时代,写下了"开则商、禁则寇"的哲理,写下了一种敢于冲破禁锢而拓展的民族魂,为凤岭航魂增添了无限的回思。

啊,凤岭,当朝阳为你镶上一道金边,当夕阳为你留下一抹霞彩,当浓雾阴雨把你湿透,凤岭面对的麒麟山上,千年鸡翁树,仍"金鸡独立",为海洋文化啼鸣。滚滚而来的韩江,从远远的吉水塔,飘来了昔日的浓情,几片枫叶,卷进了潮洄头,现出了深深的漩涡。随漩涡卷进去的,还有我的思绪,它在漩涡里反思,在漩涡里呐喊。毕竟,"漩涡不是流水的意愿,它是被迫寻找出路的徘徊,是奔腾的预动"。它,终于放开了手脚,奔腾了,流动了。流动着凤背负虎刍的动人故事,流动着千年丝路航影的荣耀,流动着力挽狂澜的陆秀夫,流动着踏碎千浪的林道乾,流动着慕名而来的中央电视台《祖国》摄制组同仁们的足迹,流动着这个港邑侨乡的新世纪希望之光。

作者简介

蔡英豪(1933——),生于澄海红头船世家。祖父系晚清地方文史家,任职樟林港红头船垄收款、押客,因船至七洋洲遇风浪、抢救过番者劳累而猝死于红头船上。父侨居泰国,今仍长眠于泰国义山。从小从军,后弃武从文。广东省民间文艺家协会会员、中国俗文学学会理事。长期从事潮汕文化研究与考古工作兼文学创作。有《潮汕熟语集译》《海隅考史》《海上丝绸寻踪》等多部著述。

异国他乡救弱女

—— 柬埔寨潮州会馆营救受骗少女的故事

陈景明

这是发生在柬埔寨金边的真人实事。

炎夏的一天下午，柬埔寨潮州会馆秘书许教声在办公室放下电话后，便急匆匆地赶到会长杨启秋的寓所。这时杨启秋的会客厅里只有他和中国驻柬大使李远全秘书两人。杨启秋见到许教声及时赶到，十分高兴。他对许教声说："大使馆肖参赞派李秘书急速找我们会馆，请你马上去协助工作。"他接着说："今天有9名中国少女从D夜总会逃出虎口，向大使馆求援，使馆要我们协助送她们到波成东机场，让她们平安登机，返回祖国。"

杨启秋刚布置好任务，李远全便向许教声说明这9名中国少女今天所发生的事情经过：原来这9名少女是从中国某省被骗到金边被迫卖淫的。她们想跳出火坑，正筹划时，不幸走漏了风声，被人贩子严加监视。幸好她们的住处须经过中国驻柬埔寨大使馆，便想办法与我们联络上了。她们约定在明天分批躲入大使馆，请我们帮助办证。但使馆是驻外机构，送人到波成东上飞机会有不便，故请潮州会馆为受难的女同胞伸出援助之手。许教声是个想事周到、精明果断、乐于助人的人，听完李远全的叙述，暗暗思忖着：这几位被骗到异国他邦的弱女子，现在是人家的摇钱树，走了人，就是要了人家的钱。我们是仗义，人家可不这么买账，会给我们找麻烦的，特别是在金边，办色情场所的人都是有社会背景的，何况眼下战乱结束不久，流落民间的枪支甚多，所以保护她们安全上机须慎之又慎，才能万无一失。这时，他想到他的一位挚友名叫陈志明，现在柬埔寨国防部任职，是潮州人，又是潮州会馆理事，是个仗义的人，曾在上月与他联手营救过两个中国姑娘，是他带上他的士兵一起将两个中国姑娘护送去机场的，这次少女人数多，更应严加护卫。于是，许教声向在场的杨启秋和李远全保证："这事就由我找陈志明先生帮助，包在我们身上。"5分钟后，陈志明在接到许教声的电话后赶到了会客厅，听明来由后，立即向他们保证："这事我会全力支持的，随叫随到，但我须先告知阿头（上司），派几名士兵护送。"

陈志明回到军部，报告了他的上司，得到了上司有力的支持，同意派士兵护送并使用他的轿车，同时，还请出金边市 D 区姓林的公安局局长（他也是潮州人）协助护送。

第二天，陈志明身穿迷彩服，腰间别着手枪和弹带，登上军用吉普车，并由许教声陪同驶进了大使馆。同时，也有一辆紫红色的高级轿车从另一方向驶进了大使馆。车停下后，有一位熊腰虎背的柬埔寨军人和 3 名全副武装的士兵走出车门。原来这是约好的金边市 D 区公安局林局长带着士兵赶到了。

两辆车的人员在会客室刚坐定，就有 4 名小姑娘被领进去，她们把 4 本崭新的"旅行证"交给许教声。这些"旅行证"是刚在使馆签发的，上面的笔迹和印油还没干。这时，李远全进来，告知 9 名姑娘只来了 4 名，其他 5 名有可能被人贩子发觉遭禁闭了，无法来到。他对在场的 4 名小姑娘说："你们还不谢谢陈先生、林先生和许秘书。"

"谢谢陈先生、林先生、许秘书！"4 名中国少女齐声发出来自肺腑的感激语言。

这 4 名姑娘都是 20 岁左右的花季少女，个个显得分外秀气。

时隔不久，两辆车从使馆出发了。陈志明、许教声和 4 名士兵坐上了军用吉普车，林局长驾轿车载上 4 名小姑娘，出了使馆的门，穿过几条熙熙攘攘的大街，接着从某军部东面侧门进入，稍停片刻，又从西边侧门驶出。驶了一段路，陈志明发觉后面有"尾巴"（跟踪），就在军部进进出出转了几圈，利用军部的"门神"冲冲煞气，并在陈志明的建议下，他们一行人到他的上司——柬埔寨 F 将军家，拜会将军，让他的上司知道还在进行此事，往后出了问题也有了靠山。

在 F 将军家里，他们一行受到热情的接待。4 名少女事先在陈志明的指导下，迅速学会了柬埔寨的传统合十礼，并学会讲"阿贡"（谢谢），在见到将军后进行了虔诚的道谢。不久，他们就告辞了。之后他们到了一家 3 层楼的小旅馆住下，许教声陪 4 名少女在同一个客房待了一个下午。

根据陈志明的安排，晚上他们住进了保安措施良好的 K 酒店，4 名士兵轮流在楼下值班保护，4 名少女则住在同一个大客厅。陈志明吩咐她们，夜里如有人敲门，要从保险孔中看清是谁，除了店里刚才来过的女服务员送茶水和点心外，谁也不能让进来。

第二天一早，少女们接受陈志明家眷的慰问。晌午，他们一行即驱车前往金边波成东国际机场。陈志明胸佩"特别通行证"，在候机处忙得团团转，办完了登机手续后，领着 4 名少女登上了飞机。

当大使馆李远全秘书得知 4 名中国少女已安全登机飞返祖国后，去电潮州会馆表示谢意："谢谢你们尽力协助营救受难的同胞。证明你们潮州人爱民族、爱祖国、爱同胞、友善良知。你们潮州人在海外能够如此兴旺发达，是理所必然的。"

作者简介

陈景明（1933—　），潮阳人。1951 年入伍。入伍后曾在区土改队部、区（公社、乡）党委会任资料员和区青年团任干部。20 世纪 60 年代后调任潮阳县农业办公室资料员。70 年代后转到县（市）文化局工作，任艺术股长、演出管理站站长。1993 年 8 月退休。1999 年春天加入潮阳区关心下一代工作委员会，任副秘书长。中国演出家协会、广东省戏剧家协会、广东省民间文艺家协会会员。1999 年出版 24 万字的个人专集《文苑耕耘集》（中国文联出版社），2004 年 11 月出版 28 万字的个人专集《奋蹄篇》（中国文联出版社）。

潮剧《金龙银凤》出台前后

陈竞飞

潮剧《金龙银凤》出台迄今 6 周年了。今年 10 月普宁电视台重播此剧，我与妻子又从头至尾看了一遍，在兴奋之余，不禁想起这出戏出台前后的一些事来，其中酸甜苦辣，颇有一番滋味。

1984 年春天，当时我是普宁县潮剧一团的专业创作人员，很想创作一部反映华侨生活的戏，但从哪个角度去找戏呢？我曾想从华侨爱国爱乡、回桑梓投资办厂，或捐资兴学育才、办福利事业等方面选取一个侧面来写一位华侨巨贾慷慨解囊，为祖国作出巨大贡献的事迹。但是，绞尽脑汁编写出来的提纲，总超不出报纸上看到的、会议上听到的那些事例，脑子里没有活的人，没有故事、没有细节。

后来，我抛开主题先行，试图从身边熟悉的亲朋好友中去找戏：谁有什么故事？有什么经历？有什么波折？这样一来，脑子里随即跳出一些活灵活现的人来，最突出的有两个：一个是现在侨居泰国呵叻万策的堂叔陈金旺，另一个是现在住惠来县隆江镇的堂婶庄婵凤。他们与我家是至亲，住处仅一墙之隔。他们从前在咬墩墟、池尾墟做小生意，男的卖酒，女的卖番薯，番薯姐终于爱上卖酒兄，但男的是家徒四壁，结婚时还是借住我家的一间涂角厝。生了孩子后日子就更艰难了。日本投降后，陈金旺离别妻儿，漂洋过海往暹罗谋生。庄婵凤在家穷得无法，只得把女儿送给人家做童养媳，自己上山，参加游击队。中华人民共和国成立后堂婶在惠来当了村主任，堂叔在暹罗回不来。十多年后，堂叔在暹罗等得无奈，为了做生意，只得重新成家，娶个番婆。堂婶闻讯悲痛欲绝，后经好心人牵针引线，通过法院办了离婚，改嫁给供销社主任林某。金旺、婵凤这一对患难夫妻虽然离异，两人天各一方，但仍长期有书信往来，有银物寄赠。直到 1975 年中泰建交，金旺叔回国探亲旅游，还叫我通知婵凤婶到来相会，互诉衷曲，情如当初。

　　这个悲欢离合的故事，许多事还是我亲手经办的，亲眼所见的，有些是听我爱人讲的。这样，《金龙银凤》这个戏的提纲就在这个故事的基础上编成了。

　　3月中旬，我把提纲拿到县创作讨论会上讲，领导和同行都认为有戏，可以写好，并鼓励我快点写出来。我集中精力，用了一个多月的时间，就把7场戏粗略地写出来了，写得还算顺畅。当时正值闷热的初夏，晚上为了防蚊子咬，只得穿鞋着袜。农村用电不正常，有时还得在煤油灯下开夜车，有几次鸡都啼了，邻居起来挨豆干、做面线，我还沉浸在戏里。有时搁笔上床睡了，忽然想起某句唱词，又下床点灯写上。蚊帐掀开放落，弄得妻子也有意见："你着魔了么?!"有时为了改动一个细节，萦怀挂肚，带入梦乡去构思。真是"着魔"。

　　5月中旬，我把初稿带到汕头参加戏剧创作会议，领导和同行们分头看了剧本，异口同声说是好戏。省里来的专家看了剧本后，认为基础好，可以写成好戏，并确定它为汕头市选送省首届艺术节的预备剧目。我既高兴又害怕，因为更艰苦的工作就接踵而来了。

　　写戏的人都说，写戏难，改戏更难，这话不谬。首先是省里专家提出：下半截戏写金龙在泰国重娶，银凤在国内改嫁，将来拿出来招待华侨，只怕侨胞们看了心里不好受。他们在外非常信赖社会主义祖国，看了戏，会不会感到妻子在国内不保险，这是不妥的。

　　这样一提，下半截戏只好重写，改为银凤在唐山矢志不移，苦苦等待着金龙。娶银凤的供销社主任林某，只好改为既爱又不敢爱，是个只望托养儿子的老实人。

　　二稿赶出来后，带到广州，有的专家又为银凤鸣不平起来，说银凤既然不能改嫁，为什么金龙在外可以重娶，这不是宣扬男尊女卑、大男子主义吗？省艺研所的一位女剧作家说：一个苦守，一个重娶，这叫爱情转移，你越写他们有情，情越虚假。金龙在泰国重娶的问题如不解决，戏不管怎样改，都是别扭的。这个意见开始我是接受不了的，我认为我写的才是符合生活真实。华侨在国外重娶，在国内又有原配，在我们侨乡屡见不鲜。但会议上大多数专家还是不赞成金龙重娶，理由是生活真实不等于艺术真实，鼓励我从生活原型中跳出来，进行必要的虚构，塑造艺术典型，更好提炼主题。

　　第三稿在广州改写时，金龙在外重娶湄河酒家女儿河妹的戏不得不忍痛割爱了。泼水招婿改为招贤，金龙与河妹只是义结金兰，直到 1978 年十一届三中全会后，随着改革开放的春风，金龙才得以实现归国梦，赶回唐山与银凤相会。这样，才算把戏写成了。

在整个戏中，最使我激动的是第六场"龙凤团圆"，金龙的爱国心、夫妻情得到了淋漓尽致的发挥。我眼眶溢满泪水地写下金龙这段唱词：

> 离家容易归家难，
> 转眼过洋 30 年。
> 车过深圳我喜泪洒，
> 来到家乡笑开颜。
> 亲爱的唐山，我的故乡。
> 唐山呵我的故乡，
> 漂泊海外的赤子已回还。
> 看家乡，榕树不老貌亲切，
> 荔枝龙眼把情牵。
> 故乡面貌变了样，
> 乡乡里里都是新屋白粉墙。
> 祖国强盛侨胞喜，
> 真教我热泪盈眶。
> （手按心窝）哎唅，我的心怎么扑扑跳？
> 心啊你且莫跳，
> 归来最喜是会亲人！

戏出台了，演到这一段时，好多观众，特别是丈夫在国外的侨眷都哭了。为什么能引起如此共鸣？因为金龙、银凤的情况在侨乡太多太普遍了，戏唱出了她们的心声。

戏出台后，县委宣传部在流沙主持了座谈会，肯定此戏是好戏，也提出了很多修改的意见。接着又是紧张的改剧本、再排练，赶赴参加汕头市专业剧团戏剧调演。

10 月中旬，艺术节在羊城拉开帷幕，19 日晚《金龙银凤》演出了，省市领导罗天、许士杰等观看了演出，并接见了作者和主要演员。第二天《羊城晚报》的头版报道称："乡音袅袅，情思浓浓，潮剧《金龙银凤》

细腻感人"，同时还刊出画家林塘的一幅速写。广东电视台的新闻节目也播放演出盛况。省剧协专为《金龙银凤》一剧开了座谈会，倾听各方行家的意见。《广州日报》的评论是："侨乡演侨戏，感人又新鲜，《金龙银凤》在穗公演激动人心。"一个戏剧节目，能够得到这般评价，可以说，从剧本到作曲、导演、表演，以至舞台美术等都已达到一定的水平，我作为编剧者，内心是无比高兴的。创作的甘苦，我体验得更深了。

1986 年，有一位从泰国归来的乡亲，在观看《金龙银凤》之后高兴地说："泰国也有你这出戏。"我半信半疑说："哪有这事？"他说是录像带。第二年这位乡亲再次回国，把两盒《金龙银凤》剧录像带也带回来了，我看了，可惜是复制的。1989 年 4 月，我偕同妻子赴泰国探亲，其时清明刚过，在国内还细雨霏霏，冷气袭人。抵达曼谷，走下飞机，却像 7 月大暑一样，夜里室内温度还高达 35℃。我胞弟说：现在正是泰国的高温时节，再过几天就是傣族新年宋干节，也称泼水节。我暗自欢喜，真凑巧，《金龙银凤》剧中有个"泼水招贤"的场景，写的正是这个节。4 月 12 日天刚亮，太阳刚升起，傣族新年宋干节——泼水节就开始了。我和妻子这时正居住在坤敬府万沛县老家，一早看到街上锣鼓喧天，傣族青年男女一路舞蹈，也有满载着人和水的敞篷汽车，沿街见人就泼水，街上的人们也向车上的人泼水。我见有几辆华贵轿车，先后来到家门口，给胞妹泼水。客人捧着一小瓢清水进厅，胞妹向客人合十施礼，然后坐下捧着双手，客人便把几滴清水轻轻洒在她的手心上，表示吉祥如意，就算礼成了。这跟中国人春节拜年一样。我想起了《金龙银凤》剧中的"泼水招贤"，河妹为金龙哥买花、献花、求爱、跳舞、泼水，比较真实地表现了泰国风情，难怪普宁潮剧团曾单摘这一场在元宵迎春会上表演以招待贵宾，还很受欢迎哩。

在泰国探亲旅游期间，我曾注意寻找《金龙银凤》剧的原版录像带，直到去呵叻府拜访金龙的原型人物金旺叔，才在乡亲陈敬湖家里看到它。封面很精致，盒脊上标有彩色"丽风录影"字样，是曼谷耀华力一家音像出版商出版发行的。据乡亲介绍：这出戏在泰国华人中颇受欢迎，丽风发行人还说录像带也销售中国香港、新加坡、印度尼西亚和马来西亚等地。由于是自己的作品变成录像带，我对它有一种特殊的感情，爱不释手，这位乡亲便把它当作礼品送给我。我带着它在曼谷、呵叻、坤敬、万佛岁各处漫游，并带回到它的诞生地普宁流沙。

作者简介

　　陈竞飞（1934—2012），出生于泰国，幼年回祖家普宁读书。1958年毕业于武汉师院。1956年开始业余创作，写过散文、小说。20世纪60年代编写独幕潮剧《摇钱树》，受到好评。1970年调普宁潮剧团任编剧，1984年创作大型现代潮剧《金龙银凤》，是新时期影响较大的优秀潮剧剧目。曾在普宁县志办公室任职，普宁县文联委员、汕头市戏剧家协会会员。

旅泰小记

江　晓

◎杧　果

我小时候侨居越南，对于越南的水果有较深的印象。那里的椰子、菠萝、木瓜、榴梿、香蕉都有独特的风味，特别是杧果，清甜而多汁，多年来我一直回味着。汕头市虽有杧果，但味道不同。1997去年3月，我到泰国探亲，再一次品尝到这热带水果的特有美味。

我在曼谷会见姑母，并在表妹家做客，午餐后，表妹端着一盘切好的杧果上来，姑母打趣地说："你真会择日，专门选这个时间来吃杧果！"

我听后有点懵然，表妹在旁立即说："你不知道吗？世界上的杧果，要数泰国的最好。现在正是杧果盛产的季节。"

我边致谢边品尝着，果然味道不凡，甘甜清香，汁也多，比起越南的杧果，有过之而无不及。

餐后，表妹带我到她家花园参观，这园不大，却栽了十多株杧果树，树上的杧果，有好几个已开始变黄了，但大部分还未成熟。表妹告诉我，杧果熟了要加强管理，不然便会被鸟啄食损坏。她说："这里住风围厝的人多数种杧果。杧果品种多，据书上载，有近千种，经过进化选择，这里的人大多选择良种栽种。"姑母见我对杧果挺有兴趣，告诉我一段传说：有一个信徒，虔诚地把杧果园献给释迦牟尼，让他能在树下休息。因而，这里的寺院多用杧果树的花、叶和果作图案。有一种金色的黄鹂鸟被称为杧果鸟，还有一种鱼叫杧果鱼，盛夏的阵雨还被称为杧果雨。可见，杧果与这里的人关系很密切。

泰国人吃杧果很有讲究。白花杧果和炊熟的糯米饭加椰子浆一起吃，特别香。有一种杧果却在皮青时拿来吃，蘸上辣中带甜的酱料，倒也十分适口。

表妹问我："'唐山'有没有杧果?"我说:"要在夏天才上市,国内的杧果大多数皮厚丝多而带酸,近年有改良,但味道还比不及。我想,在科学昌盛的今天,经过人们不断的努力,杧果的良种一定会在'唐山'种植成功的。"

◎大　象

泰国素有"大象之邦"的称号,这里,不仅有成群的象队,而且人们还把大象用作运输工具。他们把大象称为瑞兽,是和平、吉祥的象征,是国运昌盛的象征。

我在"玫瑰花园"骑过大象,也在北榄鳄鱼湖与大象合过影。经过驯服的大象,并不可怕。各个公园经常可看到大象拾物、跨人的表演,据说还有大象踢足球赛的表演,可惜我未有机会看到。

我看过大象踏人毯(跨人)的精彩表演,十多名观众隔着一定距离,睡在地上成了人排(人毯)。然后大象从容地跨越过去。别看大象那么高大,眼睛离地面有一段距离,但步履从人缝而过,很准确。躺在地上的人要有胆量,当时,大象走了几步忽而徘徊不前,将足一顿,那足边一位旅客有点害怕,手动了一下,大象用鼻子一弯,呼出一口气,那位旅客的面刚好朝着大象鼻子,似难以忍耐的样子,幸而他不敢翻动,我当时真为这位旅客捏一把冷汗。只见那大象徘徊一阵后,泰然地安步而过,游客在喝彩的同时,发出了笑声。

表弟看到我有些紧张,笑着说:"大象跨人,在这里已司空见惯,一般不会有意外,因为它要经过严格训练。这里有驯象学校。幼象自出生之日起,驯养员就会帮助它熟悉环境,3 岁开始受训。'大象跨人'表演是通过'方向课'练出来的,刚才那位游客因有害怕心理,才造成紧张的局面,一般来说,驯养过的大象是信得过的。"

大象拾物也使游客感到新奇,你抛下了香蕉,它便抓起往口里送,抛下钱币,它便拾起往象夫口袋里放。我想,这大概是大象的味觉很灵的缘故吧!其实,据说这也是严格训练的结果,驯象学校设有"拾取课"。

活动结束后,我与大象合了影。在游览中,表弟和我谈起了许多关于大象的故事。泰国的小城素辇,离曼谷 450 公里,这里每年有象节,举行盛大的赛象会，可是一般在 11 月的第三个周末，这次没有机会参观了。我想，下次有机会到泰探亲，最好能选择这个时间，因为，我对于这瑞兽的智慧和力量产生了浓厚的兴趣。大象，给我留下了难忘的印象。

◎坐车的烦恼

俗话说，"姑惜孙同姓"。四姑母已 76 岁了，她老人家体弱，走路需人家顾管，但是在我到泰国旅游时，却亲自来机场接我。姑侄见面，一番寒暄之后，便坐上了小轿车，穿过了一条条平坦的大街和高架路。我是第一次到泰国，因此一切都感到新鲜。从车窗往外看去，只见汽车成行，井然有序，宽阔的马路上，车分 4 排对驶，紧紧相连，几乎没有间隙。我从汕头市来到这"大地面"，真似乡下人进城。

曼谷的汽车实在多，由于城市面积大，我的几门亲戚，一在东，一在西，每日从东家到西家，往往要坐一两个小时的车。有一次，我到伯母家，她陪我到离家不是很远的供应潮菜的餐厅吃饭，由堂妹开车，11 时出发，不料路上碰上"塞车"，酷热的柏油路热气腾腾，幸而车上有空调设备，方免被烤坏。这回一连等了一个多小时才到达目的地。

在攀谈中，我了解到曼谷的地面广阔，其面积相当于几十个汕头。出门不乘车不行，特别是公共汽车虽多，仍跟不上乘车的需要，这样，私家车就多了，据不完全统计，全市约有 200 万辆私家车，每日汽车熙来攘往，虽然近年来建了跨越市区的高架路和宽广的环市路，仍然不能满足需求，一些老马路行车仍十分拥挤。

由于环境使然，泰国会开车的人很多，我亲戚中后生的一辈几乎都会开车，这里买车也方便，可以分期付款。因此，一些收入一时不丰厚的人也能买车。

说起乘车，难处也很多，如果工作地点离家远，往往要提前乘公共汽车，避免因塞车而耽误上班。我的表叔，每天凌晨 3 点多便起床，有时乘车顺利，到目的地后需候 2 小时左右才开店门。晚上回家则经常要花超过 2 小时的时间在路上。

◎食在泰国

"民以食为天",饮食是维系生命之船的缆绳。世界各国都有自己的食俗,泰国也不例外。未出汕头地界的人总说"食在潮汕",其实,世界还有不少地方,饮食文化十分发达。

泰国人以稻米为主食,"暹罗米"早就驰名,副食品也与中国南部一样,以蔬菜和鱼肉为主,不过调味上有所差别,那里的人爱吃辣,"暹罗辣椒酱"很有名,我们回来时还带了好几罐。

我的几门亲戚经济条件有差别,生活习惯也不同。在表妹家做客,她们常吃西餐,她怕我不习惯,开始时特地为我煲潮汕粥,还备了筷子。我对表妹说:中餐虽习惯,但吃多了,还是学吃西餐更方便吧!这样,我们就无拘束地一起吃西餐。泰国地处热带,气温很高,他们多喝冷饮,表妹请我吃"冰茶",这是泰国人特有的习惯,先沏好一杯滚烫的热茶,后把冰块扔到热茶中,表妹家中的大型冰箱有一种设备,一开按钮,打碎的冰块便渗入茶中。啊!在这酷热的天气,喝上一杯冰茶,真是凉喉爽口。

后来,我来到表弟家做客,他盛情地为我准备了一份"暹罗物食",我一看,原来是"粽子",这粽子不大,包着绿叶,拆开来,粽肉也是淡绿色的,味道清香可口,是用糯米粉做成的。表弟说:"这是泰国人常吃的小食品,经常用以待客。"

这里水果很多,一般在餐后上桌。果品比较奇特的是槟榔和榴梿。槟榔果圆形,略带黄色,泰人常嚼,但侨居的潮人不喜爱。榴梿这种果品我在越南也吃过,这次来泰国榴梿还未全熟,早熟品种或用保鲜方法保存起来的,市上偶有见到。这是泰国人最爱吃的水果,侨胞及一些外国人也喜爱,不过初闻时有点怪味,吃起来却香气袭人,其清香并不亚于杧果和国内的荔枝。

这里的食品市场除了大量的果品外,便是小食了,大商场、戏院、娱乐场所,均有小食供应处,路边也有小食摊,特别是潮人聚居的地方,猪肉粥、鱼粥、鸡肉粥、粿条、面都可以吃到。大酒店除专门供应潮菜之外,还有供应粤菜和川菜的,北京烤鸭、广州烤乳猪也可吃到。这里还有火锅。在一家菜馆,我们吃到了一种"菠萝饭",很有特色。菠萝横切,肉挖出,然后加入大米饭,内掺上切成小块的菠萝肉和菠萝汁,还有香菇粒、虾米，味道好极了，既有菠萝香味又十分爽口，这是我第一次吃到的，我通过亲戚向该店厨师了解了制法，真想回汕头自己试一试哩！

这里的副食品市场也给我留下了良好的印象。不少食物是切好后放入调料包装好，顾客买回家后只要简单烹煮即可。不少市场的卫生情况也是一流的，特别是大商场里的副食品部，虽卖有水汁的鱼菜，但地面上并没有菜屑及水滴。

最引人入胜的是"水哒叻"，即"水上市场"。泰国人口有百分之八十是农民，人们以个体家庭为单位组成了大小不一的村落，其中有不少坐落在河流或运河边，不少人家居住在水上或岸边。有一天，亲戚陪同我来到了曼谷东南面的一座水上集市，这里风光秀美，椰林相接，绿树成荫，浮船艘艘相接，满载着各式各样的花布、鲜鱼、水果等副食品和日常用品，有不少是山货，还有水上餐馆。人们在船上或岸边，可以买到各种小百货和农副产品。

我们在岸边观光、漫步，归途上，从车窗看到了岸边风光——水上人家的别致景色，让人浮想联翩。美啊！泰国的风光真惹人流连，"一衣带水通南北"，澜沧江、湄南河把两国人民的友谊之桥紧紧相连！

作者简介

江晓（1934—2016），原名陈柏筹，曾用名陈贤策。籍贯澄海。自幼侨居越南，1948年回国。小时喜欢文艺，中学时期开始学习写作，得到当时《工农兵》文艺杂志社的培养，聘任为通讯员，先后发表近百篇作品，并有剧本在剧团上演，出版有《妙嫦追舟》及《三家福》。1956年到汕头日报社工作，任文艺副刊编辑，经常写作文艺特写、评论等。汕头市作家协会会员。

跨越半个多世纪的战斗情谊

——原泰国"大全"同仁四次联谊活动追记

沈若煌

　　原泰国曼谷大众文化股份有限公司及其属下的《大众书店》《全民报》和《南辰报》（以下简称"大全"）同仁，自1992年至2000年近10年中，曾先后举办了4次大型联谊活动，把分散在中国内地、香港和泰国的同仁组织起来，举办聚会、联欢、旅游、观光等活动，参与者（包括部分同仁家属和嘉宾）达到近500人次。这件美事在泰华社会、国内侨界留下了一段佳话，一串趣闻，影响深远，意义非凡，值得讴歌，值得赞扬。

　　"大全"是当年泰国华侨进步组织的舆论、文化宣传阵地，从1945年10月创办、发展到1952年11月被封闭的7年多时间里，当地政治环境一直十分恶劣，各种反动势力将它视为仇敌，不断对其进行摧残和破坏。"大全"同仁，上至负责人，下至一般工友，随时随地都处在被无端传讯、被捕入狱、被逐出境的危难之中。在阴霾迷漫、荆棘遍布、白色恐怖笼罩的日子里，全体同仁毫不畏惧，团结一致，风雨同舟，众志成城，始终坚守工作岗位。不是兄弟，胜过兄弟，不是姐妹，亲如姐妹，在逆境中结下了深厚的战斗情谊。数十年来，大家各奔西东，有的留在泰国，有的回到祖国。由于种种原因，彼此很少来往或失却联系。直至1992年，一位在港经商、不愿扬名的同仁，主动捐资人民币2万元作为活动经费，委托北京黄有泉等同仁筹划、主办"大全"同仁首次联谊活动，圆了大家盼望已久的团聚美梦。

　　我有幸参加了前后4次活动，现将手头一点资料和亲身感受整理、追记如下：

◎ 首次联谊活动

时间：1992 年 8 月 24 日至 29 日；地点：北京；参加人数：约 100 名。首次聚会定在北京，满足了同仁们的最大心愿。由黄有泉、蔡志宏、郑何文、李潮林、庄大风等北京同仁组成"大全同仁联谊会"筹备组。做了大量的筹备工作，对各项活动作了周密安排。全国侨联联络部、中国新闻社和北京华侨学生补习学校对"大全同仁联谊会"的筹备工作，给予了大力支持和帮助。正是天时、地利、人和，活动办得有声有色，"大全"同仁笑逐颜开，圆满完成预定计划。

与会者分别来自海南、广州、汕头、福建、江西、湖南、湖北、青海、香港和泰国。其中同仁 63 名，家属 17 名，连同在京的同仁和嘉宾，总数约为百人。

这次聚会，对来自各地的许多同仁来说，实现了多个"首次"：首次有幸来到伟大首都北京，喜出望外，激情洋溢；首次重逢阔别数十年的老友，情不自禁，热泪盈眶；首次与当年泰华进步组织的老领导、老同志谋面，并聆听他们亲切的讲话；首次在一起互诉别后酸、甜、苦、辣的经历……这一幕幕热烈、生动、亲切、融洽的情景，将永远留在大家的脑海里，永志不忘。

北京"大全"联谊会筹备组考虑周全，特邀已故的原华侨进步组织领导人林源、邱及、陈丹南、莫沙等老同志的家属以及已故同仁吴建中、林希明、邢少林、王力等在京家属参加团聚，表达我们对已故同仁的哀思和怀念。同时，还特邀原华侨进步组织领导人、老同志如李启新、杨白冰、林文生、王秋强、卓扬、谢光和周干等莅会。

整个活动分座谈和参观游览两个部分进行。

座谈会开得欢快、活跃，同仁们亲密地促膝谈心，有如"回家"一样。会上，曾参与创办大众文化股份有限公司、担任《全民报》初期编辑的老同志李启新以及蔡志宏、陈康平（又名作征）和《大众书店》最后一任经理陈泽辉等人，回顾了当年创业和向反动势力作斗争的艰辛历程，并揭露了许多鲜为人知的内幕。通过这些回顾，进一步激发了与会同仁参加革命的自豪感和对祖国改革开放光明前途的信心。来自厦门的同仁刘光与来自泰国的周华（镇荣）、萧汉昌商讨后，在会上倡议建立"大全"基金会，为今后继续举办活动筹集经费，这一倡议得到与会者一致赞同，泰国来宾王秋强先生当场慷慨捐助港币一万元，博得大家一阵又一阵热烈的掌声。随后，与会同仁各尽所能，纷纷解囊。在会上，周华等不少同仁还建议于 1995 年，即《全民报》创刊 50 周年时编辑出版"大全"回忆录，并承诺赞助印刷费用。到会同仁经过充分、热烈的讨论，决定今后每隔两至三年易地举行活动，由集中地的"大全"同仁负责组织和安排。

座谈会后，大家兴致勃勃地集体瞻仰了毛主席纪念堂，参观游览了天安门、故宫、亚运村、长城、十三陵、颐和园和卢沟桥抗日纪念馆等名胜古迹，来自各地的同仁大饱眼福，感到乐趣无穷。

临别前，北京泰国归侨联谊会举行茶话会，热情招待参加这次团聚的"大全"同仁及其家属。联谊会副会长许建德、庄江生、王理坤、林少迈、谢光，常务理事马岱华、车云英、杨秀云等和大家互致问候，并亲切交谈。该会还将自行编辑出版的《泰国归侨英魂录》第一、二册分赠"大全"同仁留作纪念。

联谊活动结束后，大家依依不舍，互道珍重，相约来年重聚。

◎第二次联谊活动

时间：1994 年 4 月 12 日至 17 日；地点：海南省海口市；参加人数：150 多名。有了北京首办活动的成功经验和样板，通过一贯热心为群众服务的黄有泉同仁的穿针引线、各方联络以及在海南的吴坤佳、陈标、符福决、施伯、张小兀、黄修等众多同仁的共同努力下，第二次联谊活动就比较顺利地举办了。

这次活动由海南省侨联联络部、海南泰国归侨侨眷联谊会、中国新闻社研究部联合发文通知，主题是：泰国《全民报》研讨会。到会人数比首次增加很多，达到 150 多位。参加过北京聚会的人来了，没参加过北京聚会的人也赶来了，联谊活动越办越旺，与会者个个笑逐颜开。

这一年恰逢《全民报》创刊 50 周年前夕。为搞好这次研讨会，会前，由黄有泉牵头，蔡志宏、吴天荣、何文、黎志新、周艾黎、王昌亮 7 人组成的编辑小组，完成了《忆当年——纪念〈全民报〉创刊 50 周年》一书的编辑出版工作，及时地将这份珍贵的礼物送到了每位与会者的手中，大家感到无比欣喜。全书分为 3 个部分，共 27 万字。由海内外 56 名同仁撰写的58篇（其中黄有泉、周艾黎各两篇）回忆文章，组成"回忆篇"；曾在《全民报》发表过的一些重要社论、专文、总结等汇成"史料篇"；而"怀念篇"则辑录了部分"大全"已逝同仁的革命事迹，以志哀思与悼念。这本书无疑将成为泰华社会进步事业的重要史料，留下光彩照人的篇章。

研讨会围绕着什么是"大全"精神而展开了热烈讨论。蔡志宏、王夫（海德）、陈巴逸等以亲身的经历、大量的史实进行了论述。归纳起来，"大全"精神就是目标一致，精诚团结；不屈不挠，坚持斗争；不讲待遇，只讲奉献；无怨无悔，欢乐人生。大家一致认为，"大全"精神久而弥珍，无论过去、现在或未来，都十分重要，必须发扬光大。

会后组织了环岛三日游。大家怀着轻松愉快的心情，观赏我国南端海岛的热带风光。途中，万宁县兴隆华侨农场为我们举行了联欢晚会，虽然大家都来自海外各地，却感到格外亲切。随着悠扬、动听的乐曲，宾主一起跳起了别具风格的泰国和印度尼西亚土风舞；一起高歌赞美五指山、万泉河；一起颂扬海南建设突飞猛进，人民生活美满幸福，祖国日益繁荣富强。

4月17日晚饭后，大家围在一起，商讨下次聚会于何时何地举行，一向工作热情、乐于助人的武汉领队张鸣光同仁立即提议，"两年后请大家到武汉来！""好！"大家不约而同地表示赞同。但"天有不测风云，人有旦夕祸福"，万万没有料到，张鸣光同仁在回程途中，因劳累过度而突发心脏病，经抢救无效，于19日5时在湛江市逝世。噩耗传来，同仁们无比震惊，悲痛至极！

海南之行，留下了难忘的欢乐，也留下了令人遗憾的哀伤。

◎第三次联谊活动

时间：1997年8月21日至25日；地点：福建省厦门市；参加人数：112名。"大全"联谊活动继北京、海口市之后在厦门如期举办，离不开两个条件：一是筹措活动经费；二是做具体工作，而这两个方面的"头面"人物，当推陈巴逸和黄学群。陈巴逸曾担任泰国春武里府是拉差市副市长，交往广，人缘好。当年亚洲经济危机尚未化解，但在他积极联系和带动下，取得一些热心人士的赞助，落实了活动经费。另一位则是刚从厦门中旅集团老总岗位退休的黄学群，举办大型会议和旅游活动，乃是他的"拿手好戏"，在他的组织、带领下，各项活动有条不紊地顺利进行。

厦门"大全"同仁人数不多，但多是回国后入学、毕业后重新参加工作的，他们具有较强的工作、活动能力，善于吸取前两次聚会的成功经验，改进不足之处。这次聚会具有几个特点：一是在黄学群、叶波通的带领下，全体同仁都动员起来，分成接待、安排、票务、文娱、医务5个工作小组，把任务落实到人；二是组织厦门市泰国归侨联谊会会员参与活动，协助工作；三是注重劳逸结合，妥善安排活动内容。聚会期间，厦门正值酷热季节，而大部分同仁年事已高，身体衰弱，故把多场集体活动安排在上午，下午让大家休息或谈心叙旧。在外出活动时，则配备两位医生随行，确保安全。

泰国"大全"联谊会以"庆香港回归祖国"组团途经香港前来，具有特殊的意义。该团成员除"大全"同仁外，还吸引了多位新朋老友参加。他们的爱国热情和促进中泰人民友好交往的举措，令人钦赞。

各路大军报到的当天晚上，主办者与厦门市泰国归侨联谊会联合举办了联欢晚会。大家都是泰国归来人，"相见犹似曾相识"，无拘无束地谈笑风生。晚会以唱中泰歌曲、跳"喃旺"和交谊舞为主调，间插实物抽奖活动。与会者情绪高涨，关系融洽，为后续数天的活动营造了良好的氛围。

联谊大会是这次活动的重要内容，厦门市委统战部副部长陈富第，侨办陈抚处长，侨联副主席黄家正、王起昆、朱家训出席了大会。陈副部长在会上讲话，充分肯定"大全"的历史作用和影响，高度赞扬"大全"同仁团结友爱的精神，同时还介绍了厦门经济建设的大好形势。他的讲话给全体与会者以极大的鼓舞。

来自国内各地和泰国的同仁纷纷上台发言，畅谈香港回归祖国的重大意义和美好前景；汇报各地同仁的生活近况；而谈得最多的是缘分和情谊。大家认为，半个世纪前共同的战斗生活，近几年来的三度团聚，把"大全"人的心更加紧密地联结在一起。这种缘分和情谊，比钻石还珍贵，与日月同光辉！第一次参加联谊活动的原泰国大众文化股份有限公司副董事长兼总经理吴泽人受到与会者热烈欢迎。应大家的要求，他在会上简单地介绍了近些年来为收回大众文化股份有限公司在曼谷的地产所作的艰辛曲折的斗争。他说，至今虽未果，但仍要作不懈努力！对这位耄耋长者的讲话，大家报以热烈的掌声，表示由衷的敬意。

聚会的第三天（即 8 月 23 日），《厦门日报》在第一版以"泰国'大全'同仁聚会鹭岛"为题，报道了聚会盛况。文中提到，"大全"创立后，"在积极参与祖国人民反对内战、促进中泰人民互助友爱方面创下佳绩"。又说，同仁们在聚会中对今后如何促进中泰交流提出了很好的意见和建议。与会同仁看了报道后，又一次受到极大的鼓舞，并赞扬主办者借助媒体宣传、扩大影响的做法，效果甚佳。

厦门是中外闻名的旅游胜地，点多景美。主办者利用上午凉爽的天气带领大家畅游鼓浪屿风景区、集美学村、已故爱国侨领陈嘉庚先生的故居和陵园、南普陀寺、华侨博物院、植物园和胡里山炮台。参观胡里山炮台时，万里晴空，大海对面的大担、二担两个小岛，依稀可见。大家无限感慨地说，海峡两岸，同根同源，我们决不容许一些狂徒奸贼，搞什么"台湾独立""一中一台"；我们热切盼望海峡两岸和平，早日完成祖国统一大业。

5 天的时间在愉快和谐的气氛中匆匆而过。大家对厦门同仁主办的这次联谊活动的方方面面均表满意，致以谢意。

◎第四次联谊活动

时间：2000 年 6 月 30 日至 7 月 2 日；地点：泰国首都曼谷；参加人数：130 多名。在泰国"大全"联谊会的策划和筹措下，第四次联谊活动终于在新千年的 7 月 1 日在泰国曼谷拉开了帷幕。选择这个具有重大意义的日子，笔者认为并非巧合，而是泰国"大全"同仁精心安排的。

从 1996 年 12 月编成的《泰国"大全"同仁通讯录》的统计中得出，留在泰国的同仁有 49 名（不完全统计），约为回到祖国的同仁人数的三分之一，但比中国内地任何一个省、市以及香港的同仁都多，且他们中有些人未曾参加过前三次在中国内地的聚会，因此是次在泰国举办，乃是众望所归。更何况泰国是"大全"的发祥地，又是许多同仁的第二故乡，他们生于斯，长于斯，参加革命工作于斯，那里有着众多的亲人好友，眷恋之情，刻骨铭心，故地重游，更添新意。

这次从中国内地和香港赴泰的同仁（连同部分家属）共 58 名，其中海南 18 名，广州 14 名，香港 12 名，汕头 7 名，厦门 5 名，北京、河南各 1 名。6 月 30 日，来自内地和香港的同仁住进由泰国方是忠同仁开办于曼谷拍耶泰路四角的富丽达大酒店，受到了泰国兄弟们的热烈欢迎和盛情接待。为了办好聚会，泰国众同仁不但拉赞助，而且自掏荷包，花大力气，他们组织了一支庞大的队伍，满腔热情地做好各项服务工作。会前，还将"大全"嘉宾及主办大会工作人员名单、大会程序、活动安排以及会长致辞等编印成册，发送到每位与会者的手中，让大家心中有数。

　　7月1日上午集体参观由泰国周华同仁创办的泰国奇石馆。馆中陈列了采集自世界各地、具有观赏价值的各种天然的、奇形怪状的石头，每件展品都被给予了形态相似的命名和惟妙惟肖的说明词，让人看后联想翩跹，引发乐趣。这个设于石龙军路四披耶地段繁华市区的奇石馆，为泰国的旅游业增添了一个亮点。

　　下午召开联谊大会。会前全体肃立，为已故的"大全"同仁默哀3分钟，以表悼念。大会主席、泰国"大全"联谊会会长陈巴逸致欢迎词。他说："曼谷是当年'大全'的发祥地，是我们曾经携手工作过的地方，追忆往事，感慨万千。50多年前的光辉历史，至今仍历历在目……""'大全'虽然已不存在，但'大全'人还在，'大全'精神还在，我们要为振兴中华，为促进中泰友谊，再发一分光和热！"他的这番话表达了全体同仁的心声，赢得一阵又一阵雷鸣般的掌声。应邀莅会的贵宾有泰国中华总商会主席郑明如博士、副主席吴玉音博士以及侨领陈绍扬、张荣炳、张远发、王学厚、欧玉金、林书清等人。他们中的一些人在讲话中，对"大全"人不屈不挠、团结互助的精神大加赞赏。原"南洋中学"泰国校友会会长林书清先生深情地回忆说："我是《全民报》的忠实读者，年轻时每天都爱看《全民报》，从中得到教育和启迪，认清了前进的方向。半个多世纪以来，心中有了这盏明灯，从未迷失过方向！"这些肺腑之言，是对"大全"同仁当年辛勤工作最好的回报，令人听后感到无比欣慰。来自香港和内地同仁的代表王夫、夏马、陈标、黎志新、王昌亮、叶波通、刘光、徐素莉、卢志华等先后发言，回顾当年在这里的战斗历程，展望中泰两国互相促进，共同繁荣的美好前景。大会最后商讨下次联谊活动的时间和地点，大家的意见是，汕头、广州、香港三地择一，时间另定。

　　晚上举行了联欢会。

　　7月2日上午，集体参观游览芭堤雅宗天海滩、淡浮院和是拉差"龙虎园"。园主张祥盛先生（厦门大学毕业生）对大家远道而来表示十分高兴，予以盛情接待。中午在该园餐厅就餐。下午参观各种动物表演。晚上来到是拉差市明灯善坛语言进修学院前厅聚餐，举行欢送会，集体合影留念。

7月3日起，来自内地和香港的同仁开始探亲访友活动。

7月21日至25日，曼谷各大华文报纸纷纷以大量篇幅、图文并茂地报道是次活动盛况。《京华中原联合日报》的通栏标题特别引人注目："'大全'第四届联谊会7月1日隆重于曼谷富丽达酒店举行"，副标题是"海内外原'大全'同仁共130余人与会，中华总商会主席郑明如博士、副主席吴玉音博士应邀出席，盛况空前"；《亚洲日报》把这次聚会称为"历史性大联欢"；《曼谷时报》加发署名沈怀全的诗作《友谊万岁——欢呼"大全"同仁新千年曼谷聚会胜利召开》。

曼谷聚会把"大全"联谊活动推向高潮，影响广泛，意义深长，在泰华社会定将留下人们津津乐道的佳话。

行文至此，本应收笔，但意犹未尽，多说几句：

曼谷散会迄今，已过3年，"大全"联谊活动能否续办，不得而知。倘能续办，当然最好，笔者不但要参加，而且要把这篇文章续写下去。如果至此为止，也不遗憾。现今，"大全"的长者年已过90，当年的"小鬼"也届"古稀"，"世上没有不散的筵席"，但愿"大全"人健康长寿，"大全"精神永放光芒！

作者简介

沈若煌（1935—2017），出生于汕头市。1947年赴泰国。曾就读于南洋中学。1948—1953年在泰国《全民报》工作。1953年11月回国，先后在厦门集美侨校、集美中学、福建农学院、韩山师范专科学校学习。1961—1972年先后在汕头市二中、七中、师范附小、十二中任教。1972年调至汕头市教育局工作。1984年调至汕头市成人教育办公室任职工教育科科长，1992年调至汕头市成人中专学校任校长兼党支部书记。

曾为原泰国南洋中学汕头校友会理事、汕头市老干部（老年）书画研究会理事、汕头市泰国归侨联谊会副会长。

狮城潮剧鸟瞰

王声河

阔别 40 年的狮城，已经不再是英国管辖下破落的海港，而是一个全民就业、社会繁荣的独立新国家。初访的几天，高度现代化的马路，建筑物、商场、美食中心，整个城市的花园化，令人眼花缭乱。住的时间长了，和华族亲友的接触多了，对这座城市的认识也就逐步深入，便为这个国度所保留、提倡中国文化和传统、强烈的寻根意识和寻根热潮所感动。这从狮城的潮剧活动中便可窥见一斑。

广东潮剧团频频光临，反映中国传统意识的剧目，受到新加坡人的欢迎，尽管一等票价高达 50 元坡币（约合人民币 160 元），也常常是抢购一空。各区琳琅满目的录像带出租商店都设有"潮剧专橱"，橱窗里百多盒潮剧录像带令人目瞪口呆：国内出品的知名传统戏录像带不必说，应有尽有，连汕头市各县潮剧团甚至业余潮剧团演出的经过整理的传统戏或新创作的现代剧目，也都齐备不漏。我曾好奇地租来《益春》《金龙银凤》等片，一看，多是剧场现场实况录像，影像效果差、声音嘈杂、画面跳动，并不能反映我所知道的原剧目的质量。尽管如此，老少潮人还是争相租看。我的姨母是个潮剧迷，她说："凑合吧，无法常回唐山去看潮剧，有这些录像带看就不错了！"我看录像盒，标有泰国××公司出品字样，估计是归侨自带录像机，看戏时现录的。虽则没有经过剪接处理，显得粗糙，也有基本情节。

新加坡人不仅爱看潮剧，而且爱议论。有一次，在姨母家里聚餐，饭后茶余，表弟表妹是银行职员，都是廿几、卅几岁的青年，对一些剧目的曲调争论不休，有说《丝路花雨》的曲调新，好听！也有说这不像潮剧曲牌的，不能接受。这种不但爱看，而且细看品赏，并道出所以然的争论场面，不正洋溢着热爱中国传统文化的精神吗？

这种精神还表现在新加坡潮人组织儒家潮剧社（团），我曾到惹兰潮剧联谊社看《泼水成亲》和《铡美》的排练，演职员都是业余的，他们有的是老板，有的是职工，一般都是在一天六七小时的紧张工作之后，匆匆而来，自带服装、头盔，排得汗流浃背，直到深夜，不分贵贱高低，大家揣摩配合，其乐融融。目前新加坡有联谊、陶融、六一、余娱、南华5个业余潮剧社团，都是儒家的，以自我娱乐为主，偶尔在一些集会上演出，却不上街演拜神戏，演谢神戏及在一些通俗剧场演出的是专业潮剧团，这里有金鹰、老三正顺、老赛桃等6个专业剧团，他们常在新马一带巡回演出，演员不少是从泰国、马来西亚招聘的，剧团经济以演出收入及慈善部门赞助为主。我曾在大巴窑观看金鹰潮剧团演出的《知府赊官》谢神戏，是大巴窑大牌74座吧刹商店住户为庆祝中元节合请的。

新加坡的官员在一次讲话中谈到华人的归属感时指出，华族占新加坡人口的百分之七十多，用华族文化方式去分析政治、社会问题，对新加坡有莫大的重要性。利用当前有利的社会经济条件，发扬传统艺术，是保留优良文化传统的重要环节。他充分肯定宗乡会馆、业余艺术社团在推广与发扬传统艺术文化方面的辛勤付出与取得的丰硕成果。他们把华文、华族的戏剧及其他艺术活动，看作是"价值的大部分，而且带有感情上的牵连"。正是这种政府提倡、市民喜爱，形成了狮城潮剧艺术的广泛性和欣欣向荣的景象。

狮城潮人酷爱潮剧之风，确是一阵沁人心脾的南风。业余潮剧爱好者不仅爱看潮剧录像，模仿学习录像中角色的表演，向老辈请教，而且不远万里，从新加坡飞回汕头学潮剧表演艺术。许岳卿从小进英文学校就读，虽能讲流利的潮州话，却不懂华文，是业余剧社的主要演员，1985年自费来汕头学潮剧，他在自己的剧本里注满了英文读音，凭着读音理解台词。还有余惠华，1985年来汕头戏校学了5个月，今年又再来学半年。别以为她是富家子女，花父母的钱，其实学费是全靠自己在新加坡做两份工积攒起来的。她不是什么名角主角，就扮相和唱声方面也没有优越条件，用她自己的话说"甘当配角"。现在她又在学化装、服饰，她就是这样一个执着的潮剧迷。在她身上也闪烁着新加坡人那种热爱中华文化的亮光。在乌节律的五星级大酒店 Hyatt Hotel 和圣陶沙岛上的自助餐宴会上，我都看过她表演的《文武香球》片段。这是她从录像带中学习而又略加改编的。表演时用澄海潮剧团的原声录音带播音，她和对手只做比武表演动作，栩栩如生，极受各国游客的欢迎，司仪用英语和日语介绍："新加坡的华族和中国有亲缘的关系，因而它的文化也就有中国文化的传统，现在为大家表演一段宋朝一对青年通过比武而恋爱的故事，是潮剧。"表演恰如其分，既有刚毅的枪戟之交，又有脉脉传神的秋波，不用了解全剧剧情，也可理解这段表演，引起了旅客浓厚的兴趣，纷纷拍照。表演结束后还争先恐后邀演员合影，在充满了西欧气氛的自助餐宴会上，宋代小姐手执长枪与长满胡子的红种人、白种人以及蓝眼睛的大汉搭肩合影，使人油然产生了一种民族认同感和文化自豪感！余惠华孜孜以求的，大概也是为此贡献一份微薄力量吧！

在新加坡短短的时间里，笔者对该地潮剧活动的了解只是蜻蜓点水，极为肤浅，然而那种传统文化的巨大潜力，却是隐约可触及的。有人说对海外华侨来潮汕捐巨资办学、办善事有点不大理解，是图利？是为名？我在接触中，从潮剧艺术的群众性和发展中，感受到了可贵的寻根热，那种热爱中国传统文化的精神，这可能就是理解的钥匙吧！

作者简介

王声河（1935—2015），潮安人。新加坡归侨。南开大学中文系毕业。曾任汕头市艺术研究室副主任。广东省戏剧家协会会员。

侨眷肖姑轶事

郑会侠

侨乡潮南区陇田镇华瑶村侨眷肖素惠（别号肖姑），在解放战争时期为革命作出了无私的奉献。中华人民共和国成立后，她继续做有益于人民的工作。20世纪50年代及60年代期间，她先后担任县、区、村侨联委员，又曾光荣出席县侨代会。她虽于1976年8月因病默默地离开人世，享年69岁，但很多同她生活、交往、共事过的老领导、老同志及乡亲，每每追忆往事，浮想联翩，敬佩之情油然而生。她的音容笑貌和高尚情操永远活在人们的心头。如今，她的任旅泰王氏家族宗亲会副理事长的儿子王锦怀，一如既往地情系乡土，热爱桑梓，肖姑未竟的遗志后继有人，足以慰藉英魂。笔者略叙其几桩令人敬仰的革命轶事以怀念肖姑。

◎一

地处大南山麓的练江西岸，地灵人杰的陇田镇，原有一所由"宝成""宝泰"私办的砺青初级中学，经历了抗日烽火和解放战争的洗礼，于1947年秋建立中共潮阳县砺青中学支部，在该校任图书管理员的肖明任党支部书记。肖明出身和平镇中寨村，她家以酿制"长春"药酒出名，她是肖素惠的堂侄女。中华人民共和国成立前，肖素惠嫁给沙陇华瑶村旅泰的王水朝，她娴静厚道，深得乡人赞誉。后经上级党组织的同意，砺青中学地下党支部以肖素惠住处"永安里"（"四点金"连厝包）为落脚点。从此，中共潮阳地下党组织的部分领导和武工人员经常来往于此，肖明经常呼肖素惠为"阿姑"，其他地下革命者也像尊敬母亲、姑妈那样，呼她为"阿姑"，彼此倍感亲切。"永安里"也抹上了一层特殊的色彩，历经了4个多年头，"肖姑"的名字传颂至今。

◎ 二

1947 年 5 月至 1949 年 7 月，全国解放战争怒涛澎湃，潮阳进入了恢复武装斗争的阶段，地下县委书记钟声和四、七联区区委书记马丁，由区委组织委员肖明接头，经常秘密到肖姑家开展地下活动，这里距"剿共"大队部仅一华里多，肖姑在这"白化"地带，明知山有虎，偏向虎山闯，冒着随时有"屋毁人亡"的危险，把家作据点，无私地从各方面支持人民的解放事业，热情地接待、掩护一批批革命同志。1938 年入党，原任潮安县地下党组织领导人的孙波，由于身份暴露，受国民党通缉，他遵照上级指示，化名孙史恭，于 1947 年到砺青中学隐蔽，担任训育主任。四、七联区区委为确保其安全，安排他到肖姑旧家的"四点金"屋隐蔽，肖姑对其关怀备至，送衣送饭，嘘寒问暖，确保他的安全。其时，砺青中学的进步学生郑冠、郑康、郑史、吴声光等在孙波的精心培养下，在其住处秘密宣誓入党，在场监督的还有中共潮阳县委书记钟声。在此期间，地下党员、武工政工队员等，经常于夜阑更深之际到她家活动，肖姑从不说声烦，从没喊声累。这时，还有受上级党派遣、从香港几经周折回到家乡，并准备伺机投奔大南山革命根据地的党员到"永安里"隐蔽，由于敌人多方封锁，情况十分危急，一住就是几天。肖姑在此利害攸关时刻，牵肠挂肚，许多个夜晚合不上眼，还有毗邻乡村的党员，因怕暴露身份，到她家隐蔽，她掏出自家积蓄购买粮食和衣物，热情款待，夜以继日，汗流浃背。每当隐蔽的革命者安全转移大南山，她总会露出安详自得的微笑……

◎ 三

"永安里"坐落在沙陇通往成田的大道之旁，国民党的密探和周围各乡的民团乡丁经常在此出没。胆大心细的肖姑，经常打开闪门，凭借"宽门"之孔道抬眼向四处张望，她那双慧眼从不放过敌人的蛛丝马迹。有时，她还巧妙地以手势暗号示意在她家接头的地下党组织领导人，使他们做好准备，避过敌人耳目，安然无恙。每当寒风飒飒、细雨霏霏的秋冬之夜，伸手不见手掌的时刻，正好是地下党员开展地下革命活动的良机。有时，肖明便在灯下刻写从大南山区转下来的革命传单，青年学生郑康等人分秒必争地赶印。肖姑到屋外周围放哨，顶寒风，忍疲累，一站便是几个钟头。还有好几次，砺青中学地下党支部接到大南山转来的征枪借粮的特急通知，地下党员赶到肖姑家碰头部署，摸清对象，采取对策，赶发通知，直至天亮。肖姑为确保大家的安全，置个人安危于不顾，通宵达旦在外面放哨。

沙陇墟地处潮惠交界点，墟场竹行、木行、铁行、鱼行、佣行、米庄、饭馆、酒店等，比比皆是，熙熙攘攘，生意兴隆。潮普惠"剿共"大队部的官员、国民党党部的头面人物和乡公所的职员爪牙，经常在此歇脚，寻欢作乐，墟场信息十分灵通。肖姑受地下党组织的委托，经常以侨眷身份上墟赶集，到行、店购物，拉家常，谈市情，从中刺探搜集情报。有一次，她发现"剿共"大队部的伙夫上墟，匆匆忙忙采购了大量鱼虾、蔬菜、大米。她火速通过交通站把此情报转达大南山武工队，使他们及时部署，粉碎了敌人突袭的阴谋。肖姑此举，深得地下党组织的称赞和信赖。

◎四

全国解放战争犹似秋风扫落叶，日臻千里，形势越来越好，国民党右派千方百计封锁大南山区。1949年4月，汕头地下党组织从香港搞到一批硫黄、朴硝、白药，四、七联区区委派马诚前往接头，由于敌人戒备森严，虽想尽办法，但还未能转运。在此关键时刻，地下党组织领导肖明找肖姑商量此事，肖姑惊人的革命胆略大大出乎了所有人的意料。她说："你们信得过我的话，我一定设法运出来！"于是，她乔装为归国华侨，她那高挑的个子，穿上了适体的旗袍，迈开了矫健的步子，浑身是胆。身后跟着由地下党员乔装的挑夫。他们凭借对革命的忠肝义胆，几经周折，巧妙地把20多斤的硫黄、朴硝、白药装进皮箱，泰然自若地当作行李从汕头运出来，通过码头，乘船渡海，安全抵达沙陇，是夜，转达成田地下联络点信丰书店，又从港头转移到仙斗学校，再由大南山武工队派员带回目的地，制成炸炮，有力地痛歼顽敌。此外，1948年隆冬，为提供大南山根据地的军需给养，肖姑还多次乔装往汕头一带，为部队运送布匹、卫生衫、药品等。

作者简介

郑会侠（1935—　），生于潮阳。1951年参加革命工作，1953年参军，1956年加入中国共产党，1957年毕业于中央委员会通讯学院，从政、从军、从教、从文50多年，一直做文字工作，喜爱文艺创作。原任中共潮阳市党史研究室副主任、市计划生育委员会人秘股长，被评为"广东省党史先进工作者"、潮阳市优秀党员。现任潮阳区老促会副秘书长、广东省《源流》杂志特约记者。发表作品250多万字，多篇作品获奖，由中国文联出版社出版个人专著《笔缘集》。

啊，中国和新加坡

黄莲中

母亲于青年时期从唐山到新加坡做工，后来她终于成为新加坡这个国家的公民。我幼时从新加坡回唐山外婆家，从此我是中国的一名公民。

血肉相连的母子，却成了不同国度的人，谁相信？谁承认？我一直是不承认、不相信的。可事实就是这样，不信也得信，不承认也只好承认了。

那是20世纪70年代中期，母亲从新加坡回来探亲，我见她年事已高，便劝说母亲就此定居，不要再回新加坡了。母亲鉴于儿子的一片孝心，也欣然同意了。可是一办手续却碰了"钉子"。政府的工作人员说："你母亲是新加坡人，外国人要在中国定居，必须通过两国的大使馆办手续才行！"

"啊，我母亲是外国人？"不知当时的我惊讶成了什么样子。我说母亲是从唐山到新加坡的，至今仍满口潮州话，况且儿子是中国人，母亲为什么不是中国人呢？

"你母亲入了新加坡籍，就再也不是中国人，这身份证件明明白白地证明她是外国人。"

"那么，如何向大使馆申请呢？"我恳切地询问。

工作人员幽默地说，"母亲的国家和儿子的国家还没有建交哩！""为什么不建交？什么时候能建交？"我几乎蛮不讲理地追问着。

"对不起……"

啊！中新两国建交，我想了多少年，默念了多少春秋？想得"人比黄花瘦"，想得"白了少年头"！

虽说母亲是新加坡人，可她的心里装着一个唐山。多少个梦里，她和潮州姐妹一起上街品尝家乡的小食，一起在溪边浆洗衣裳，一起于"七巧"之夜对着银河向织女讨学针工刺绣，一起于梅雨天聆听"姑嫂鸟"的哀鸣流泪，一起于乡间土坪中观看家乡戏。一起，多少个一起！母亲没有忘记她青年时的好友以及弟弟妹妹。一起，永远是这个一起！母亲无时无刻不与家乡的一切人和事相伴在一起。古人说"梦里不知身是客"，母亲是梦里长作故乡人！

母亲送我回来，让我在外婆家生活、读书，目的是要我脚踏家乡土，口饮家乡水，不让我变成"番仔"而忘记唐山。记得母亲要离开我时，带我到村后竹林里，虔诚地摘下几片竹叶，让我将它们藏在心口的衣袋里，说是做事要胸有成竹，做人要像竹子一样虚心有节。随后又带我到村前的大榕树下，指着榕根对我说：根要深，叶才会茂，根在这里，就要在这里开花结果！

母亲爱唐山，爱家园。这种爱是默默的，像家乡的山一样实实在在，饱经岁月之雨，更添秀色，沐浴时代之风，益见挺拔。

母亲爱兄弟、爱姐妹。这种爱是润润的，像家乡的溪流一样溶溶澈澈，朝洗衣衫满天云锦，夜汲清泉满天星月，手足之情，同胞之爱，润彻肺腑。

母亲爱儿子、爱孙子。这种爱是细细的，像家园里的石榴那样小心拥抱着嫩籽，像芋叶端水珠那样小心翼翼。她常说："田螺为仔死。"母亲把全部心血奉献给后代，母亲实在是平凡得有些伟大！

母亲虽不能为祖国（唐山）干一番事业，却尽了她的心力。在20世纪50年代，新加坡曾刮起不信任驻新加坡的中国人民银行之怪风，新加坡人纷纷从中国人民银行取回储蓄本息，母亲却把全部银项储入中国人民银行，形成鲜明的对比。她说谁不信任唐山银行，就枉为唐山人！

母亲爱唐山，也爱新加坡。她说为人最为珍重的就是"情义"二字。她认为既然加入了新加坡籍，就得做个像样的新加坡人。新加坡的水土养育了她，爱是自然的，人情之所系，伦理之所归嘛！母亲的情怀，可谓平凡得有如江河。

可以说，母亲有两个祖国，生育她的是唐山，养育她的是新加坡。爱，是可以双重的。

可以说，我也有两个家邦，生育我的是新加坡，养育我的是唐山。爱，是可以兼备的。

母亲的国家，儿子的国家，怎能不携起手来呢？"中新两国终于建交了！"这一句话终于在经历漫漫岁月之后"爆"出来了！这一句话，终于从我的心口溢出来了！由于它酝酿之久，更为甜润醇醇，醉人心头，甚至让我痛快得有些难受，幸福得有些受不了啊！

啊，中国和新加坡，共同繁荣昌盛起来吧！

作者简介

黄莲中（1936—2000），曾用笔名花之君、夏莲、容人等。从小习文，酷爱文学艺术。学生时期开始发表诗文。在国内外发表作品，累计达数十万字。主要作品有中篇小说《生死情》、长篇评论《论长诗"望乡凤"》等。广东省作家协会会员。

博他耶之夜

陈贤茂

在我们离开泰国之前，东道主安排我们游览博他耶。

博他耶是泰国华人的潮州话音译，香港人则用广东话译为芭提雅。据导游陈先生说，20 年前，博他耶还是一个荒僻的渔村。越南战争期间，美军在柬埔寨修建飞机场，每逢周末假日，美军官兵常就近开车到博他耶游泳度假，当地人便搭起帐篷卖酒、卖食物，还有泰女侍酒。博他耶就这样慢慢发展起来了。现在，博他耶已成了泰国著名的旅游胜地，凡是到泰国旅游的外国游客，几乎没有不到博他耶的。

我们抵达博他耶的时候，已是下午 3 点，汽车在镇上大街慢慢驶过，两旁都是现代化楼房，珠宝店、工艺品店、百货店、酒吧、旅馆、夜总会，鳞次栉比，过去的帐篷茅屋，已不复见了。这时正是骄阳似火，马路上洒满了阳光，我们躲在有冷气的面包车里，谁也没有下车的欲望。从车窗看出去，街上行人极少，商店里顾客也极少。酒吧里，一些吧女坐在高高的圆凳上，无精打采地打瞌睡。

汽车驰出大街，前面是一望无际的大海，心胸顿时为之开阔。那蓝缎子般的海面上，碧波荡漾，波光潋滟，点缀着色彩斑斓的风帆，宛如一幅赏心悦目的水彩画。汽车沿着岸边柏油路慢慢行驶。在约有两公里长的洁白沙滩上，排列着无数的五光十色的遮阳伞，每把伞下都放着几张帆布躺椅。令人奇怪的是，沙滩上游客极少，绝大多数躺椅都是空着的。看来这个著名的旅游胜地是徒有虚名。

汽车开进了离海不远的一家旅店，这是陈先生预先安排好的下榻的地方。旅店的门面并不堂皇，房间里的陈设却极为现代化，雅致而舒适。尤其可贵的是，房间里的桌椅床铺，都非常干净卫生，真可谓纤尘不染。我刚进门的时候，还见一位女服务员在卫生间里，用刷子和抹布擦拭着抽水马桶，那细心的样子，倒像她擦拭的不是便盆，而是食具。博他耶旅店的那份洁净，那份雅致，带给旅人的是一种温馨的愉悦之情。

晚饭后，陈先生带我们去观看蒂芬妮人妖歌舞团的表演，每张票10美元。据说凡到博他耶旅游的游客，都要前往观看。戏票必须预先订购，否则买不到票。华灯初上，博他耶已换上了鲜艳的夜装。走出旅店一看，我大吃一惊，日间空寂寥落的大街，如今却挤满了各种肤色的游客。其中有讲广东话的（估计是香港来的游客），也有讲台湾话的（应是台湾来的旅游团）。进了戏院，已经满座，快要开演了。我问身旁的陈先生："为什么叫人妖歌舞团？"

"等下你就知道了。"陈先生含糊地说。

幕开了，一队男青年和一队女青年从两边载歌载舞而出，都着泰国服装，看样子他们跳的是泰国的古典舞。我对舞蹈完全是外行，但以前也看过不少舞蹈，有点基础，再加上自己的揣摩想象，一般也能对舞蹈的内容了解个七七八八。根据我在国内所习见的舞蹈格局，这些青年男女的舞蹈应该想体现当地人民和平幸福的生活，接下去，灯光一定会转暗，雷鸣电闪，然后象征邪恶的人妖出场，给人们带来了灾难，经过搏斗，最后是美战胜了丑，善战胜了恶，光明战胜了黑暗。使我有点失望的是，舞蹈的发展并没有按照我的设想进行，灯光并没有转暗，倒是把大幕也拉上了。大幕再度拉开的时候，另一队女演员上场，全都穿超短裙、低胸舞衣。强烈的音乐节奏，迪斯科舞姿，不用解释，我也知道跳的是现代舞，看样子已换了另一个歌舞节目。我颇有点惋惜地问："人妖怎么还不出场？"

"这些'姑娘'全是人妖。"陈先生莞尔一笑，"她们本来都是男的，所以称为人妖。"

"男的？"

"男的。"

我疑心是近视眼镜出了毛病，把眼镜擦拭一番再戴上。分明一群女娇娃，千娇百媚，含羞带嗔，而且玲珑浮凸，曲线斐然，比女性还要女性，哪有一点男性的踪影？

陈先生看出我仍心存疑惑，便解释道："这些人妖确实都是男人，因为他们从小就有女性化的倾向，又希望当女人，经医生注射女性激素后，身材便出现女性特征。"

"他们的歌声呢？这么美妙的歌喉，难道也是药物能改变的吗？"

陈先生笑了："歌声是女歌唱家的杰作，先录好音，然后播放出来。

人妖在舞台上只是张口，并不出声，为了使口型对得天衣无缝，还要经过长期训练呢！"

我不禁点头嗟叹，世界之大，真是无奇不有。人妖的表演，引起了我许多的联想。男性女性化的人妖，用"她"们的歌舞给人们带来假日的娱乐，作为一种谋生手段，也无可厚非，但如果整个社会阴阳颠倒，男性女性化，那就前景堪虞了。

表演结束，我们走出戏院的时候，只见人妖们已从后台绕到戏院门前，正拉着游客拍照呢。几位人妖走过来，簇拥着陈先生，我微笑着按下了快门。"她"们索价泰币100铢。

作者简介

陈贤茂（1937—　），生于泰国曼谷，普宁人。1940年随母亲回国。1960年中山大学中文系毕业，1964年中山大学中文系现代文学研究生毕业。曾任汕头大学台港及海外华文文学研究中心副主任、副教授、《华文文学》主编。已出版的著作有《洪灵菲传》，发表海外华文文学论文若干篇。曾任汕头市侨联归侨作家联谊会理事。

中国武术，OK！

——记美国全国太极拳总会会长许玛丽

钟泳天

全世界华人都在关注的大事——2008 年 8 月 8 日在北京开幕的第二十九届奥运会，随着时间的流动渐渐地近了。这些日子，许玛丽一直处在兴奋之中，激动和自豪几乎令她不能自已。

终于盼到这一天，她带领美国国家武术队的选手，从纽约飞越辽阔的太平洋，来到了北京。

终于盼到这一天，她和她的伙伴们住进了奥运村，享受高规格的待遇。

终于盼到这一天，她和队员们一起在举世瞩目的赛场上一展身手，向祖国母亲汇报她的成绩。

作为一名华人，能带领美国队参加奥运会，这是华人的骄傲，也使广大旅居美国的华人感到莫大的荣耀与安慰……

湄南河从泰国北部穿过崇山峻岭、热带雨林，流到曼谷，舒徐平缓，与整个城市的气氛非常协调。临出海口，支流纵横，河汉密布，充足的阳光和水源，使这里成为鱼米之乡。

许玛丽出生在曼谷一个殷实的华侨家庭。爷爷是一个大型碾米厂的厂主，父亲和母亲都在华侨学校当中文教师。20 世纪 50 年代，一大批泰国华侨回国参加建设，许玛丽的父亲满怀爱国热情，带着妻儿准备加入这个庞大的队伍，但爷爷对共产党不了解也无信心，坚决反对，然而父亲去意已决，他宁愿放弃优裕的物质生活，放弃家庭中长子继承产业的权益，投奔祖国。

许玛丽的青少年时代正逢"文化大革命"，美丽的海滨城市汕头被捣毁得满目疮痍。学校停课闹革命，年幼无知的孩子们也参加了各种战斗队。工人文化宫的舞台上正在演出大型歌舞《红卫兵战歌》，许玛丽的哥哥和姐姐扮演主角，风光一时，但许玛丽对这些不为所动，而是热心于中华传统武术。

许玛丽自小性格活泼，也喜欢跳舞，后来在海滨广场晨练时结识了吕兴钦、纪昌秀等老师，由于她悟性好，接受快，练武进步喜人，令老师们看好。

中华武术，博大精深。上古时候，黄帝战蚩尤时就有摔跤法，战国时出现剑术，到汉唐之际，裴旻出神入化的剑术，已经与李白的诗、张旭的草书并称"三绝"。其后，道人张三丰创太极拳，修炼界又传出八卦掌、形意拳等，逐渐形成以内练为主的内家拳以及外练为主、由外而内、形神合一的外家拳。各种拳法又兼有器械演练，如刀、枪、剑、棍、斧、钺、钩、叉等。世袭传承的中华武术，丰富而深长，置身其中，出神入化，既彰显中华文化之内涵，又展现文武道德观念。许玛丽爱上武术之后，不管炎炎夏日，或者寒冬腊月，均专心致志，苦练不懈。在老师的指导下，她先全面熟习各路武术技法，又在此基础上专修太极拳。

转眼到了 1981 年，许玛丽告别汕头的亲友，回到出生地泰国首都曼谷。这时她已羽翼渐丰。带着弘扬中华文化的崇高理想，她以武会友，很快地融入当地华人社会，并与马剑臣等前辈合作，成立泰国太极拳健身总会，马剑臣任会长，许玛丽任总干事兼秘书长。泰国太极拳健身总会不止活跃于首都曼谷，而且泰国各府多有分支机构，旨在把拳艺传播到边远地区。

许玛丽依旧夙兴夜寐，勤于训练，并与中国武术界先辈保持联系，承受教益。1985 年，她代表泰国武术队来到西安，参加了由中国武术协会主办的第一届国际武术邀请赛。翌年，她又到济南参加国际武术教练员训练班，此时她结识了国内武术界吴斌、于立光、门惠丰等名师，学习了完整的武术教学体系，个人技艺大有长进。1985 年到 1989 年，许玛丽在泰国蝉联五届武术冠军。

在地球这一端放眼世界，到处都有中国人群居的地方，尤其是大洋彼岸的美利坚合众国。很多中国侨民热爱祖国传统文化的心情，如久旱之望雨露。1989 年，许玛丽为寻求更大的发展，带着一颗雄心远渡重洋，来到了美国。记得当年在入籍美国考核的时候，考官问她来美国的目的，许玛丽用流利的英语回答道："我擅长太极功夫，这是中国的国粹，它可以为人们带来健康，还能传播友谊，我希望有一天，可以代表美国出席国际性武术大会。"考官对她很感兴趣，叫她即席表演。许玛丽屏声敛息，放松情绪，当即表演了一段太极华彩。对于她的精彩表演，考官们看后不约而同地报以热烈的掌声。

一个青年女子，人生地不熟，要来美国创业谈何容易？许玛丽自小敢于面对各种困难，知难而上。她曾在一本书中读到爱因斯坦的一段话："一个没有雄心的人，在不知不觉地受苦；一个有雄心的人，是在有知有觉地受苦。"许玛丽从东方来到西方，不是为了享受，而是有知有觉地努力奋斗。

自从 1936 年在德国举办的奥运会上，中华武术有过小型的表演之后，数十年来中华武术在国际体坛上一直处于沉默状态，这就促使行业同仁们不断为之努力，务求将中华武术发扬光大。许玛丽经过一番考察之后认为：只有把全部精力放在教学上，才能更好地将这一国粹在海外传播。

1994 年许玛丽在康涅狄格州的曼彻斯特选定校址，开办美国玛丽太极功夫学校。此举果然引起了国内外武术界的轰动，前来报名入学的除华人外竟有不少的外籍人，学校分初级班、中级班、高级班，学习内容分中华武术和中华太极拳两大类。此时许玛丽已技艺娴熟、炉火纯青，集南北派于一身，刀法、枪法、剑术、棍术、拳技，十八般武艺样样精通，正是大有用武之地。学员不分国界，不分身份，不分年龄，从 4 岁的娃娃到百岁的老大爷，共同的爱好，共同的目标，让人们从四面八方走到一起来了。

这些不同肤色而又操着同种语言的人们，出乎对中国的好奇，也出乎对中华武术的好奇，来到了玛丽太极功夫学校。其中就有不少人想通过中华武术来了解中国，揭开这个东方古国神秘的面纱。

面对眼前这些中华武术的爱好者，许玛丽并不胆怯，而是自信。自信是一个人成功的本钱，是一种素质，是一种风度，是一种内在美，是一个成功者不可或缺的精神支柱。

花开花落，岁月在伴着拳棒的吆喝声中流过，在轻柔而极具内涵的太极功夫中流过。5 年的时间不算长，但这 5 年里，美国玛丽太极功夫学校培养出了不少中华武术的好手，他们在比赛中屡获佳绩。就在学校创办 5 周年的 1999 年，由学校主办的第一届新英格兰（指美国东北六州）国际中华武术锦标赛在康涅狄格州州府哈佛举行，来自中国、巴西、墨西哥等 8 个国家和地区的选手欣逢盛会，运动员热情高涨，其中竟有年逾八旬的老者。许玛丽主办此次盛会初衷在于以武会友，提高技艺，更是为了在西方弘扬中华武术。此举得到国内外不少名家的支持，办得非常成功，当地报刊连续报道，可谓一石激起千层浪，在西方社会引起的效应令人鼓舞。

2002年由学校主办的第二届新英格兰国际中华武术锦标赛已有了前次的经验，办得更加精彩。比赛吸引了来自全球各地的运动员、教练员、裁判员500多人，比赛项目也比上一次更丰富，更难得的是中国武术协会原主席、时任亚洲武术联合会名誉主席徐才先生不远万里，从北京率团前来庆贺，带来了祖国人民的问候，他希望美国玛丽太极功夫学校能成为优秀武术选手的摇篮，冠军的摇篮。而家喻户晓的国际神探李昌钰先生，出于对中华历史文化的热爱，也在百忙之中，拨冗前来参加盛会。

许玛丽在大会献词中说："武术是中华灿烂的文化瑰宝，是传统的体育项目，经过武术前辈和同道们不懈的努力和推广，现在已走向世界，属于全人类。我们的目的是以武会友，增进友谊，观摩交流，取长补短。愿武术之花在美国以及世界各地开得更加美丽。"

在这次盛会上，人们注意到一个表演鹰爪拳的美国小伙子。他有着蓝色的眼睛，褐色的头发，个头不大，身姿矫健，弹跳力好。表演起来，刚柔并重，轻盈优美，仿如飞鹰，观赏度极强，令人为之惊叹。

他叫安东尼，是一个地道的美国人。他既是许玛丽的学生，也是许玛丽的先生。在许玛丽的悉心培养下，他对中华武术已掌握相当的火候。现今，他已是国际散打裁判、国家级武术裁判兼教练，也是玛丽太极功夫学校的武术教练。

他们两人的爱情，已成为武术界的一段佳话。

安东尼在大学修的是哲学专业。哲学是什么？哲学原来是从比普通常识远为宽广和复杂的角度、层次与视野去观察世界、思考世界、把握世界的一门学问。安东尼在学生时代，已接触到中国的历史文化。中国这个东方文明古国博大精深的文化引起了他强烈的兴趣。玛丽太极功夫学校创办之后，他从纽约来到康州，第一次见到许玛丽他就心动了。许玛丽是时已步入中年，身上焕发着一种成熟之美。她天生丽质，眉目清秀，白皙的肌肤，令人见之产生怜爱。在一般人的印象中，从事武术的运动员多为体魄壮健，阳刚有余柔媚不足，而安东尼眼中的许玛丽，在竞技场上英姿飒爽，平日里却风姿绰约。经过一段时间的接触，安东尼又看到了对方的深度，诚如清人李渔所言："有态了三分人才便会有七分魅力，无态了七分人才也只有三分魅力，态于女人，如火之有焰，灯之有光，珠玉有宝气。"

安东尼知道许玛丽有过爱情经历和婚姻经历，年纪也比自己大，但他像其他美国人一样狂热，一旦爱上一个人就穷追到底。

安东尼的愿望是要做"半个中国人"。为了得到许玛丽的青睐，他除了上课时全身心投入外，课下又向许玛丽学习中文。中国的方块字和普通话的发音，与英语大相径庭，好多外国人学了一辈子都没有学好，但也许是爱情的力量，使安东尼的进步甚快，几年工夫，他已能讲一口标准的普通话，并认识了 2 000 多个汉字，玛丽太极功夫学校不少中文文件的收发和翻译工作，他都可以胜任。

精诚所至，金石为开。许玛丽珍惜这一份异国之恋，终于选择吉日，两人喜结连理。

从 2000 年起，许玛丽兼任美国康州大学中华武术客座教授。她又经常到一些老人院、工厂、中文学校教授武术课或太极拳。她的认真教学和热心助人的品德，赢得了良好的口碑。不管是赤日炎炎，还是大雪封路，学员们都按时前来上课，有的父女同班，有的母子同学，学校成为大家的活动中心。学生一届又一届，15 年来一共培养了多少学生，许玛丽心中没有一个准确的数字，但可说是桃李遍天下了。

2009 年 10 月 24 日，许玛丽作为美国国家武术代表队总领队率团到加拿大多伦多参加"第十届世界武术锦标赛"。此次共有 70 多个国家参赛。美国武术代表队在赛程中表现出色，夺得男子剑术金牌和男子枪术银牌，其他剑、长拳等项目均有喜人的成绩。

从运动员到教练员再到裁判员，从参赛选手到运动会的组织者、主办者，许玛丽至今已有 30 多年的武术经验，她的足迹遍布中国、泰国、美国、日本、西班牙、阿根廷、加拿大等国家，到处留下她的风采，在国际武术界有着崇高的声誉。许玛丽现为美国全国太极拳总会会长，美国国家武术总会副会长，美国国家武术总会比赛委员会主任，国际武术教练员、裁判员。

当你来到美国康涅狄格州，一踏进玛丽太极功夫学校，便可看到各式各样光彩夺目的奖杯、奖状和锦旗，琳琅满目、光辉灿烂。其中最重要的是国际武术联合会为许玛丽颁发的证书："许玛丽于 2001 年 6 月 11 日至 22 日在中国澳门参加了国际武术联合会举办的国际裁判考试班，经考证合格，特发此证。"这是许玛丽取得国际裁判资格的证书。许玛丽在这次考试期间，学到了国际武术联合会新规定的国际武术套路，并幸会了武术大师钱源泽先生。钱源泽先生乃中国十大武术名教练之一，享誉国内外。在大师的指点下，许玛丽受益匪浅，这对于她一生在武术界的发展起着重要的作用。

大西洋的波涛，不时掀动着许玛丽的情怀；故国故乡的风物，不时进入许玛丽的梦乡。在这远离故土和亲人的美国，每前进一步，她都要付出辛劳的汗水；每一座奖杯，都凝聚着她的心血。但许玛丽时时记住：弘扬中华武术是她崇高的职责，祖籍国和人民就是她坚强的后盾。如今，当她作为美国国家武术队的总领队带领运动员参加各项国际比赛的时候，当她与美国运动员一起来到北京奥运村的时候，她最高兴的是当年她考美国公民时许下的宏愿已经实现。旅美至今20年，20年来，许玛丽的血汗灌溉在北美洲这片肥沃的土地上，已经开出灿烂的花朵。

美国全国太极拳总会在许玛丽的领导下，连创佳绩。2012年9月，她带队到澳门参加第四届世界青少年武术锦标赛，美国队夺得4枚金牌。赛后她回汕头探亲，接受了汕头电视台的采访。

作者简介

钟泳天（1937—　），生于潮州。1960年毕业于广西师范大学中文系；1983年从学校调至《汕头文艺》任编辑；1987年《汕头文艺》更名《潮声》，出任副主编，继而出任主编。

长期坚持业余文学创作，学生时代开始发表作品，至今在国内外报刊发表各类文学体裁的作品数百篇，计百多万字。出版著作多种，作品多次获奖。1994年加入中国作家协会，翌年出任汕头市作家协会副主席。2007年获汕头市委宣传部颁发的文艺奖特别奖。个人业绩载入《中国作家大辞典》《中国诗人大辞典》《世界名人录》（中国卷·第一卷）等多种辞书，其文学活动资料为天下名人馆所收藏。现为汕头市作协顾问、汕头市侨联归侨作家联谊会副会长。

静美的秋枫（小说）

杨景文

◎一

陈宏成带着妻子李岱从新加坡回乡探亲，这个消息像炸雷一样，整个村子都震动了。

上午，天空十分明净，秋天的太阳显得更加亮丽。一辆出租车沿着村道的石板路徐徐行进，路边的柳丝随风轻盈地飘舞，像是在迎接远方归来的客人。

司机把车停在祠堂前的旷埕，旋即，围观的人拢至车前。邻居急忙向宏成居家的妻子爱枫报喜。爱枫一阵惊喜和紧张，对着镜子忙把发夹扯开，举起梳子将短发梳了又梳，端详了一下，又扯下发夹，再梳。她把衣领捏了又捏，正要跨步出门迎接，邻居的老姆走过来对她说，亲人多年未回家，你赶快进房暂避一下，勿冲这个头，往后才会和和美美。爱枫听罢又紧张地退回房中。

宏成与李岱每人拎着一个行李袋，在乡亲的簇拥下，满面春风地走进门来，在客厅站着。这时，忽然有人朝房中喊起来："宏成嫂，快出厅来，番客来了。"只见宏成嫂羞怯怯地走出客厅。一打照面，宏成与她的眼光汇集在一起。爱枫的那对大眼睛，还是水灵灵的，笔直的鼻梁衬着微厚的嘴唇，显得棱角分明，牙齿还是那样洁白可爱。今天，她穿了一件浅蓝色粗布衫，斜襟至右腋下紫红色精巧的纽扣十分显眼，衣服熨帖而整洁。但如此清癯瘦小的身材，与青年时期的她，已经判若两人。岁月真是无情，宏成打心眼里暗暗吃惊！他拨开在场的乡亲，走近前去，脸上挂着歉意与垂怜，拉着爱枫的手，指着李岱介绍说："这就是新加坡的番姿娘……"李岱笑嘻嘻地走过来拉着爱枫的手，亲切嗔声："爱枫大姐，请坐。"并搀住她，让她坐在宏成与自己中间的位置上。爱枫起初有点尴尬，脸上布满红晕。这个李岱，脸庞白皙，留着披肩的大波曲发，滴溜溜的眼珠拖着鱼尾纹，鼻梁扁平，下巴微尖，穿着一袭浅绿色碎花上衣和黑裙丝袜，配上高跟鞋，看不出是年届花甲的妇人。爱枫抬头把丈夫端详一番，丈夫一向身材魁梧，粗眉大眼，这天他穿着笔挺的西装，黑皮鞋，虽然脸上已爬满沟沟壑壑，但威武的相貌与青年时期没有大变。微眯的眼睛露出亲切的表情，让她记忆犹新。她霎时浮现的陌生感也随之抛到九霄云外。

大厅中的乡亲，有的兴高采烈，有的感叹唏嘘……这时，一位族侄已烹来潮汕工夫茶，香茗的烟雾，袅袅升腾，族侄招呼说："番客伯和诸位，请饮茶。"李岱立即站了起来，上前端起茶盘，走到爱枫跟前，恭恭敬敬地说："大姐，请饮茶。"爱枫谦让了一阵，端起茶盅，笑嘻嘻地在丈夫跟前说："宏成，你先饮。"宏成笑容可掬地说："阿岱敬你，你饮吧……我自己动手便好。"说着伸手端起盘中另一盅茶，互相恭敬一番，对饮起来。乡亲们也一起高兴地饮茶。交谈之间，一位女青年已从厨房端来糯米甜汤圆，又见李岱把一碗甜汤圆端到爱枫跟前，满面春风地说："大姐，今天我们已团聚在一起，大家欢欢喜喜在一起，请您吃汤圆。"爱枫正想把汤圆端到丈夫跟前，丈夫已端起另一碗来。在场的乡亲，每人一碗，高高兴兴地吃起来。

◎二

爱枫端着这碗甜汤圆，正待吃，突然眼眶一红，眼泪扑簌簌地掉下来。在众人面前，她让眼泪纵情地流，也把汤圆和泪水一口一口地咽……

往事如烟。40多年前，她的大姐爱柳下嫁宏成。出阁时，父亲执意要她为大姐梳头，还未梳下，爱柳两行泪珠直滚下来。爱枫看了忙低下头。心想，在家里亲亲热热的姐姐，顷刻间便要远嫁他乡，再也不能朝夕相伴了。想着想着，也潸然落泪。

爱柳与宏成度了蜜月，宏成便打道返回新加坡谋生。第二年夏天，爱柳突然发了高烧，爱枫赶来宏成家中服侍姐姐。服药几天，姐姐的病情一天天地恶化。弥留之际，她对妹妹爱枫恳求地说："我的……病……不会好了……宏成他，虽然与我在一起只有个把月……他待我，那么好……为了生活……他必须返回新……加坡……那里，他还有……老母，如果我……有三长……两短，你……就来……接替……我，这样，我……才放心……"爱枫一边垂泪，一边劝姐姐安心养病，不要想得太多。当姐姐看到妹妹默默地点头之后，她的双脚也永远地伸直了……

待新加坡的宏成闻讯，与老母亲一起赶回家时，爱柳骑鹤西归已经多时了。

当爱柳的父母抱头垂泪把原委说出来，宏成哭死哭活，就是不肯在妻子的丧礼完成之后续弦。他当着岳父母及爱枫的面，斩钉截铁地说："我决意在爱柳逝世两周年之后才考虑续弦的事。对爱枫愿意许嫁的一片心意，我永远铭记在心！但爱枫如果碰到合心意的亲事，一定要先行嫁人，别耽误了青春。"

发生这个变故之后，宏成的母亲也留下来了。两年后，宏成终于回家来与爱枫成亲。

出阁那天，爱枫恭恭敬敬地祭拜亡姐，滚烫滚烫的泪珠突突地滴下来。进餐时，桌上多放了一副碗筷，让亡姐与他们一起吃饭。

当晚，床上多放了一个枕头，床前多放了一双木屐。她让丈夫进房与亡姐团聚，自己独自坐在花厅，垂泪直到天明……

半个月后，丈夫返回新加坡，爱枫把他送了一程又一程，真怪，这次的送别没有泪。

◎三

二十多年过去了。

婆婆中风，爱枫日夜服侍在侧。夜间，爱枫与婆婆睡在一起。中风病人夜尿特别多，半小时或一小时，爱枫就得扶婆婆起床小便一次。爱枫被折磨得疲惫不堪。刚合上眼，婆婆就碰碰她，她就赶快把煤油灯挑亮，小心翼翼地扶起婆婆，让她慢慢地对着马桶坐下，她一边扯着婆婆的手，一边打起瞌睡来。婆婆虽有便意，但在马桶上坐了很久，还撒不出尿来，爱枫有时站了十来分钟，整个人要瘫软下来，待婆婆把她的手紧携一下，爱枫才猛地强打精神，把婆婆扶上床睡觉。最后，婆婆常常大小便失禁，爱枫日日夜夜与婆婆的粪尿打交道，弄得消瘦不堪。再后来，婆婆变得痴痴呆呆，把媳妇唤为阿嫂："你这位阿嫂……真……好，太麻……烦你了，将来，你……一定有福……可享……"爱枫一面安慰婆婆，一面暗暗落泪。

婆婆归终时，丈夫远隔千山万水，不能奔丧，在族亲的帮助下，爱枫为婆婆料理了后事。

婆婆谢世之后，有一次，爱枫感染了风寒、重感，整整一个月卧床不起，低热不退，心脏常常无规则地悸动。从此，她得了风湿性心脏病，常年与药锅结伴，50公斤出头的身子只剩下35公斤上下，弱不禁风。

◎四

岁月悠悠，转眼又熬过了十多年。

两年前，一位族亲从新加坡回乡探亲，宏成托他带来很多东西，并附托带回他在新加坡重娶的消息。爱枫起初一阵悸动，心一阵阵绞痛，眼眶一红，没有让眼泪掉下来。她赶快调整好心绪，让自己恢复常态。这位族亲阿叔摇着头蹙着眉无可奈何地说：宏成兄说他20多年来严守这个消息，一来怕阿嫂你承受不了，二来怕在家的老母亲责怪。如果家里的人一时受不了这个刺激，发生了三长两短的事，宏成兄会自觉食罪不起……宏成兄是一字一泪地说出来的，他娶你之后返回新加坡，开头两三年，找不到工作做，只在街头做小贩，日息甚微，但他必须负担内外家计。幸得后来得到这位贤惠的番客嫂的帮助，才能做点小生意，并逐步还清旧债，但经济依然十分拮据，母亲死了也莫能回家一趟。最近几年，经济才有所改善。现在，他在新加坡已有一男一女，都长大成人。你在家乡的情况，新加坡的嫂嫂一清二楚，她说你在家中受苦受累，身体不好，对你感恩戴德……爱枫一听，默默地掉下眼泪，族亲阿叔也跟着叹气。阿叔继续说，话说回来，现在看起来，宏成在新加坡再娶亲，也是明智之举，到头来，他老了，你也老了，他就是把所有的积蓄都卷回家，与你四眼相对，坐吃山空，也难以终老啊……但他终天叹息的是，没能为你留下一个孩子，深深地感到负不起这份罪！

好久，爱枫终于回过神来，擦干眼泪，托族亲阿叔返回新加坡之后对丈夫说：新加坡的家，就是我的家……遗憾的是，婆婆已经去世，如果她还健在，知道她已有两个孙儿长大成人，不知要如何高兴！说着说着，又拭起眼泪来……

◎五

宏成他们吃了汤圆之后，族亲便为他安排拜祭祖先和亡妻爱柳的事宜。刚摆好祭品，大家没想到，爱枫扑通一声跪下去，整个儿趴在地面上，洒了一大把眼泪，就是不愿起身。宏成、李岱和族亲一个劲左劝右劝，一回两回，才把这个泪人搀扶起来。宏成与李岱，再也不敢离开半步，轻声细语地安慰着爱枫，让她慢慢地回归平静。

晚饭后，李岱眼看爱枫的心绪已经平静下来，便寻找一个恰当的场合，附在她的耳畔悄声而恳切地说：我与宏成事先商量好，我们回家这段时间，让您与宏成一起睡在房中，让你们老夫老妻亲亲热热地谈个够。我就睡在花厅的床上。爱枫一听，觉得怪不好意思，脸上泛起一阵阵热晕……一想，恍然地说，这第一夜，还必须让宏成与亡姐一起睡……我们两人，就都在花厅的床上过夜。

第二天夜晚，阔别数十年的老夫妻终于同床共枕了。

千言万语，也不知从何说起，两个人相偎一起，谁也没法入睡。时钟敲了12下，宏成悄声地对爱枫说，我们离开新加坡时，孩子说，在家乡有大妈，日夜操劳，服侍祖母终老，把自己弄得体弱多病，对这个家庭恩重如山。这次，两个孩子，要我们带来一条金项链、一条金手索和两枚金戒指，都说这是孝敬大妈的。孩子又说，待大妈养好身体，便邀请大妈到新加坡团聚……爱枫默默地听，静静地落泪，把丈夫的上衣打湿了一大片……

凌晨，宏成醒来，觉得搂在自己臂弯里睡着的爱枫浑身冰凉，他急着侧身摁亮光管，一看，爱枫脸色惨白，也没有一点鼻息，但眯缝着眼睛的脸似乎留着笑意，格外安详。宏成哭丧着脸，高声地喊起来："爱枫，爱枫，你怎么啦？你醒过来呀！"他被吓得六神无主，只是轻轻地抚着她的脸蛋，但不见什么动静。宏成紧张地站起身，打开房门，朝着门外唤醒李岱和邻居，嘶哑的声音沙沙地嚷起来："赶快……赶快喊……救护车……"

霎时，整个院子的人乱成一团……

作者简介

　　杨景文（1938—　），生于澄海，大专文化，馆员职称。与周镇昌合撰的潮汕民间故事《鸳鸯铁屐桃》获广东省鲁迅文艺奖，后由北京电影制片厂改编为故事片《无敌鸳鸯腿》搬上银幕。1995年出版散文特写集《各领风骚》。广东省民间文艺家协会、广东省人才学研究会、汕头市作家协会会员。

依依难舍故土情

——泰国华裔青年学生夏令营散记

陈家裕

初夏4月，地处热带的泰国正是酷暑炎夏，但美丽的鮀岛却依然流溢着春光。50多名泰国华裔青年学生像一群矫健的飞燕，寻根回归祖籍潮汕，参加一年一度在这里举办的夏令营活动。

◎学习中华文化

虽然他们祖辈的故土在潮汕，但由于他们出生和成长在泰国，大多数不懂中文和汉语，他们热切希望能够学习中华文化。为了满足这一要求，夏令营聘请教师专门向他们讲授中国语文、历史、地理、书法、音乐和武术。

在临时作为教室的宽敞明亮的大厅内外，他们有的高声朗诵唐诗；有的围在一起唱着刚刚学会的中国歌曲；有的三五成群在学打太极拳；有的趴在书桌上吃力地练写毛笔字……到处呈现着如饥似渴的动人学习情景。短短几天的学习究竟有什么收获？陈丽群同学不假思索地说："通过上课学习，我们认识到祖籍中国是一个具有几千年悠久历史文化的文明古国，受到很大鼓舞，为我们是龙的传人而感到自豪。"王华婉同学指着面前写得歪歪扭扭的"中泰友谊万岁"字幅说："这是我平生第一次用毛笔写下的中国字，我要把它作为纪念带回泰国。"初步学会了一套太极拳的苏长逸同学则高兴地说："妈妈嘱咐我学好太极拳回去教她，现在我算完成任务啦。"大家唱着《大海呀，我的母亲》，激动得热泪盈眶的邱殷建同学深情地表示："我十分喜爱这首歌，一唱起来就感到祖籍家乡就像母亲一样，走遍天涯海角都在我的身旁。"是啊！正是灿烂的中华文化，激发了这批青年人的民族感情，使他们与祖籍乡亲的距离一下子缩短了，好似架起了一座互通心灵的桥梁。

◎回乡寻根认祖

春雨绵绵的清明节，华裔青年学生各自回到祖辈的故土寻根认祖，会亲扫墓。此刻，在他们心中有多少深刻的感受啊！

蔡松文见到了从未晤面的同父异母的哥哥，哥嫂和侄儿们对他十分热情，按照潮汕习俗给他端来热腾腾的甜丸和鸡蛋，使他感受到手足之情的温暖，尽管听不大懂家乡话，他脸上却流露出难以形容的喜悦。翁伟文出生以来第一次见到自己的祖母，他噙着热泪仔细地端详祖母并高兴地说："今后我一定再来探望您老人家！"张美云、张建兴姐弟俩回到祖籍揭阳白塔，镇长、乡长、侨联领导和乡亲们早已在村口等候，这使他们深为感动，把会见的领导和亲友名字一一记下来，并合影留念，准备返泰后禀告父母。姐弟俩又随亲人上山扫墓，在祖坟前他们虔诚地敬上三炷香，合掌祷告先祖保佑。一路上，但见青山叠翠，绿水涟漪，田园交错有致，新屋鳞次栉比。张美云深有感触地说："在海外常听父亲讲起唐山，但百闻不如一见，真是故乡的山水美，祖籍的乡亲亲。"她看到祖父原先的住屋既小又黑，又想起如今堂兄的新房宽敞堂皇。对比之下，无限感慨："祖籍变化之大、乡民生活改善之快是原先想象不到的。"

◎游览名胜古迹

"南海之滨的潮汕平原，是我们祖辈生活的地方。我们多么想念，我们多么向往……"伴随着清脆嘹亮的《夏令营之歌》，穿着异国情调服装的华裔青年学生游览于潮汕的名胜古迹之中。

怪石嶙峋、岩洞幽深的礐石风景区，水光山色、景致秀丽的潮州西湖，肃穆庄严、佛光殿影的开元寺，花木扶疏、直指蓝天的文光塔……无不留下这些朝气蓬勃、热情洋溢的年轻人的倩影。在海门莲花峰，听着民族英雄文天祥望帝不归、顿足裂石的动人传说；在韩文公祠，瞻仰为潮州人民祭鳄除害、兴学治潮的韩愈塑像……这些对中华民族历史文化几乎一无所知的"番仔"，油然产生了一种作为中华子孙的骄傲。参观欣欣向荣的经济特区，浏览巧夺天工的潮州工艺，年轻人不由发出一声声赞叹。通过参观游览，他们对原来陌生的祖籍消除了神秘感，对故里的好奇变成深情的眷恋。

◎汕大友好联欢

4月11日下午，华裔青年学生来到汕头大学，宁静的校园顿时欢腾起来。他们和汕大的学生一起种植友谊树。种过了树，争着在自己种植的小树旁合影留念。双方互相祝愿：让我们的友谊像苍松一样万古长青！他们参观了汕头大学的教学大楼、大礼堂、图书馆、电化教学中心以及学生宿舍和教授楼等，盛赞李嘉诚先生捐资办学的义举。清迈大学人文学系学士陈雪虹说："汕头大学从环境到设备，都可以说是东南亚第一流的。我们为祖籍有这样的高等学府而高兴。希望今后能培养出一流的大学生，为中华民族争光！"这位聪明俊俏的小姐，是放弃到国外旅游的机会，前来参加这次夏令营的。

夜晚，汕大电视演播大厅灯火辉煌，中泰青年学生举行联欢晚会。汕大幼儿园的小朋友为哥哥姐姐们演出"拉网小调"，揭开了欢乐的序幕。泰国学生演出了求神保平安的《祈福舞》，博得全场热烈的掌声。中泰青年演唱的《我心中有一把火》这首声情并茂的劲歌更加激起了欢腾的浪潮。虽然语言的隔阂给双方情感的交流带来了困难，但一个个精彩的节目，就像一根根彩带把中泰青年的心紧紧地维系在了一起。最后，在轻快热烈的乐曲声和观众有节奏的击掌声中，双方跳起了泰国民间舞蹈"南旺舞"，连不会跳舞的老师、长辈也应邀加进欢乐的行列。大家唱呀，跳呀，把联欢晚会的气氛推向高潮……

◎结下深情厚谊

历时两周的夏令营圆满结束了。想起在祖籍度过的愉快日子，想起梓里乡亲的亲切款待，想起师生们在共同生活中结成的深情厚谊，华裔青年学生真有点感到依依不舍。老天似乎也懂得人意，淅淅沥沥地洒下惜别的"泪"。

汕头机场候机室里，师生们抓紧临别前的时间亲切交谈，有的取出簿子相互留下通信地址。翁伟文说："夏令营生活过得愉快，老师关心我们如子女一样无微不至。"黄仁锦说："我不曾见到如此周到的接待，如果能用文字表达的话，那就是：这一次深刻的印象将永远铭记在我心中。"副营长余素洁代表全体营员致谢："非常感激有关方面组织这次夏令营活动，使我们能亲眼见到自己祖辈生息过的地方。希望今后中国能有更大的发展，有机会我们还要再来。"她的话表达了50多位营员的共同心声。

雨纷纷，情绵绵。飞机即将起飞了，华裔青年学生在舷梯旁与送别的人们频频挥手告别。这时，许多人的眼睛潮湿了，激动的泪花和雨水汇合在一起。"再见吧！矫健的飞燕，盼望你们再归来。"

作者简介

陈家裕（1941—　），曾用名陈家喻。生于新加坡。1952年回国读书，1962年考入暨南大学中文系；1968年到牛田洋部队生产基地锻炼；1970年分配到吴川县下乡参加农村工作队，一年后在县文教办公室工作；1972年调惠来县文化局工作；1984年调汕头市政府侨务办公室工作；1986年任《潮人》杂志主编至2004年退休。副编审职称。主编的杂志曾获省侨刊评比一等奖，曾被评为省侨刊优秀工作者。1990年编辑出版《潮汕乡情》（中国侨乡丛书之一）约40万字，在海内外公开发行；曾参与省侨办、省侨联策划的《南粤侨务》《龙在腾飞》《华风》等大型画册汕头地区的编辑工作。先后有60多篇文章在海内外报刊发表。

笔 梦

陈鸿文

打从孩提时，总听家父这么说："暹罗銮披汶政府排华，封杀中文学校，唐人小孩不能读华文，将来会番化，应带小孩回唐山读大书。"家父旅泰经商，生了一群孩子，望子成龙，唯恐孩子变成"番仔"。他的言语久久萦绕在我的脑海里。

我出生于曼谷，3岁时，家父就买来一支小毛笔和一本红字帖赠给我，手把手教我如何磨墨，如何用笔学点画。回唐山后，他一边种田，一边帮助村里办学校、请教师，早晚督促家中小孩读书、写字、打算盘。家父热爱教育事业，亲切关怀后一代的成长，深深地感染着我们这群"番仔"。我从小就梦想多读书、多练字，希望长大能报效祖国……

梦，终归是梦。家父携眷归来后，几经社会动荡，家庭一贫如洗，三餐难继。我们这群随父回乡的"番仔"，更谈不上读什么大书。挨到13岁，我高小毕业了，考上澄海第一中学，但家中无分文可籴米，怎有钱供我读书？就此辍学。

我开始学种田，农余忘不了读书、写字。没钱买纸，我就拿父亲用过的一支秃笔，蘸水在地上练字书写。有幸的是，1955年村里举办扫盲学习班，请我当教师。从此，我白天搞宣传，写大字报、黑板报，晚上搞扫盲教学。同时，开始学灯谜、写民歌等。我的文学创作和书法艺术就是在这所"社会大学"中修习来的。

说来有些奇怪，一个只读过几年小学的"番仔"，居然在16岁那年就在报纸上发表了第一首民歌。接下来又学写通讯、报告文学、歌册、小戏等，也颇有小成。1964年被评为《南方日报》积极通讯员，1965年被选为出席"广东省业余文学创作积极分子大会"代表。教书可当民办小学校长，可以作为两届师范学校实习生语文辅导老师，教初中语文课，甚至还被请到高三毕业班讲课，我梦寐以求的笔杆子梦似乎渐渐圆了。

可是，社会的"极左"思潮把这些"番仔"视如异类。"文革"的风浪一次又一次地打击和排斥，把我这个海外归来的"番仔"剥夺得赤条条的，一无所有。我的笔梦又破碎了。

书法艺术，自古是士大夫、达官贵人的专利。"番仔"加农民出身的我，只有在改革开放的今天，才能尝到通过书法养家糊口的特殊滋味。我从充满着泥土香味的田园中走出来，如入梦境，一步一个脚印，蜿蜒曲折地攀爬，寻觅到琳琅满目、多姿多彩的书法殿堂，从门口窥探、潜思、实验、步入撷芳……虽未能达到大彻大悟的境界，却也领略到书法艺术的一些意趣来。

1987年我首次参加由《中国文化报》《光明日报》等单位主办的海内外"爱国杯"书法大赛，荣获优秀奖。翌年，又荣获由文化部、农业部、中国书法家协会等5个单位主办的"首届全国农民书画大奖赛"入选奖。至2004年，我的书法作品已获得国际级、国家级、省级奖项数十次，其中被全国文联评为特别等级3次、荣获金奖4次。作品被文化部、全国文联等多个单位收藏，被编入《世界当代书画家作品集》《中国国际文学艺术大观》《百年经典——中国书法全集》等20多部辞书。文学艺术作品曾被各级报刊登载有数百篇（首）。1996—1997年我两度被友人邀请到我的出生地——泰京及泰南等地，开展交流和传播中华文化讲学活动。泰国5家中文报都为我作报道，给予赞扬。2001年7月，由汕头市书法家协会和澄海市书法协会共同主办的"陈鸿文自书诗词展"首次在澄海文化中心举办。《汕头特区晚报》和《澄海报》也发表了《博采众长　诗书竞妍》《不囿师门自不群》等文章，对我的诗词和书法作品给予评介。

走上社会近50年，历经坎坎坷坷、风风雨雨，我从一个黑黝黝的"番仔"，转眼已变成白发老翁了。现在，我还在做我的笔梦，希望渐渐圆了这个梦，以告慰先父在天之灵，告慰亲切关怀我的亲人和师友。"番仔"依旧是中华的子孙，龙的正种！

梦魂萦绕笔中情，点画之间心血倾。

三岁笔缘成好友，一生文债挂虚名。

笼中鹦鹉能模语，野外农夫善躬耕。

物换星移天造化，无为循道一身轻。

作者简介

陈鸿文（1941—　），生于泰京，澄海人。新神州艺术院高级荣誉顾问、中国艺术研究院特邀作者、汕头市书法家协会会员。平生爱好文艺及书法，3岁学描红，13岁开始当民办教师，并学习文学创作，当过民办小学校长。书法家学渊源，真、草、隶、篆等无所不学，尤精小楷。书法作品荣获省级、国家级奖项数十次。

从潮汕俗谚看海外潮人的
艰苦创业及对家乡的贡献

郑绪荣

语言是特定历史文化背景下的产物。谚语和俗语作为语言的组成部分，必然有着丰富的历史文化内涵，俗谚能够反映某一特定时空的历史文化，从潮汕俗谚即可以窥见海外潮人的艰苦创业及对家乡的贡献。

◎ "一片帆去到实叻埠"

"一片帆去到实叻埠""去到吕宋胶拉巴"和"去到浮娄州"等潮汕俗谚反映了潮汕地区的海外移民情况。早期的海外移民加速了潮汕侨乡的形成与发展。在侨乡，归侨、侨眷们情系侨居地，对南洋等地所发生的事情是津津乐道的，这就有了"从暹罗到猪槽"这句俗谚。

"洋船到，猪母生，鸟仔豆，带上棚"是一句流传于澄海一带的俗谚。"洋船"即"红头船"。它是一种高桅大型木帆船，名叫"行舶艚船"，每艘载重自数十吨至两百余吨不等。在粤东地区是把船头漆成红色，俗称"红头船"，用作渡洋远航，澄海一带也称之为"洋船"。此俗谚源于一首潮汕民间歌谣，歌谣云："洋船到，猪母生，鸟仔豆，带上棚；洋船沉，猪母眩，鸟仔豆，生枯蝇。"红头船从南洋载来了回乡探家的华侨，带来了华侨的侨批、信物，因此，侨眷们盼望洋船顺风顺水平安抵达，"洋船到"就带来了侨乡兴旺的景象。

昔年，潮汕海外移民多是从澄海樟林港乘坐红头船前往南洋各地。石丘头是潮安县铁铺的一个村落，在北溪堤边建有娘祠。旧时，潮州一带出国谋生者往往于石丘头娘祠渡口下船沿北溪南来，到东陇上岸，至樟林搭乘红头船。这些海外移民在出发前都要到祠里拜阿娘，祈求保佑出外平安。因此，民众都说娘祠里的观音菩萨保佑的是远方的人们。"石丘头阿娘显外乡"就成了一句俗谚。

当年的樟林港巨舶高桅，帆樯云集，称"通洋总汇"。它的红头船队可北至天津、上海，东往台湾、厦门，南往南洋群岛，转运货物分别达到潮州各县，盛达200余年。农历九月份以后少台风，红头船从南洋载客返乡者甚多。港口有专人远望，见到红头船进港就立即鸣锣通知迎接。在民间逐渐形成了"九月尾，铜锣'撑撑'叫"这句俗谚，喻喜事临门。

红头船牵动着潮汕海外贸易的繁荣，牵动着潮汕海外移民生命财产的安全。红头船乘北季风出港赴南洋前要请师公驱鬼以保平安。有时，多艘红头船同时起航，驱鬼的师公就供不应求了，因此又有了俗谚"无师请着青盲茂"，指人才紧缺，请不到合适的人或所用非人。此俗谚来源于一个民间故事：

> 相传，有一天又有一批红头船即将开航了。一时间，樟林的师公都被请光，某船主只得派人去府城请，但城里的师公也紧缺。这人在湘子桥头遇上了算命的青盲茂，便问他是否会驱鬼，青盲茂满口说会，于是，就被请到了樟林。作法驱鬼要上蹿下跳，仗剑作法，跛子尚且不行，何况盲人？但开航时间紧迫，只得叫他应付了事。

当年的古港共建铺屋114间，组成8条街道，外有6个村社环绕，故有"八街六社"之称，后来，还扩展出外围的"新兴街"。单新兴街的货栈就有54座。于是，港口拥有一大批卖苦力的码头工人。清咸丰十一年（1861），汕头正式开埠之后，轮船逐渐代替了红头船，汕头港也逐渐代替了樟林港。那时樟林商行相继倒闭了。不解内情的挑夫们仍然一支竹槌两条索，天天斜靠在货栈前。哪知没人来雇工，只能看着一间间商行相继倒闭，埋怨时运不济："一支竹槌倚倒百外间行。"于是，"一支竹槌倚倒百外间行"成了反映这一史实的一句俗谚。

◎ "无可奈何舂甜粿"

"缀条裤带出南洋，赚回钱银箱打箱"，这句俗谚指的是昔年许多潮汕人为谋求生计，空着手离乡背井移民海外，经过多年的艰苦创业，也有人发财致富、衣锦还乡，但谈时容易做时难，旅外华侨的创业史是一部饱含辛酸的血泪史。

"无可奈何舂甜粿"也作"无可奈何炊甜粿"，这句俗谚饱含着昔年海外潮人离乡背井的无奈和远渡重洋的辛酸。据说当年澄海樟林港有一个船主名叫蔡彦，有一次，他在开船往南洋之前，到船上清点客号货物。他的母亲也一同来到船上。这时，蔡母看到客人的行李中有好多甜粿，觉得很奇怪。因为，潮汕人只有逢年过节才蒸甜粿。于是，蔡母问道："现在宽时闲月，怎么大家都有甜粿？"众人听了只得苦笑，一个过洋者说："这是无可奈何炊甜粿。"蔡彦帮着解释："每次过洋，最快也需一二十天，如果遇上风浪，要一个多月的行程。若不带些干粮，岂不是要活活地饿死。甜粿不易变质，带甜粿作干粮，这也是无可奈何啊！"蔡母听了方知其中苦衷，不禁感慨万千。

旧时，潮汕地区连年战乱，水旱灾害，天灾人祸，民不聊生，许多潮人拖亲带故，结伴离乡，移民海外。"食到无，过暹罗""食到无，过暹罗；晤知惨，去香港""有钱香港，无钱凄惨"就记述着当年海外潮人的苦难。他们从中国带去了先进文化、生产工具和生产技术，在侨居地披荆斩棘，艰辛创业，为当地经济发展和社会繁荣作出了贡献。但老一辈在早期的创业过程中所面临的艰难困苦是难以想象的。正如俗谚"人面生疏，番仔擎刀""暹罗'峇仔'（鳄鱼），有人食人，无人食影""所徛大篷棚，所擎大杉桁"等所说，投身于蛮荒之野，人地生疏，语言不通，环境十分恶劣，他们艰苦创业的确是一个含辛茹苦、呕心沥血的漫长过程。

在汕头开埠前后，近代潮汕的海外移民出现了契约移民。所谓契约移民就是帝国主义掠夺华工的"猪仔贸易"。首先在汕头设招工局招募华工的是英国德记洋行，规模最大的是荷兰元兴洋行。"猪仔贸易"给潮汕人民带来了沉重的灾难。被掠骗者与招工局订立"契约"，就成了卖身的"猪仔"，被装入猪笼里运载出海，到达帝国主义国家各自的殖民地之后，送进大种植园或矿山做苦工，难得生还。据统计，从1852年至1858年，在南澳岛和妈屿岛被掠运的华工有4万名。尚未出洋而因虐待、伤病致死或投海自尽者甚多。妈屿岛海滩上留下被抛弃的华工尸体约共达8 000具。直到辛亥革命后，在汕头持续五六十年的"猪仔贸易"才逐渐消失。反映这一段苦难历史的有"日里窟，会得入，□得出""安南窟，会得入，□得出"和"猪仔船一上，返唐山免想"等俗谚。"日里"即印度尼西亚苏门答腊岛的日里,当时是荷兰的殖民地。日里和安南均是华工的集结点。俗谚"三死六留一回归"指的是昔年华侨大约10个人当中,有3个人客死于异乡,6个人仍滞留当地,仅有一个人能回家乡探亲。

昔年的海外潮人侨居异乡,难得回家探亲,家乡的侨眷望眼欲穿,这就有了"嫁着过番翁,有翁当无翁""恶等过过番翁"等俗谚。另有"月尾出初十五六,宽宽等",指办事要耐心等待或空等。这里也有一个故事:从前有一妇人,丈夫往南洋谋生,音信渺茫。她天天盼,日日思,期望能收到丈夫的家书。有一天她到市镇上找一算命盲人推算要到什么时候丈夫才寄信回家。那盲人摇头晃脑地推算了一会,说:"你丈夫的信一定会来的,不是月底就是出初(月初),要不就是十五六,你耐心地等吧。"算命先生的话等于白说。

潮汕多侨乡,侨眷们多是依靠侨批汇款来维持生计。在抗日战争时期,交通断,汇款绝,侨眷度日艰难。潮安县彩塘镇流传有一句俗谚:"东陇拍铁面乌乌,下桥拍棉头生菇,礼阳做垫脚行路,昆江经布屎肚,李厝做笠手粗粗,西洋过番饿死嬷",讲的是东陇、下桥、礼阳、昆江、李厝、诗阳6村的民生特点。"西洋"即诗阳,村民多是侨眷,在抗日战争时期,潮汕沦陷,侨汇中断,妻嫁子卖,骨肉离散,比比皆是,故有"西洋过番饿死嬷"之说。

◎ "番畔钱银唐山福"

从前,有一个人到南洋谋生。在异国他乡,他每日起早摸黑为人洗衣,每月赚的钱都寄回家乡给妻儿。

这样,家中逐渐富裕起来。在母亲的疼爱下,儿子长大了,但被宠成一个娇生惯养、游手好闲的花花公子。儿子娶了媳妇之后,母亲去世了。儿子少了约束,更是放手花钱,什么活儿也不干,还雇了帮工为他们洗衣煮饭。

父亲接到妻子去世的噩耗,痛不欲生,便回乡办丧事。他问儿子从事何业,儿子竟然说:"你挣的钱够花,我哪还要去吃苦。"老华侨听了,心想自己在南洋为人洗衣,儿子在家却雇工洗衣做饭。他感叹道:"番畔钱银唐山福啊!"

潮汕俗谚"番畔钱银唐山福"的故事反映了华侨汇款是侨乡里侨眷们

的直接生活来源的事实。

关于侨汇有一个很有趣的俗谚叫"唔对凯伯个数路"，这也有一个故事：昔年澄海凯伯的儿子在南洋谋生。父子两人都因家贫没念书，不识字。有一次，儿子寄了 100 元回乡，附有家信。信中没有一字，只画了 4 只狗和 8 只鳖。送款人看到信上没有具体数目，就偷了 2 元。凯伯看了信，马上抓住送款人说："你偷了 2 元钱！"送款人抵赖说："你凭何证据说我偷钱！"凯伯指着信上的图说："4 狗 36，8 鳖 64（潮汕语音'狗'与'9'、'鳖'与 8 谐音），两数相加，正好 100 元。你还敢抵赖！"送款人无话可说，只好如数奉还。

侨汇给侨眷们提供了生活保障，也给侨乡带来了经济的繁荣。潮安县彩塘镇一带有两句俗谚："金西洋，银下桥，大富市东乡""砂陇祠堂下美厝"。诗阳、下桥和市东乡都是由于有了侨汇而成了富乡。"砂陇"是潮安彩塘金砂乡的别称；"下美"即华美。由于华侨回家乡建造了祠堂、屋宇，因此有了"砂陇祠堂下美厝"的美称。现在，潮安彩塘金砂乡保存有清同治七年（1868），新加坡侨领陈毓宜开始修建的"从熙公祠"，该祠开工 14 年后落成，耗资 26 万余银圆。面积 1 300 多平方米，建筑精美，结构典雅，装饰华丽，巧夺天工，现为广东省重点文物保护单位。祠门廊壁上有 4 幅石雕挂屏，是分三层次的镂空石刻，主题是士农工商和渔耕樵读，雕工精细，巧夺天工。特别是耕读图中牧童的牛索长 5 寸，只有铅笔芯那么粗，却脉络清晰，穿过牛鼻那一段弯曲自如，十分逼真，确是神品。据说这截牛绳屡刻屡断，使整幅石雕挂屏前功尽弃，因此累死、急死了几名能工巧匠，最后还是有位小徒弟想出用酸阳桃汁浸透石板，改变石料的脆性，才能镂空雕出，成为绝世佳品。这又给我们留下了"一条牛索经死二个师父"的俗谚。

在澄海隆都镇下北社有一句俗谚："古宅挈灰匙、潭尾做蚝箕、后陈食番钱、宅头扣簟垯、陇尾鋈大钱、侯邦做畚箕、何厝割胖肉、溢洋眹东司。"此俗谚以简朴的语言表达了下北社里"古宅"等 8 个村子的民生特点，其中指出了后陈村是"食番钱"的侨乡。像后陈村这样依靠"番畔钱银"为生的侨乡遍布潮汕各地，侨眷们以有侨汇而庆幸，"小生单丁，有南风窗"这句俗谚生动地表达了侨眷们以有侨汇而自豪的心理。俗谚"一供销、二华侨"也反映了 20 世纪 70 年代时女青年谈恋爱挑选对象的标准，华侨成了首选之列。

海外潮人用双手和汗水,给家乡亲人带来了温饱,给家乡的建设带来了繁荣,同时,也热情地兴办社会福利事业,给后世留下了"棱过大鱼池""二哥丰养仔,加加爱""生有二哥丰,死有大峰公""金锁匙开咸菜瓮""慈黉爷做风水"和"梅座山下好乘凉"等潮汕俗谚。

"棱过大鱼池"和"生有二哥丰,死有大峰公"源出近代泰国侨领郑智勇。他出生于泰国,祖籍潮安县凤塘淇园村。8岁时随父母回乡,受尽颠沛流离之苦,10余岁在汕头被一位好心的红头船主收留并随船到泰国,在曼谷当苦力,加入以大哥莽为首的洪门天地会。后来,郑智勇凭其智勇和义气当上了二哥,世人以他的原名叫义丰而称他为二哥丰。他发迹之后曾支持孙中山的民主革命活动,热心举办公益事业。

1918年春,地震使韩江90里南堤漏洞百出,大堤即将崩溃。他捐洋银12万(在当年可购一万两黄金)修百里江堤,令儿子雄才、法才从泰国回乡主持修堤工程,至1919年竣工,此后数十年未有决堤,潮州人民有口皆碑。由于这次所捐的大洋可填满一鱼塘,所以流传了"棱过大鱼池"这一俗谚。

郑智勇在泰国和家乡赈灾济困、修桥铺路,多做善事。后来,他在家乡建了"淇园新乡",迎养改嫁了的老母。为改变小姓弱房,他以分给耕地、房屋和财物为条件,大规模招人改姓入宗来淇园定居,只要来投奔并挂上郑姓灯笼者,每人给地2亩、房屋一间。所以,俗谚有"二哥丰养仔,加加爱"和"生有二哥丰"之说,并将他与千古流芳的大峰祖师相提并论。

"金锁匙开咸菜瓮"源出昔年新加坡侨领陈毓宜。他是潮安彩塘金砂乡人,传说他少年家贫却喜赌博,乡亲们都疏远他,连讨点咸菜下饭,人家也推说未开瓮,不肯给他。陈毓宜在17岁时出洋谋生。他痛改前非,饱尝艰辛,凭着自己的聪明机智和奋力拼搏,发家致富。当陈毓宜致富回乡时,特地赠送当年不肯给他咸菜的近邻每户一支2两重的金锁匙,说是留给他们开咸菜瓮的。他还说:"我还得感谢你们,当初如果你们肯拿咸菜给我,我也不会出洋,不会去争这一口气,也就没有今天了。"

"慈黉爷做风水"和"梅座山下好乘凉"源出澄海隆都前美乡的陈慈黉家族。陈慈黉,澄海隆都前美乡人,其父陈焕荣经营南洋至中国沿海各地的航运,人称"船主佛"。陈慈黉早年接管父业,后在暹罗曼谷创设陈黉利行,经营出入口贸易和火砻业,遂成侨商巨子。民间流传有"慈黉盾,皇宫起""慈黉爷起厝好慢孬猛"等俗谚,可见陈慈黉家族在故乡兴建住宅是精心设计,一丝不苟,精益求精。自 1910 年开始,陈家在前美建筑宅院,开辟新乡,这座宅院共有 93 个厅和 413 间房,占地面积 2.54 万多平方米,建筑面积 1.6 万多平方米。建筑式样中西结合,以古朴典雅和宏伟堂皇而闻名潮汕。陈慈黉故居现在已经成为汕头市一处著名的旅游景点。

陈慈黉去世后,家人请了风水先生在官塘薄只岭选了一块宝地,营筑坟台墓地,工程十分讲究,只求做得精致,无论造价,也不追求速度,反正也可当作善事,以工代赈。民工们干活卖力,进度快了反而要受到总管的批评,说是"紧纺无好纱";民工们磨洋工,总管反而高兴,说是慢工出细活。

"梅座山下好乘凉"中的"梅"是指陈立梅。陈立梅是陈慈黉的次子,为陈黉利家族第三代掌门人,是第二次世界大战前泰国著名侨领之一。他在黉利家族的发展史上起着承前启后、继往开来的作用。泰国华侨工商界和乡亲侨众称之为"梅座山"。"梅座山"和黉利家族一贯好善乐施,救灾恤难的善举甚多。乡人到泰国谋生,可免费乘搭黉利的轮船,到了泰国,也提供就业、食宿等诸多方便,故俗谚称"梅座山下好乘凉"。

俗谚说"海内一潮汕、海外一潮汕",海外潮人现在遍布世界各地,大家凭着勤劳和智慧,为侨居地的经济发展和社会繁荣作出了不可磨灭的贡献。相传,在海外的潮人华侨总比当地人聪明能干,当地之人问起原因,说是靠家乡的老爷(神)保佑、教示,因此传下了"唐山老爷教示"这句俗谚,海外潮人情系家乡、情系中国溢于言表。

潮汕俗谚不愧是研究潮汕历史文化的活化石,它记下了海外潮人艰苦创业的历史陈迹,反映了海外潮人刻骨铭心的思乡之情。

作者简介

郑绪荣(1943—),生于越南,1948 年回国。长期从事教育工作,中学历史高级教师,退休前任汕头第九中学校长。潮汕历史文化研究中心特约研究员。

近年来已出版的著作有《潮汕俗谚》《郑成功在潮州活动资料》《郑成功在潮州》《汕头名胜录》等。

铁蹄下的"东兴汇路"

陈胜生

1941 年 12 月日本侵略者发动太平洋战争，中国香港、九龙以及东南亚半岛相继沦陷，原几曾绝路的侨批完全陷于停顿，潮汕侨乡饱受兵燹灾荒，家破人亡，归侨侨眷坐以待毙，身居南洋的华侨也心焦如焚，只能望洋兴叹而已。此时侨批新汇路的探索成了南洋侨批业界中迫切的新课题。在东南亚各国侨批业界内为数无几的探汇之旅中，最为出色的可算得上是陈植芳先生了。从 20 世纪 40 年代开始，他在中越边境苦觅闯荡，屡屡突破日本侵略者严密布控的重镇、要冲，一次又一次地将侨汇带越边境，更在严酷的封锁线中成功地探辟出"东兴汇路"。在抗战后期近四个年头中他与批业同仁一道，身负华侨重托，以巨大的毅力和勇气，冒着生命危险沿着这条生命线，将番批安全转抵潮汕，拯救了几百万在兵燹灾难中挣扎的潮汕侨眷。

当初，在泰国曾有人尝试过开辟新的汇路。身带批信的探索者，由暹罗北部的清迈、清莱越过荒无人烟的暹、缅、寮三不管边区，再进入云南的车里、佛海，才可乘坐马车或烧木炭的汽车往昆明将侨批汇入潮汕。未几，侨批业者终因道艰途遥、风餐露宿、盗匪如毛、耗时扼命而无法维继，最终只好舍弃作罢。

1942 年元旦，风尘仆仆的陈植芳单枪匹马从安南海防乘船到了东北边镇芒街，雇了一名当地华人当向导，偷渡过境，抵达东兴小住考察。东兴——当年是广东防城县名不见经传的边陲小镇，属国统区，我国沿海七省 18 000 公里长的海岸线均被日军封锁，故此僻处海角陆缘的边寨东兴便成为南方通达东南亚各国的要冲。川、滇、黔、桂、粤的桐油、桂皮、八角、药材、土布；越、柬、寮、暹的棉纱、布匹、生胶、胡椒、豆蔻、煤油、五金制品等向来都在此口岸成交，国币和越币在市面均可流通。东兴经钦州北通南宁、桂林，往东过合浦、遂溪可达湛江，南面市区转过仲凯街头便是衔接越南北方芒街市的国际桥，芒街附近的岳山有轮船直航海防市，在海防坐上火车便能抵达河内、西贡、宅郡（堤岸）等几个辐射到东南亚各国的侨批集散地了。尽管越南境内有不少日、越军队的哨卡盘诘和拦截，从老街到东兴中间横隔着北仑河也需冒险偷渡，但毋庸置疑东兴还是具备了和平的社会环境、方便的交通枢纽、成熟的边贸基础这三个作为汇路中转据点的理想因素。

在东兴旅舍毗邻的茶馆中，陈先生一边呷着咖啡，一边与刚刚结识的黄小姐有意无意地聊着天，谈起了此前近年来几次失败的探汇历程：原来当年在海防和祥庄批局的陈植芳到过老街，试探带批越境到云南河口，谁知刚踏入老街方知跨境的红河大铁桥已被炸毁，河口至碧色寨72公里长的铁轨，也被国民党当局以战需阻敌之因拆卸一空，沿途满目疮痍，根本无法通汇；继之又另取道从谅山经同登转入广西镇南关（今友谊关）再到凭祥，沿此线走汇又因目标太明显而被淘汰；尔后，再试过从海防乘渔船穿越琼州海峡北上广州湾（今湛江市），无奈此地的国币与越币比价太悬殊，像一潭死水般的法租界广州湾根本无能力吸纳这巨额的侨汇，加之日舰又频繁地在海面游弋、巡逻和敷雷，沿此线探汇的肥皂泡又一次破灭了……山重水复疑无路，柳暗花明又一村。料不到眼前的黄小姐竟是干收找业行中热情、爽朗的东兴女，她二话没说，直将陈植芳引到了东兴的银行、邮局，试汇出两笔款回潮汕。半个月后，刚回到海防和祥庄的陈先生，就惊喜地收到了来自家乡的回批。

一炮打响，东兴试汇成功，兴奋之余，陈植芳先生特地致函并专程到西贡、金边报捷，然长期饱受日寇封锁禁锢的同行们一时竟无人相信，不独不予理会，反而出言相讥，挖苦陈植芳是在瞎说。直到1942年3月，西贡黄泰记批馆经理黄绍球、堤岸为顺批馆经理张为长二人到海防，由陈先生带往东兴试汇成功，始冰释心中疑云，随后张为长又约玉合批局经理张良春、澄记批局经理佘武，径往东兴觅陈植芳，代办寄往揭阳魏启峰批局转汕头玉合批局林壬癸收发之侨汇也分毫无误，至此他们才不得不赔礼赞谢。同行间赞誉庆贺之声未至，而侨批局大规模揽汇之举已在各华人聚居角落雀跃铺开。至此，玉合的对手佳兴批局吴益仁经理，堤岸的德兴隆、荣记、集丰等批局接踵而至，河内的侨批个体户赵开钳和金边的老奇香也迫不及待地到东兴设点转汇，闽帮不少批局也闻讯步趋后尘云集东兴洽汇。

东兴通汇的消息很快就传遍曼谷、金边等地各华人社团，当地各银信局即刻大胆收揽银信，纷纷通过西（贡）堤（岸）线、中越线、金边线、老挝线、曼谷线之银信局集结后，派干员带至河内、海防与收汇商结价，再由收汇商委托各开赴岳山的轮船买办到芒街、东兴交付各批局驻东兴的代理人汇寄往潮汕之国统区。而居潮汕各地的批局或到兴宁设点收汇，或委托揭阳魏启峰批局收转，或自带武装径往潮阳善闻（今仙城）收发，皆因三地均属国统区，其银行、邮局始能接纳从东兴纷至沓来的侨批。而当年经东兴汇入潮汕的侨汇数额并无正式统计，据陈植芳先生忆述：1942年上半年汇路辟通伊始，侨批数量额度不高，直到7月份遏批涌到而激升，月平均达越币1 000多万元，而经陈植芳选汇揭阳魏启峰收转者竟超出七成！批业众多同仁成功沟通以东兴为枢纽的东南亚—潮汕这条汇路，其后侨批业扶摇直上，潮汕侨眷此间衣食住行幸赖"东兴汇路"侨汇之挹注才得以起死回生，众目共睹，功效卓著，此为史证。

此间在铁蹄下闯荡出来的"东兴汇路"在侨批业界中因之秘密成名。"东兴汇路"头角初露，一时间东兴市井侨汇麇集，诱使了广东省银行等四家银行也因势利导，设点于东兴松坡街吐纳这来之不易的侨汇。而原在墟集、街头收找货币的小贩，更是鸟枪换炮，竟在干道中山街和廷芳街纷纭设立起收找钱庄，他们替批局将越币换成国币，并代为转入各批局在东兴的银行户头中，又将越币转换给当地各庄口商行带往越南采购物资进口，货币找换这一良性循环不独保证了侨汇的顺畅流转，自然也大力促进了东兴市场的繁荣。翌年中秋后，泰国的侨汇也曾经用金条兑付，暹金向来秤头足、成色高，备受青睐，黄金上市交易也成了东兴市场经济振兴的又一亮点……广东省侨委会十分重视东兴侨批业的这一趋势，特此在东兴设置"归国华侨指导站"，司理接待、资助、处置空前蜂拥而来的侨民和出境流民事宜。由此可见，当年国难当头、流经东兴的侨汇之旺势在全国是绝无仅有的。当年北越海宁省帮长、侨领吴仕华先生谓之"潮人荟萃，东兴增辉"，洵不诬也！

"东兴汇路"辟通仅数月，便为驻越日军宪兵司令部察觉，刹那间满城腥风血雨，漫街杀气腾腾，闹得侨批业界风声鹤唳，楚歌四起，西贡、堤岸二地批局老板30多人被捕，上镣铐、挨鞭笞、遭吊打自不消说，更令人惨不忍睹的是施以灌水、踩肚，逼迫灌饮鱼露液，在伤口上撒盐之酷刑……玉合批局经理张良春被迫首供彼等所揽收的侨批全是由陈植芳一人带至东兴汇出，而吴益仁、张开、吴荣祖等人也只好招供画押加以证实，以图获得开释。陈植芳当然成为日军宪兵司令部通缉之要犯，日寇特在金边五帮公所查获潮侨陈植芳之身税字（护照）列 PP143531 号，通令各地关津路口张榜悬赏严加追缉……为避开日寇密侦队的耳目，安南海防自是不得栖宿居停了，陈植芳只能乔装改名频繁穿梭于越南和广西各地，依然保持沟通堤岸、西贡、曼谷、金边之同业，继续为海外各批局走汇。像陈先生晚年所感慨者何止受日寇追缉一事，还有多少带批人身处异域，瘴山恶水、风餐露宿、避敌防兽、长途跋涉、险象环生、用心良苦，诚非笔墨所能形容之。所幸者侨批业者身负华侨侨眷的重托，坚忍不拔，敢为人先，维护"东兴汇路"这条生命线达三年半之久。

1944 年日本侵略者大势已去，妄图挥戈湘桂作垂死挣扎，年底，桂林、柳州失守，南宁继而告陷，钦州、东兴危如累卵，东兴的银行后撤、批局走散，"东兴汇路"侨批行情形势更为艰险。1945 年日寇投降后仅个把月许，香港—东南亚的海、空复航，"东兴汇路"往日通汇的功能退废。此时的陈植芳先生正带领着泰国各银信局代表陈培南、许应潮、许允田、许两之等 15 人，将身穿的"搭裢"（潮汕方言，即"马甲"，用帆布缝制的紧身内衣，无袖，其前后片均缝上一行行约寸半宽的直筒袋，用以装金条、银圆）所藏匿的大量金条在东兴兑成款项带回潮汕，重构侨批的新历程，这便是"东兴汇路"退出历史舞台的尾声。

然一个多世纪以来，侨批业界用心良苦，拓辟了多少汇路，令家乡桑梓得以海外华侨血汗所得之挹注，且跨越国度将邮政、金融、交通等职能机构灵巧地加以综合驾驭，发挥得淋漓尽致，而"东兴汇路"的辟通，形成战时陆上侨汇输送链，成为潮汕侨批史中最具代表性的范例。它体现了侨批业前辈是华侨和侨眷这条生命线的开拓者和维系者，体现了侨批对华侨和侨眷的高度凝聚力，体现了旅外侨胞爱国爱家的拳拳赤子之心，体现了侨批在潮汕经济发展中所占的分量和所发挥的作用，体现了潮人潜在的超凡智慧以及勇于拼搏、敢为人先的大无畏精神。民营侨批业在日寇的虎口中夺回侨批，拯救生命，保存抗日有生力量的案例在档案中极少见到，这弥补了史籍记载的不足。这些都是值得我们纵情讴歌和继续发扬光大的。

1944 年日本侵略者为挽回残局，企图从陆路贯通东南亚，发动了豫湘桂战役，其中衡阳一战，抗日军民同仇敌忾、浴血鏖战百日有余，白骨埋青山，忠魂绕故土，为国捐躯之高级将领过百，兵民阵亡者更不计其数，如此可歌可泣的悲壮场面有衡山上的忠烈祠中石碑刻录为证；而在此年代的侨批业者——他们并非在战火烽烟中搏杀的死士，而是默默无闻地在经济战线中与日本侵略者周旋智斗，进行一场不见硝烟的持久战，他们的拼搏保住了数以百万计侨眷的命根，他们无愧是抗日阵营中光荣的一支队伍。一场是代价惨重、伤亡数十万的残酷战争行动，而另一场是成功递解侨汇、赈灾拯民救生上百万、保存抗日有生力量的义举，这是一个鲜明的比照，为潮汕侨批史留下了抗日救民功绩不朽的篇章。重温这节反差强烈的历史，让我们晚一辈更加深了对日本侵略我国的认识，更激发起我们的爱国热忱。

一个地处边陲海角的僻镇，只因时势的关系，倚其特殊的地理位置，成为几濒绝境的侨批业者探汇的突破口，以及避开日寇封锁、沟通四方侨汇流通管道的中转枢纽，既使潮汕侨民生计得以复苏，又促进东兴当地经贸的振兴，当年经此地过往人流特别是侨民的足迹和批信的戳记和记忆，令东兴的知名度也得以远扬提升，东兴在抗日救国的历史会添加这光辉的一页。日本的新版历史教科书中对其侵华行径进行肆意的歪曲和篡改，极大地侮辱和伤害了老一辈的侨批工作者、海内外侨胞、侨眷，以至全国人民的感情，这是国人之所不容的！

作者简介

陈胜生（1945— ），笔名江宁。汕头市人，生于南宁。1965年毕业于广东省金山高级中学，潮汕历史文化研究中心侨批文化研究员，省、市侨界作家联合会会员。父亲陈植芳长期在海外、汕头从事侨批业，是拓辟侨批"东兴汇路"的资深侨批业者。本人随父母辗转越南、东兴、汕头，长大后便协助父亲做一些侨批工作，联系侨眷、参与侨批文化的田野调查、研究、弘扬……得到了广东省、国家的重视和鼓励。

父亲，您是一座山

陈韩星

那是一个细雨霏霏、乍雨乍晴的日子，我们将父亲的骨灰安葬在磊石麒麟山墓园。下葬时，雨点骤然密集起来，哗哗地下个不停，待安葬完毕，天空忽然又放晴了。也许这是巧合，也许这是父亲冥冥有灵？我站在父亲墓茔前，迷蒙的双眼环视着四周，啊，冈峦翠绿，流水潺潺，这是一个多么清静的所在，父亲，您的灵魂可以安息了。

1999 年 8 月 2 日，父亲走了。我不曾放声痛哭，但只要一想起父亲，心头一热，泪水就盈满了眼眶，然后顺着眼角慢慢地淌下来，多少次坐着坐着，就这样泪流满面。我哀痛父亲一生活得太艰难，他没过上几天舒心日子；我感念父亲有着做人的最重要品格——有信仰、诚实和刚直，体现着一种坚强的精神力量，为我们子女留下了一笔宝贵的精神财富。我常常想，该用什么来概括和形容父亲的一生呢？我想到那矗立于丛莽之上、傲岸不群的山。

是的，父亲，您就是这样的一座山。

父亲的山首先是一种存在，一种骄傲的存在。父亲是在享有 85 岁高龄后去世的。父亲的老友林紫叔屡屡说"陈志华创造了生命的奇迹"，我们子女知道，这生命的奇迹是如何创造出来的。父亲每天都在咳痰，但每天都认真耐心地吃药；近些年，父亲进了 6 次医院，有几次眼看就不行了，但父亲终于又挺了过来。父亲是每时每刻都在与病魔搏斗啊！我出生时，父亲就已患有严重的肺结核病，至今已经 50 多年。中华人民共和国成立前，父亲从泰国回到家乡时，已经奄奄一息，谁曾想，他竟活到了 85 岁！而且，这中间，1955 年，被错划为"胡风分子"，此后，每次政治运动，几乎无一幸免地被戴上各种各样的"帽子"，直到 1980 年，才彻底平反。这 25 年的日子，又是如何挨过来的？但父亲终于还是挨了过来，不仅恢复了党籍，成了离休干部，还在 1997 年获得中华全国新闻工作者协会颁发的"从事新闻工作 50 年"荣誉证书。父亲长期遭受疾病的折磨，受过不公正的待遇，但仍坚强地活着。父亲的长寿和荣誉，不正意味着一种精神的胜利，一种骄傲的存在吗？父亲如同那高高的山峰，风吹雨打，岿然不动。

父亲的山又代表着一种品格，一种刚直的品格。父亲一生没写过什么文章，几乎所写成文的东西都是申诉书，即便是那篇曾在报刊上发表的《送党报入潮汕》，也是从申诉书上摘录下来的。我从读初中起，就开始为父亲抄写、修改各种申诉书。父亲蒙受的确是不白之冤、飞来之祸：中华人民共和国成立前在桂林主持过南天出版社，为胡风出版了整套《七月诗丛》，没想到这竟影响到自己的一生，并株连了子女。父亲在那 25 年中，精神上的折磨究竟有多大？我作为长子，又为父亲写过那么多的申诉书，心里最清楚，那不是文字所能表达的。我只能说的是，父亲一直不屈不挠，拒绝在任何"处分"上签名，他也不向任何领导讨好求饶，只是一遍又一遍地陈述事实，表白心迹。父亲在告别人世前的一段日子里，还老是摇着头、无奈地叹息着："我这辈子没做什么事业，我本来还可以做一些事情，但是，一生都毁了……"我只能在一旁陪着伤心落泪，我不知道该用什么言语来安慰父亲。

晚年的父亲，唯一的大事，是参加报社党支部会。父亲是老党员，1945 年就加入了中国共产党，他对党的感情始终不渝。每次报社开支部会，他都风雨无阻地参加，即便是坐着轮椅，也要由护理工抬上 6 楼，而且每次都要发言。支部的同志理解这位老党员的心情，他们都尊重他、支持他，使父亲得到精神上的满足。每次参加支部会回来，父亲都会高兴地告诉我："我今天发言，大家都热烈鼓掌。"这是父亲晚年最开心的时刻。

父亲的山，归根结底是一种积聚，一种爱的积聚。父爱如山，父爱的山是在儿女成长过程中一点一滴累积而成的；父爱的山是一种力量，支持着子女的一生。小时候，有一次父亲叫我去市场买菜，回家一看，发现摊主多找回 5 分钱，父亲立刻带我返回市场，叫我亲手将钱交还摊主。这件事似乎微乎其微，但我长大以后一直比较淡薄金钱利禄，与此不无关系。自小父亲还教我如何叠被子、收蚊帐，如何煮饭、洗衣服，他告诉我，过马路一定要先站定，左右看看，没有车了才走过去……这些细微的教诲，令我早早就有了独立生活的本领，而且一生受用不尽。但父亲的爱主要体现在培养子女读书上。20 世纪 60 年代初，那是一个多么艰难的时期，父亲咬紧牙关，硬撑着让我读上高中，我的学习成绩和表现，父亲一直引为自豪，他把一生的希望都寄托在我的身上，可是，"胡风分子"的阴影，终于也罩在了我的身上。1965年夏天那个令人心碎的下午，我的大学梦破灭了。在依锦坊的那间小屋里，我们父子抱头痛哭——那是真正的痛哭，痛苦绝望地哭，撕心裂肺地哭。从来没见父亲这么哭过。父亲彻夜不眠，第二天又躺了一天。第三天，父亲把我叫到跟前，出乎意料地平静地说："韩星，是爸爸连累了你。你去海南吧，只要好好努力，终归会有出路的。"我把父亲的话牢牢记在心里，在海南的13年中，我没敢懈怠，终于走回了汕头，也走到了今天。

父亲的期望没有落空，他的经历、他的痛苦、他的言行，已经成为一种潜移默化的力量，激励着儿女们奋发向上，自爱自强，如今，儿女们均已卓然自立。

父亲去世的前一天，他把我叫到床前，拉着我的手说："韩星啊，我就要走了，你要有思想准备……你现在也算是个作家了，韩行、韩光也都有自己的事业，看着你们几个都成为有用之才，这是我最大的安慰……我走后，你不要忙乱，一切从简……"父亲说这些话时，神色极其平静，思维也极其清晰，眼睛炯炯有神。我知道，父亲这回真的要走了。

当晚，父亲入睡后就再也没有醒来。父亲是在安睡中去世的，父亲走得从容而安详。

父亲，你是一座不倒的山，永远矗立在儿女们的心中。

作者简介

陈韩星（1946—　　），生于香港，籍贯普宁。1965年高中毕业于汕头市第一中学，于同年9月12日作为汕头市第一批上山下乡知识青年启程前往海南岛儋县红岭农场。1978年2月回汕，在汕头市歌舞团艺术室当编剧，1980年调汕头市艺术研究室，1991年起任主任，至2006年退休。

国家一级编剧。中国戏剧家协会、中国戏剧文学学会、中国歌剧研究会会员，全国韩愈研究会理事，被列为汕头市优秀专家、拔尖人才。现任汕头市侨联归侨作家联谊会会长。

一块紫红色的端砚

沈建华

当我刚满 10 岁，开始练习写毛笔字时，父亲从箱子里捧出一块大石砚，小心翼翼地捧着，用一种特殊的眼光端详着它，双手颤动不已。我感到十分诧异：是什么宝贝疙瘩，这么神秘地藏在箱子里？再抬头看向父亲，他的神色更加令人大吃一惊：他失去了往日慈祥温暖的笑容，一脸严厉肃穆的神色，眼角竟噙着白花花的泪水！

我的心一下子凝重起来，预感他要给我讲的是一个沉重的故事。果然，父亲用深沉的声调，缓慢诉说着："今天，我把这块端砚的来历讲给你听，你可要好好听着。"

那是一段不堪回首的日子，日军已侵入南洋一带，广大民众在战争压力下已是遍体鳞伤，抗日战争打得如火如荼，生命充满狂风暴雨。那是 1945 年，你出世的前一年，我在文莱的中华学校教书，同事中有一位叫陈书青的年轻教师，我们在一起很谈得来。他狂热、有毅力、有决心，也有才气。在那种社会环境里，要找一个志趣相投、兴趣接近的人毕竟不太容易。从他口中，我第一次听到毛泽东、朱德、延安等陌生的名字，从他的言谈中，我知道在祖国有这么一些人在为劳苦大众流血牺牲。他的话，像一盏明灯拨开了我心中的疑团，他整个人就像一块磁铁，把我越吸越紧。

我渐渐觉得陈先生不是一个普通的人，而是一个负有特殊使命的人，尤其是经过那一个风雨交加的夜晚之后。

当时我们的家是在学校最荒僻的一角，四周都是荒烟蔓草，十分苍凉。小屋单薄极了，由几块木板铺盖而成，由于年久失修，门窗早已破损。那天晚上风雨特别猛，狂风呼啸，雨鞭猛抽大地，门在动，窗也在动，连整个小屋也在动。突然，门外传来一阵敲门声。

"谁？""我，陈书青。"

打开门一看，门口站着不只陈先生一人，借着闪电，看清了还有一个满脸络腮胡子的中年人。

迎着我疑惑的眼光，陈先生轻声说："对不起，实在没办法，请你让他在这里过一夜，我那边不方便。"我点了点头，络腮胡子一闪进门，陈先生头也不回地走了。

我取出干的衣服让他换上，他也不大开口，我们两人相对而坐，一直到天边露出一丝亮光，他便匆匆离开了。临走时抱一抱拳，说了声："再会！"

第二天，我从其他同事的口中得知，陈先生的家昨夜遭到了大搜查。原因是一家大公司昨天被窃，有人告发陈先生与窃贼有关，怀疑为其藏赃。

只有我一人心中明白，搜钱是假，搜人才是真。连房子都几乎翻转过来，如果藏个人还能躲得过去吗？搜银只不过是政府放出的烟幕，想放长线钓大鱼。

中午，我意外地发现陈先生还在学校里，并没有被抓走。我们擦身而过，他朝我点了点头，微微一笑，一句话也没说，但我总觉得，一腔语言尽在这不言之中。

过后，我才知道，他是怕牵连到我。自从那神秘的夜晚之后，陈先生的一言一行都受到学校里走狗们严密的监视。

一连过去5个多月，校园里平安无事，那件事好像渐渐被人淡忘。但我却错了。

生命已经够暗淡了，在这暗淡的岁月中，依然逃不掉可怕的命运。又一个风雨交加之夜，我好像被一阵狂风卷到半空，又狠狠地被摔了下来，那简直是一场毁灭性的风暴……

父亲那扣人心弦的语言，震撼着我幼小的心灵，我急切地等待着下文。父亲呷了一口茶，又继续说下去……

"嘭……"一阵急促的敲门声把我从睡梦中惊醒。是他！一定是陈先生！打开门一看，果然是他。他走进屋里，头发凌乱，眼无神气，从怀里掏出一块石砚来。

我怔怔地呆住了。

"实在抱歉，事出无奈，又来相扰。我今晚就要离开这里了，走前，我不得不以诚相告，我原是日本人。但请你相信，我绝不是纠田武夫那样的人。"

我大吃一惊：他竟是一个日本人！但为什么却要做出反对日本人的事来？纠田武夫是日军驻文莱的司令官，专横跋扈，是个杀人不眨眼的魔王，当地百姓恨之入骨。我头脑一时转不过弯来，为什么同是日本人，竟相差这么远？眼前这位日本人，却把中国人当朋友……

他不容我再想下去了。"我有急事，得马上走，你还记得那天晚上在你这里待过一夜的络腮胡子吧？他过两天会来找你，你把这块砚台交给他。如果他没来，你就留下做个纪念吧。"

说完，他又消失在雨幕之中。一连几天，络腮胡子始终不见踪影。我整天提心吊胆，神经紧张到了极点，眼角老是跳动。十几天后，终于有了点消息，由于有人告密，陈先生和络腮胡子都被杀害了！同时受难的有100多人！我心中一阵绞痛，额上顿时渗出冷汗。

从此，这块砚台就一直留在我身边，我猜想，这个东西也许是他们组织联络的一个信物吧？

我仔细端详父亲手中的那块端砚，发觉它是紫红色的，也许是经过那天晚上风雨冲洗的缘故。忽然，我以为它是用鲜血凝结而成，仔细一看，砚台的顶端还刻着一束竹叶，让我想到了竹子傲然挺立、毫无媚骨的品性，我开始爱上这块石砚了。

"这块砚台一直跟着我们家走南闯北，几乎走遍了整个东南亚地区，但无论在什么情况下，我都舍不得把它丢掉。"父亲的话一点不假。

1949年底，中华人民共和国成立的消息传到了南洋。父亲决心带我们一家回国，经过3年多的筹措，终于凑齐了路费。寒假时，全家以去新加坡旅游为借口，身上只揣上一点钱和那块石砚，便乘船从文莱来到新加坡。

按朋友的暗示，我们找到了环球旅行社，他们代我们办了回中国的船票。

那天，天空是那样的湛蓝。我们守候在轮船边，等着排队上船。

"沈时隆！"父亲被第一个叫到了审问处。我们一家来到桌子跟前，只见3个政府官员模样的人坐在桌后，旁边还有七八个带枪的军人，气氛十分紧张。

"你叫什么名字？""籍贯是哪里？""全家几人？""为什么要回中国？""大陆有哪些亲属？""你对共产党的看法如何？"那为首的官员提出了一连串的问题，父亲一一如实回答。

然后，他把手一挥，让我们全家先站在一边。下面一个个地叫着名字，问题都是那十几个，翻来覆去地问，我们眼巴巴地看着那些幸运儿顺利地被批准上船了，但也有一些人被圈进我们的小圈子里。

突然，有6个学生模样的人被叫到名字后便拉到一旁就地枪决了。人们心惊胆战，谁也不敢吭声。我当时只有7岁，还不大懂事，但父母亲脸上堆满的层层阴霾以及他们那悲痛欲绝的眼神，却令我至今难忘。

父亲的名字又被第二轮第一个叫到了。仍然是那些个问题，父亲仍是照样回答完了。检查行李时，他们发现我们全家只有几件换洗的衣服和那块砚台，露出疑惑的神色，仍挥手让我们站回原地。

小圈子的人越来越少了，最后只剩下我们一家了。父亲过后对我们说，他当时的五脏六腑都像被扭成一团似的，却毫无办法，一家人像待宰的羔羊。

船快开了，那官员实在找不出什么破绽，只好挥手让我们上船，父母亲吊在喉咙的心才算落了地。

就这样，父亲是第一个被叫到名字验关的人，却变成最后一个上船的人。这中间虽然只相隔了两个多小时，但我们仿佛觉得过了一辈子那么长，全家人都好像经历了起死回生的过程。

1953年元旦，我们乘坐的轮船终于在深圳靠岸了，一家人历尽千辛万苦，终于投入祖国温暖的怀抱。后来，由于父母亲工作的调动，那块端砚也随着我们从南到北、从北到南地随身带着，和我们结下了不解之缘，也成了我们几姐妹学习的伴侣。

我忘不了，当我用这块紫红色的砚台填写入团申请书、入党申请书的情景；我忘不了，当我的书法作品在广东省金山高级中学获得全校第一名时父亲的笑容！

我女儿今年刚好十岁，也开始练习毛笔字了。在她研墨之前，我像父亲那样，把这块紫红色的砚台的来历讲给她听。

我相信，她今后也会讲给她的儿女听。

作者简介

沈建华（1946—　），潮州人。1952 年由侨居地文莱回国。曾在汕头日报社工作。自 1974 年开始创作小说、诗歌、报告文学。主要作品有小说《台风之夜》、报告文学《飞来广厦千万间》《生命工程》等，先后获全国、省、市二等奖。现任汕头市侨联归侨作家联谊会副会长兼秘书长。

南中、大同校舍的最后岁月

张泰生

1946年5月，在暹罗华侨教育协会（以下简称"教协"）的领导下，泰国南洋中学（以下简称"南中"）在曼谷四披耶诞生了。1947年初，南中迁至昭坤巷。由于当时泰国政府对华侨的爱国民主运动实行限制及镇压政策，南中的23位教师于1948年6月15日遭到当局逮捕、迫害，学校被取缔，学校招牌没有了，只剩下校舍。是年冬季，暹京大同学校发生火灾，校舍全部被烧毁，因而无法开学。一个是有校舍，没执照；另一个是有执照，没校舍。针对这一状况，教协进行协调部署，整合资源，决定将大同学校的招牌移到南中的昭坤巷校址继续办下去。1949年2月，新的大同学校开学了，就这样，历史的机遇把南中和大同这两所学校联结在一起，人们常说："前有南中，后有大同。南中大同，一脉相承。"大同学校继续发扬爱国、民主、进步的光荣传统，办得朝气蓬勃、欣欣向荣。但是，基于同样的政治原因，大同学校在1950年8月15日也被泰国当局强行吊销执照。

大同学校被迫停办后，教职员工只好另寻生路，分别到新的单位工作。不过，原来住在校内教师宿舍的各户人家，依然继续住下去。但到了1952年，就发生了不法分子企图抢占大同校舍以及泰国当局拘捕大同学校教师、职工的事件。我的父亲张声凯是原大同学校教学委员会主任，我们全家人一直住在校内的宿舍，因而经历了这段不平静的历史时期。

昭坤巷校址的业主是新加坡东方保险公司，该公司委托泰国曼谷慕娘公司属下的保险部为代理人，进行租赁管理。南中及大同学校一直租用此房产办学。1952年上半年，曼谷地产涨价，当时，有个搞房地产的商人叫庄振存，此人心术不正，看到大同学校的地理位置有利可图，便勾结某些政界人士和社会黑势力，要弄手段，获得业主代理人慕娘公司内个别人的默许，讹称该校地产已被他买去了。接着，他们便开始实施粗暴、恶劣的逼迫措施。9月4日上午，他们派出3个流氓打手来到学校，冲进宿舍楼，蛮不讲理地用木板及铁钉到处封门，呼呼嘭嘭，将各家各户的大门钉死，留在宿舍里的人就都被禁闭在屋内，无法出来。当时，只有陈英豪老师的家未被封住，因为陈老师的妻子及女儿站在自家门口，死死挡住，据理力争，怒斥这些坏人，硬是不准他们封门。打手们不敢贸然拉扯这对母女，始终无法下手钉木板，只得怏怏离去。这样，陈英豪老师的妻子当天便承担起替被封门的各户人家买菜的职责。她上菜市场采购了一大堆蔬菜、副食品，挨家挨户送到各家的窗口分发，被封在屋内的人便从窗内伸出手来接东西。

事件发生后，教协立即派吴泽人先生（华侨进步组织干部，1954年回国，曾任陆丰华侨农场副场长）偕同陈英豪老师组织力量，采取对策。他们请来了一位有正义感的法官、一位律师以及与警方有关系的人士相助，将这几个流氓扭送到警署，并着手控告庄振存等人。当晚，被钉死的各个门户才得以拆封。

由于当时的泰国政府执行亲美（国）反华的政策，助长了这伙社会黑势力的嚣张气焰，他们有恃无恐，不甘罢休。4天后，他们卷土重来，又策动了十几人，带着棍棒、刀子进入学校，强行占住教学楼。他们还向当局告发，说大同校舍里有共产党分子居住。随后，当局便策划并实施了一场大逮捕。

9月9日早晨，警察局派出大批警员，分乘两辆汽车，突击包围大同校舍，并进入宿舍区捕人。警员当场把张声凯、陈英豪、张琪、张礼三、肖亚水等16位教师、职工抓去。先是载往中央警署，后又转往特别部（关押政治犯的地方）拘禁。

教协接获这一消息后，又一次派吴泽人等人日夜奔波，开展营救工作。教协还请了一位有威望的商界人士向警署作担保，经过多方努力，被捕的所有教师、员工，在被拘禁5天之后，于9月14日被警察当局释放。当他们回到学校时，家属们都很激动，欢呼雀跃，当晚大家便一起聚餐。我记得，当时在我们家的厨房煮了几大锅鱼粥，香喷可口，大家边吃边叙谈，情绪高涨，气氛热烈。

自从发生流氓分子封钉学校宿舍门窗及占住教学楼的事件之后，教协便委托律师同该房地产的所有人——新加坡东方保险公司联络。随后，东方保险公司的总经理发函给曼谷慕娘公司，明确表态："（一）按新加坡的有关规定，该公司的房地产如要出售，原租户享有购买的优先权，需先征求租户意见。只有在原租户不想买的情况下，才可以卖给别人。（二）任何其他人占住校舍，都是毫无道理的，应该撤出。"之后，教协便以此函件为依据进行交涉，非法占住学校大楼的流氓分子才撤出。紧接着，教协当机立断，通过法律手续将该地产买下来（将租赁改为买断）。由于学校已无可能复办，教协决定将校址分卖地皮，为买主承建220间双层楼房，并发动校董、学生家长及各界人士参股认购。

次年（1953年）初，基建工程启动，在拆除旧校舍之前，教师们便陆续搬迁，离开了他们居住多年的南中、大同学校。人们百感交集，依依不舍，毕竟，大家在这里工作、生活了这么多年，对学校有着一份难以割舍的感情。

几十年来，南中、大同两所学校的教学、学习和斗争情景一直留存在爱国师生的脑海中。南中、大同的光荣传统和奋斗精神，一直激励着广大校友，成为他们人生道路上宝贵的精神财富和力量源泉。

作者简介

张泰生（1947—　），生于泰国，1955年回国。长期在国营外贸公司工作，从事进出口业务以及资料、报道工作。曾任汕头工艺品进出口公司副总经理、公司党委委员、汕头市金平区政协第一届委员会委员，中国工会"十四大"代表。经济师（国际商务）、助理翻译（英语）。业余参与对华侨历史文化、东南亚国家历史及中共党史的研究工作，曾撰写、编辑多篇有关华侨题材的人物事件，以及对外经济文化交流方面的报道和文章，并在报刊或丛书上发表。现为汕头市侨联顾问，汕头市华侨历史学会理事，汕头市侨联华侨小学校友会会长，汕头市侨联泰国归侨联谊会名誉会长，北京泰国归侨联谊会主办的《泰国归侨英魂录》文集编委会成员，汕头泰国归侨联谊会会刊《汕头泰侨》编委会成员。

赤子殷殷报国心

——深切怀念父亲陈英豪的世纪人生

陈淑芬

2013 年 11 月 27 日，父亲陈英豪走完了他将近一个世纪的人生道路，在仅差 20 天就 100 周岁的时候，无疾而终，与世长辞了。父亲生前的身体一直很好，少有生病。90 多岁时，人家还总以为他才 80 岁，父亲也很乐观地说他要活到 120 岁。无奈到了他生命的最后一年，患了老年痴呆症，最后不吃不喝，衰竭而逝。

◎一

父亲 1914 年出生在潮安县铁铺乡桂林村的一个贫苦农民家庭，在他 15 岁的时候，祖父便因积劳成疾去世了，留下祖母带着父亲兄弟两人艰难度日。刚读完了小学，小小年纪的父亲便撑起了这个家。由于父亲才学过人，虽然只有小学文化程度，但 19 岁就当了小学教师，且很快就成了远近闻名的"秀才"老师。1937 年父亲 22 岁时，迫于生计，留下刚结婚半年的妻子，只身出洋到泰国投靠舅父谋生（母亲是 8 年后，祖母和叔叔身亡以后，才到泰国与父亲相聚的。）

到了泰国，舅父随即把父亲送到一个华侨开的店铺轻元号当店员。随后几年，父亲先后做过家庭教师、职员、文书、出纳、会计等工作，在这期间，父亲认识了一些左派朋友，如侨党地下党员黄光成、吴泽仁、邱及等人，很快就积极参加到爱国华侨的组织和活动中。

抗日战争时期，泰国的地下党组织了"抗日救国联合会"，发动华侨抵制日货，捐款支援祖国抗战，并开办夜校，对青年进行抗日宣传教育。父亲积极地投身参与抗日宣传活动，开始走上了革命道路。当时，他在卢沟桥电影院担任出纳。这个电影院是由爱国华侨创办的，他们利用这个平台，积极地介绍、引进国内反映人民生活和反对战争的优秀电影和苏联电影，并在每次放映电影之前用幻灯片宣传国内的抗战形势，在华侨中产生了很大的影响。

1942年，父亲因组织需要，到老挝他曲合盛公司当店员。当时，老挝的寮东公学是爱国华侨办的学校，其中有不少老师是地下党员。当年4月份，日军占领了老挝，拘捕了20多名华侨商人。寮东公学十几名华人老师集中到合盛公司避难，研究应付对策。父亲担任起掩护工作，在大厅上摆了麻将台，让大家假装打麻将，并机智地应付进来查询的敌人，使大家转危为安。随后，父亲又积极联系当地的侨领，利用合盛公司的合法身份，冒险护送吴刚老师（泰国华侨教育协会的发起人之一）渡过湄公河，往泰国避险。以后又陆续帮助一些老师和学生离开了老挝，避开了日军的骚扰和拘捕。

1944年，父亲回到泰国，在曼谷暹华建国救乡总会担任文书。父亲热爱祖国，心系家乡，在这个爱国华侨的组织中，他不遗余力，热心地参与宣传爱国爱家乡的工作，发动华侨捐款捐物，支援国内的抗日战争。

1946年，由暹罗华侨教育协会创办的曼谷南洋中学，办得有声有色，其声誉在曼谷堪称一流，成为当时泰国进步教育的一面旗帜，很受华侨的欢迎，华侨纷纷把子女送进学校学习。南洋中学发展很快，学生从200多人增加到1 600人。但当时泰国政府排华反华，华文教育成了他们的眼中钉。1948年6月15日，泰国政府派了大批军警包围学校，查封了南洋中学，并拘捕了校长和老师，南洋中学被迫停办。当时，父亲在潮州会馆工作，被组织委派负责南洋中学的校产管理。当年冬天，曼谷大同学校失火，校舍被全部烧毁，教协决定将大同学校迁进南洋中学校址继续办学。在教协的领导下，很快大同学校也办得红红火火。广大教师满怀爱国热情，积极投入泰华教育界的爱国民主运动，因而引起了泰国当局的注意。1950年8月，大同学校被当局吊销执照，被迫停办。学校虽被封闭，但原来住在校内宿舍的教职员工及家属仍继续住在里面。1952年5月，泰国当局通过各种手段，意在迫迁，夺取大同学校校址。父亲作为校产管理负责人，遵照组织的指示，带领家属搬到学校宿舍居住，并组织教职员工保护学校。泰国当局恼羞成怒，于1952年9月9日突然派了大批警察包围学校，以抓共产党为名，把父亲和教师、工友等16人逮捕，押往警署拘禁。后经组织派吴泽人出面，进行交涉，多方营救，当局才将所有被拘捕人员释放。

为了保护南洋中学的校产，组织委派吴泽人负责，通过法律手段，争取到购买南洋中学所租之地并改建成商品房的权利。为了买地，组织成立筹款小组和校址筹建委员会，父亲是这两个组织的成员。他始终积极地参与筹款、筹建工作，发动校董、学生家长、爱国人士参股，认建登记，并负责出面向潮州会馆筹借款项，终于完成了购买校址的工作。随后，便开始进行建房工程，父亲担负起建筑工地的监管工作，每天不辞辛劳，认真负责地在工地各处巡查，解决各种问题。1953 年底，基建工作完成，一个拥有 220 套商品房的住宅区终于落成并交付使用。我家有一本从泰国带回来的相集，里面就有十多张工地建设的照片，是父亲当时拍摄的，成为有意义的历史资料。

1953 年底，组织通过内线获悉曼谷警署准备拘捕的黑名单上有父亲的名字，便通知父亲，安排父亲回国。于是，父亲便于 1953 年 12 月 10 日带着全家乘轮船回国。

◎二

在泰国时，父亲就十分热爱、向往祖国。记得我很小的时候，便常常听到父亲向我们和母亲描述祖国的社会主义是多么的美好。回国后，父亲便满腔热情地投入到祖国的社会主义建设中去。自此开始，父亲不论在任何工作岗位，始终是勤勤恳恳、认认真真地工作，以他那坚定的信念和鞠躬尽瘁的精神报效祖国，至死不变。

刚开始，父亲被分配到汕头第四中学搞行政工作。1956 年 9 月，父亲被调到汕头市侨务局，担任汕头市归国华侨联合会委员。在这里，父亲以为侨服务为己任，不遗余力地维护华侨、归侨和侨眷的合法权益。20 世纪 50 年代，汕头市委批准建设华侨新村，成立了华侨新村建设委员会，父亲负责起建委会办公室的工作。从新村的规划、土地的征用、住房的设计到动员归侨侨眷投资、接受建房的申请等工作，父亲都亲力亲为，认真负责地把各项工作协调好。华侨新村开始建设后，父亲又负责建筑工地的监管，不论是夏天赤日炎炎还是冬天寒风扑面，父亲每天都是骑着自行车，从市区到工地往返十来公里，不停地奔波，废寝忘食地工作着。从 1956 年开始，一直到 1966 年"文化大革命"前，汕头华侨新村终于建设完工。

10 年当中，父亲为这一归侨、侨眷拥有的优美居住环境作出了呕心沥血的贡献，受到了广大归侨、侨眷的好评。

由于父亲在泰国南洋中学校址的建设和汕头华侨新村的建设中成绩突出，积累了经验，1979 年，父亲退休后，汕头市归国华侨联合会还聘请父亲回来主持侨联大厦的建设。父亲虽已退休，但他身体很好，依然满腔热情、精神抖擞地投入了大厦的建设工作，很好地完成了任务。

"文化大革命"中，父亲与其他归侨的命运一样，也受到了冲击，被下放到揭阳"五七"干校劳动，养猪、放牛、种菜、耕田、挑粪……一干就是 4 年。虽然过着极其艰苦的日子，但爱国之心依然不变，当知识青年上山下乡运动开始时，父亲积极地响应党的号召，毫无怨言地动员自己的4 个子女下乡到海南岛。

1972 年，父亲从干校回来后，被临时调到汕头市落实政策办公室工作，负责为在"文化大革命"中被冤枉、受冲击的群众和归侨、侨眷纠冤纠错，父亲把这一工作当成自己报效国家、为人民服务的极好机会，以极大的热忱投入了工作。他热情耐心地接待上访的群众，为群众解决问题不遗余力。为了使党的政策真正得到落实，父亲多次到农村、海南实地调查，到被冤群众家里认真探访，帮助了很多在"文革"中被赶到农村的人（其中有知识分子、城市居民、归侨侨眷等）恢复了城市户口，落实了不少在"文革"中被占侨房的归还工作。在做这些工作时，父亲从来不辞辛劳，不求报酬，在群众中口碑极好。

1973 年 7 月，在完成了落实政策的工作后，父亲被调到汕头市民政局工作。从这时一直到退休，父亲始终勤勤恳恳、兢兢业业地干好分配给他的工作：让他管殡葬工作，父亲主持建设了汕头市第一个火葬场；让他抓社会救济工作，父亲认真地完善了一套社会救济的制度；让他主管兵站工作，父亲则尽心尽力地做好每年的接新兵、送老兵的任务。就这样，父亲以他那一颗热爱祖国的赤子之心，无怨无悔地无私奉献。

父亲退休时，经由当时泰国侨党的负责人吴泽人、邱及等人证实：父亲早在 1945 年以前就参加了革命工作，被组织批准享受离休干部的待遇。

◎三

父亲小时候因为家境贫穷，只读完小学就失学了。虽然文化程度不高，但父亲自学能力极强，他多才多艺，不但写得一手好文章，还擅长书法、国画、摄影。他最喜欢画荷花，正如他的性格、为人一样，"出淤泥而不染"，廉洁自律，洁身自爱。父亲一生不为名不为利，从不计较个人得失。在他抓基建搞建筑的时候，从来没有为自己牟过任何私利；在他参加落实政策、抓社会救济的时候，积极帮助他人解决困难，从来不求回报。

父亲性格达观、耿直，一生坦坦荡荡为人，从不趋炎附势。为此，常常遭到不公平的对待，在那住房分配的年代，他一生主持、负责了不少房屋的建设，而自己一直到离休，都没有分配到一套像样的住房。在侨务局工作时，一家8口人挤住在仅20多平方米的住房里；在民政局工作时，临到退休才分到一间40多平方米的旧房，父亲还要住在阁楼上。我们常常为他感到不平，父亲却没有怨言，还教育我们：该有就有，没有也不要去争，心底无私天地宽。

父亲在泰国从青年时代就跟随共产党干革命，信念坚定，毫不动摇。1953年组织安排他回国时，因为时间仓促，回国后便与组织失去了联系。他积极申请重新入党，但在那"以阶级斗争为纲"的特殊年代，却因为是归侨和有海外关系，受到不公平的对待，一次次被拒于党的大门之外。虽然这样，父亲始终矢志不渝，依然爱国爱党爱人民，不管顺境还是逆境，无怨无悔地以一颗赤子之心报效祖国。

父亲热爱生活，热爱家庭，在他的一生中，始终以乐观豁达、热情开朗的精神和品格影响着我们的家庭，使我们的生活过得丰富多彩。20世纪50年代回国后，因为孩子小，母亲没有参加工作，一家8口人就靠父亲每月58元的工资生活，尽管母亲勤俭持家，日子还是过得紧巴巴的。记得小时候，每到月底，母亲总为就差一点钱向邻居借两三块钱来添补家用。但就是在这样的困境中，父亲和母亲仍然带着我们快乐地生活着。每到周日，父亲就带着全家人到公园或者礐石风景区去游玩、照相；夏天的傍晚，父母经常带我们到海边、广场乘凉、散步；冬天的晚上，我们则经常围坐在父母身边，听父亲讲故事，跟母亲学儿歌……在父母对生活积极乐观态度的身教言传下，我们都健康地成长，养成了良好的性格。

父亲的世纪人生是平凡的，然而平凡之中见伟大：父亲一生信念坚定不移，赤子之心报国矢志不渝，他品格正直清廉，对工作认真执着，对同志真诚随和，对家庭挚爱热情。父亲的一生，是忠心耿耿爱国、勤勤恳恳做事、坦坦荡荡为人的一生，我们为有这样的父亲感到自豪！我们永远怀念敬爱的父亲！

作者简介

陈淑芬（1949—　），生于泰国。1968 年 11 月至 1978 年 11 月到潮安铁铺插队 2 年、海南农垦 8 年。1971 年到海南农垦后，在兵团政治处报道组写新闻报道 3 年，农场中学当老师 2 年，在海口农垦氮肥厂当宣传干事 2 年，1978 年底回汕头在医药公司宣传科、工会搞宣传、职工教育工作，至 1984 年 9 月考上北京中国工运学院，带薪读大专（干部进修）2 年，1986 年 9 月学完回到汕头，在汕头万年青制药厂担任工会副主席、宣教科长，2004 年 4 月退休。

从 1971 年 8 月开始写新闻报道，除在《兵团战士报》发表外，三次在《南方日报》发表文章。到汕头工作后，参与过省总工会组织的职工教育理论教材编写工作，编写过企业职工职业道德教育教材并在全市推广，分别刊登在《汕头日报》《汕头工人报》《中国工运学报》《汕头成人教育》《汕头党校学报》《广东省政工参考》等报刊，在全国《二十一世纪论坛》上发表过多篇论文，其中，两篇获汕头市优秀社科理论二等奖，一篇获三等奖，一篇入围全国"企业改革学术研讨会"优秀论文。2004 年开始创作文艺作品。

曼谷，父亲的第二故乡

林瑞平

骄阳当空，赤日炎炎。几年前的6月我随市侨联侨声合唱团一行赴泰国曼谷参加"中泰一家亲"民间文化艺术交流活动，纪念中泰建交40周年。我随身携带了所珍藏的70多年前老父亲从泰国曼谷返回国内的"归国侨民登记表"和几张近百年前老父亲在曼谷的生活照片，希望能寻觅到老父亲当年在曼谷石龙军路居住地生活的点滴踪迹。由于行程紧凑，时间紧迫，寻找旧居地的愿望落空，心里留下无限的惆怅和遗憾……

1900年，先父出生于澄海县盐灶乡港头社一个贫苦家庭。父亲4岁那年，祖父像卖猪仔般，跟随着一群乡亲挤上红头船，离乡背井，漂洋过海前往南洋一带谋生，于1908年客死新加坡。噩耗传来，祖母欲哭无泪。那一年，父亲才8周岁，又是独子，可怜的母子孤苦伶仃，相依为命。身材瘦弱的祖母给人家做一些手工，干一些田里的杂活，供父亲在乡里私塾读了几年书。不久，由于生活所迫，父亲半途停学了。后来母子俩辗转流落到汕头，祖母把父亲寄居在一亲戚老姆家，自己出外寻找散工做，加上亲戚们的帮衬，勉强维持母子二人的日常生活。

有一年，一位过继在老姆家当儿子的伯父，他在泰国曼谷开了一家私人牙科诊所，写信叫父亲到曼谷谋生。1915年，父亲15岁，为了生活，又走上祖父的老路，孤身一人坐上红头船到泰国曼谷，在伯父的牙科诊所打杂活学些手艺，开始了异国的生活。父亲在泰国曼谷前后生活了20多年，逐渐融入当地的风土习俗，还与一曼谷姑娘相识相爱，并成家生育有一女儿……

1933年，祖母病故，父亲专程从曼谷回汕头料理后事。抗战胜利后，父亲思乡心切，在报国之心的驱使下，只好忍痛与生活多年的曼谷姑娘告别，带着幼小的女儿回到祖国，没想一别竟成永诀：他在曼谷拼搏、奋斗了20多年，把青春和汗水，还有一段美好、苦涩、凄婉的爱情留在了异国他乡……

1949 年 10 月 24 日，汕头市解放后，父亲加入汕头市牙科医师联合诊所和市卫生工作者协会，积极参加巡回医疗服务队，经常到驻汕部队热忱为官兵服务。同时参加中苏友好协会，以满腔热情参与中苏两国人民共同展开的各种友好的活动。老父亲在汕头市牙科界一直工作到 79 岁时才退休。

说起老父亲一直到临终时还珍藏的那张近百年的老照片——照片里是一位正当花季的妙龄少女。老母亲生前曾给我们讲了相片里的故事：她是老父亲当年在泰国曼谷相识相爱的一位当地姑娘，后来两人成家并生有一女；老父亲从曼谷回汕头时，也带女儿一同来汕头。可能家中姐妹兄弟多，关顾不周，这曼谷来的大姐，经常到外面与一些闲杂人等混在一起，有时彻夜不归。有一次深夜才归家，老父亲一怒之下不准她进家里来，结果造成了父亲一生深深的遗憾：听说曼谷来的大姐后来被人拐卖到福建连县乡下，并在当地成家……若干年后，她带着儿子到汕头寻找老父亲，父女相见，悲喜交加，后悔莫及！……1992 年老父亲逝世后，曼谷的大姐就再也没有回过汕头，我曾写有一封信寄往福建连县某公社，可是一直杳无音讯……

老父亲弥留之际，我们曾拿出他老人家珍藏多年的一张少女相片，问他相片中的人是谁时，只见老父亲眼睛一亮，躺在床上毫不含糊地说："老情人。"说完脸上流露出一丝不易察觉的微笑。我被老父亲的微笑深深地感动着：70 多年了，爱还深藏在老父亲的心里，魂牵梦绕。曼谷，父亲的第二故乡，老父亲心里一定还牵挂着他曾生活过的泰国曼谷，还有他曾爱过的曼谷姑娘。是的，爱是不会忘记的，爱也是不能忘记的！我凝视着老父亲那写满沧桑的脸，感觉到他是有福的人，诚心所愿。

作者简介

林瑞平（1950— ），籍贯澄海。侨眷。1970 年高中毕业于汕头金山中学，后下放到海南西达农场。1978 年至 2000 年在汕头公路局工作，一直从事行政、文字资料、工会宣传、职工劳保等工作。业余爱好文学创作（1988 年广东省高等教育自学考试中山大学中文系毕业，1989 年参加汕头市工人文学社，1998 年加入汕头市作家协会），30 年来，在地市、省级以上报刊（包括系统内）发表散文、诗歌、评论、新闻通讯约 300 篇。

华侨领袖　爱国楷模[①]

林奕昆

蚁美厚同志与世长辞了。在悲痛和惋惜的悼念中，他老人家那爱侨、护侨、关心潮汕侨乡以及为归侨、侨眷和海外侨胞的利益鞠躬尽瘁的风范，我们永远不会忘记。

"人情同于怀土上，如高山流水，世代相传。"

——在天安门城楼上的自语

这是 1987 年早春的一个早晨，蚁美厚同志到北京开会，再次登上了阔别近 40 年的天安门城楼，他抚摸着城楼栏杆，回顾着自己的人生经历，"逝者如斯夫"，想起和陈嘉庚、司徒美堂、庄希泉等 6 位著名侨领于 1949 年到刚刚解放的北京参加全国政治协商会议，同登天安门城楼，出席开国大典时的由衷感叹。

蚁美厚同志 1909 年 11 月 23 日出生于澄海县莲花山麓下、韩江出海口附近的南畔洲村。他原来的名字叫蚁美扬，1922 年，旅泰侨领蚁光炎先生回家乡探亲，在巡视他所捐资兴学的私塾时，要求教师为他刚刚去世的哥哥找一个学童做义子，结果选上了老实而又聪明的蚁美扬，并为他改了名字，取"美德、厚道"之意，将美扬改成美厚。历史给了少年的蚁美厚一个机遇，如何把握这个机遇还要靠他去奋斗。蚁光炎先生勉励这个刚刚认下的侄儿："美厚，你在家乡再努力读几年书，多干些活，多吃些苦。长大以后，我带你去暹罗'做牛'！"

1925 年，16 岁的蚁美厚来到暹罗"做牛"了。在蚁光炎先生的言传

---

① 本文标题系蚁美厚同志 85 岁诞辰时广东省侨办所赠贺词。

身教下，他不但掌握了业务管理技能，也学到了蚁光炎先生为人正直、为泰国侨界的利益而勇于牺牲一切的高尚品德，成了蚁光炎先生的得力助手，蚁美厚同志一生为祖国、为家乡、为海外侨胞利益而奋斗的人生观也由此树立起来。"怀土"出自《论语》，即怀念故国，关心家乡，正如他所说："人情同于怀土上，如高山流水，世代相传。"

1939 年冬，蚁光炎先生不幸遇难，为抗日救国运动献出了宝贵生命。刚好进入而立之年的蚁美厚，挑起了蚁光炎遗留下的担子，继续发展壮大蚁氏家族的事业，也秉承起蚁光炎先生为祖国、为侨界献身而未竟的遗志，参与和组建了暹罗华侨建国救乡联合总会，担任了该会会长，为抗战中的祖国筹款近百万铢。同时，他也被旅泰侨胞选为泰国中华总商会常务委员，兼任泰华报德善堂董事、曼谷华侨医院董事、泰国澄海同乡会理事等职，他除了从政治上、经济上支持中国共产党领导下的抗日武装力量外，还努力做好促进中泰友好和团结旅泰侨胞的工作。

"从一个家庭来看，你不是一个好的父亲，但是从一个国家来看，你却是一个好儿子！"

——一位学者对蚁美厚同志的评价

1949 年，蚁美厚同志作为泰华社会的侨领，应邀到北京参加全国政治协商会议和开国大典。临行前他才把这个消息告诉妻子金素娟女士："祖国快要完全解放了，共产党要我代表泰国华侨到北平开会，共商国家大事，我打算回去。海外华侨盼了多年，现在祖国有希望了，回去参加祖国的建设是光荣的。家里的事和 6 个孩子，就都由你来操心了。"金女士，这位具有中华民族传统美德的典范人物，已经知道，在丈夫的心中，祖国和侨民的利益，是占第一位置的。她的一生，只能为丈夫、为子女做出人们难以想象的、惊人的牺牲。

"你放心回去吧，一路小心，保重身体，平安到达北平，就通消息。"

离妻别子的大事，三言两语就解决了。只能这样说，海外赤子都有一颗火热的爱国之心，这颗心，可以与日月争辉！

难以料到的是，这一别就是 30 多年！当美厚同志冒着风险离开家庭，回到祖国的怀抱时，他刚好是不惑之年，而 6 个孩子中，大女儿 8 岁，最小的儿子出生才 6 个月，而且把既要哺孩子，又要掌管产业的全部重担，交付给一个文弱的淑女，这可以说是抛家舍命了吧。1984 年，金素娟女士不幸病逝，蚁美厚抚摸着金女士的遗像怆然泪下。为祖国，他扪心无愧；对妻子，所欠下的情，又怎能弥补？后来，在参加蚁美厚同志追悼会的那几天里，我们听到他的亲朋好友娓娓地叙述这些往事，仔细地回味着一位学者带哲理性的评价："从一个家庭来看，你不是一个好的父亲，但是从一个国家来看，你却是一个好儿子！"一股发自内心的肃敬之情，油然而生。

蚁美厚是祖国的好儿子，是华侨的骄傲！参加开国大典后，蚁美厚同志遵照中央政府的要求，来到刚刚解放的广州，就圆满完成了叶剑英同志所交代的任务，利用海外关系，从国外和香港运入 7 万吨大米为百业待兴的广东解燃眉之急；组建了华南企业有限公司和义益行，以吸引海外侨商投资国家建设，在中华人民共和国成立初期对帝国主义"反禁运、反封锁"斗争中和祖国的经济建设上，作出了可歌可泣的贡献！当抗美援朝一开始，他马上把金素娟女士从泰国给他汇来的作为生活费的 10 万元港币，全部购买公债，直接帮助国家。

"蚁老是最爱国爱乡的人，是我们学习的榜样。"
——泰国正大集团谢国民先生的肺腑之言

6 月 18 日，我们在蚁美厚同志遗体告别仪式上看到，专程前来参加仪式的谢国民先生热泪盈眶，向尊敬的老前辈的遗容再默默地看了几眼，在场的潮籍海外侨胞都情难自禁。他们以这种最外露、最朴实的感情，为尊敬的蚁老送行。16 日下午，谢国民先生等一行海外潮籍乡亲，不顾旅途劳累，刚出机场，就奔蚁老家慰问蚁老亲属。在座谈中，他们回顾了蚁老生前所做的、深受海外侨胞感动的体现"侨心"的事，正是这种"侨心"才驱动谢国民先生将汕头特区创建后第一家侨资企业——正大地毯厂以及其后的饲料厂等落户汕头特区。谢国民先生对北京电视台的记者说："我们就是在蚁老的动员和支持下，到国内进行大规模投资的。"

蚁老生前多次告诫我们："做侨务工作，最重要的就是要有侨心。"他忠实地履行着这种信念。蚁老一生不为自己搞贺寿活动，1989 年冬，却千里迢迢回家乡参加老朋友、老侨胞谢易初先生的诞辰纪念活动（蚁老和谢易初先生的生日为同一天）。这种体现"侨心"的事，又何止一宗？

在潮汕，他的"侨心"，可以说是家喻户晓、众口皆碑！蚁美厚同志自中华人民共和国成立伊始就长期任职于侨务部门，自1979年起，他先后担任第六届、第七届全国人大常委会委员、第八届全国人大华侨委员会委员、省人大常委会副主任、省人大华侨委员会主任、全国侨联副主席、省侨联主席等职，积极提议并参与制定有关国家侨务政策和法规，将依法护侨落到实处。改革开放以来，他老人家的足迹遍及潮汕侨乡，每到一处，他总是走访当地党政有关领导和侨界人士，调查了解，集思广益，倾听大家对开展侨务工作中所碰到的新问题的意见和建议，大至保护归侨侨眷和海外侨胞的合法权益，落实侨房政策、新一代侨胞工作、华侨捐赠政策、对海外青年侨胞的中国语言文化教育、侨联机构设置和地位作用，小至侨胞回国探亲服务、市容卫生等，他都仔细地收集整理，积极向中央和省领导提出建设性意见，为制定相关的侨务政策和法规提供依据。据蚁老的秘书回忆，蚁老认真而又严谨的工作作风，是少有的。有时他为了解情况，深更半夜还起来打电话查询或整理所了解的情况。可以说，全国人大所制定并通过的《归侨侨眷权益保护法》和广东省的《归侨侨眷权益保护法实施办法》以及中央的一系列有关落实侨房政策、侨联机构设置等都倾注了蚁美厚同志浓郁的"侨心"。

在我们的采访中，那一桩桩体现"侨心"的事情，实在太多了！

——在他病重住院、弥留人间之际，还关心家乡汕头侨房政策的落实情况，向前往探望他的同志说："待我病好了我要回汕头看看侨房的落实情况。"并对一位女记者说："你是新闻记者，要多关心汕头侨乡建设，多报道家乡的情况。"

——生前看到澄海隆都镇远离县城，原有医院简陋，而且缺医少药，他动员该镇旅外侨胞金先生等乡彦，合力为该镇筹建新医院，并经常过问医院建设进展情况，协助解决所碰到的困难。医院落成剪彩之日，他却已躺在病榻上。

——1991年他来汕头参加特区建立10周年庆典活动，受到江总书记的接见，活动结束后，他马不停蹄地赶回家乡，抓紧落实樟林古港华侨博物馆的建设，再三向当地党政领导阐明建这个博物馆的意义。此时，他已是83岁的高龄了，而病魔也已缠身！

——汕头大学纪念活动，他应邀参加了，按规定由汕大接待住宿三天，但他因需要到潮州等地了解其他情况，多住了几天。在宾馆结账时，他自掏腰包7 000多元港币付房租。汕大领导知道后，很过意不去，补还蚁老7 000元，而他却又将该款添足至一万元，交有关部门购买纪念品赠送给汕头澄海的部分幼儿园。

——1986年，汕头市对外宣传的侨刊《潮人》杂志创刊后，约请蚁美厚同志题词，蚁老欣然应允，给刊物寄来珍贵的墨宝，可是，我们一看，其中一个字有笔误，我们再去信向他老人家请教，他马上又寄来了更正后的题词，并非常客气地来信向编辑部致歉意。这种认真细致的工作作风和虚怀若谷的高尚情操，对海内外侨胞读者高度认真负责的精神，莫不使编辑部的同志深受感动。

——揭西有一位旅外侨胞反映其所捐建的校舍质量有问题，他老人家立即到该校去了解情况，亲自督促改进，直到取得满意的效果。捐建者为蚁老的精神所感动，说："我们侨胞信赖您。"

"侨胞信赖您。"这句朴素的话，是一种多么高的赞誉啊！我们的案头，放着一叠经蚁老精心整理的海外侨胞陈百强先生的传记和海外侨胞为振兴中华、建设家乡所提出的宝贵建议等资料，蚁老精心地把这些建议整理成提案。他和海内外侨胞心贴着心，情连着情，海内外侨胞都信赖他，把他当成尊敬的师长，诚挚的朋友。在他的感召下，海内外侨胞为特区一些企业积极投入资金、设备、技术和人才，还纷纷慷慨解囊，在潮汕的投资项目就有澄海华侨中学、澄海华侨医院、易初科技馆、南州华侨学校、隆都华侨学校、华侨医院、普宁洪山华侨学校、樟林古港公园、樟林古港博物馆、华侨山庄、侨山路……

"要做好新一代侨胞的工作，就要把老一辈华侨的根留住。"
——蚁美厚同志在筹建樟林华侨墓园时所说的话

在那山明水秀的莲花山山麓上，有一座林荫覆盖、环境幽静的墓园，我们随着那蜿蜒而上的侨山路来到墓园门口，看着大门镶着那副"侨心越海常思国，山径停云倍念亲"的对联，听镇干部介绍筹建这个潮汕地区唯一的一座镇级华侨公墓的过程，心潮澎湃。蚁老的心中，不单考虑着如何做好年青一代海外侨胞的工作，还对一些海外侨胞"叶落归根"的想法，表示非常理解。1991年3月1日，他刚下飞机，就召集了一些老侨务工作者开了一个如何健全汕头中国语言文化学校、做好新移民工作以沟通海内外新一代侨胞的联系、重视培养年轻侨务干部等有关侨青问题的座谈会。第二天一早，又请汕头的党政领导和侨务干部到他下榻的华侨大厦，向党政领导谈了他对这方面工作的一些意见和建议。而在家乡，他又发起建成了华侨墓园，其意义、目的明确："老一辈华侨如果逝世了，他们想回故乡安葬，我们要提供方便，这样，他们的子女每年至少在扫墓时也就应该回到家乡。要做好新一代侨胞的工作，就要把老一辈华侨的根留住。"同时还动员他的儿子蚁民率先捐资修筑通往墓园的侨山路。这种以老带新的辩证的工作方法，贯穿于他几十年来对侨务领导工作的指导思想。"把根留住"就是侨乡优势的所在，即"乡缘、亲缘"，他以一个老侨务工作者的战略性眼光，有机地把握这种关系，始终关注着这种优势的着眼点。可是，不幸的是，这成了他未竟的事业！蚁老逝世前，他留下遗言，希望把他的骨灰分成两半，一半留在国内，撒在家乡的土地上，撒在韩江的出海口，把根留住；一半运到泰国去，和他的夫人一样，撒在泰国的海面上，既圆了近半个世纪以来所盼望的和夫人生活在一起的团圆梦，也期望韩江与湄水永相连，中泰人民世代友好。

蚁美厚同志永远离开了我们，我们失去了一位侨务工作的老前辈、老领导，祖国失去了一个好儿子。可是，他那为祖国的统一，为侨务事业竭尽全力的精神，他那平易近人、作风正派、诚恳朴实、胸怀坦荡的高风亮节，永远存留在我们的心中。

作者简介

林奕昆（1951—　），生于泰国曼谷，1953年年底随父母回国，在汕头市侨联会工作。曾当过农民、工人，也曾任广东省青年联合会委员，汕头市青年联合会常委、副主席，市政协委员，全国总工会第十二代表大会代表、主席团成员等。曾任汕头市总工会委员、市侨联会委员。现任汕头市侨联归侨作家联谊会副会长。

侨乡鲘岛之秋

许海鹰

我喜欢
这秋雨蒙蒙的鲘岛
感受着诗意的浪漫
在波光潋滟的海边
细数着岁月的斑斓

婉约的侨乡鲘岛
细雨纤纤
泉水漫漫
小桥流水人家
礐石山下
田园风光
在雨中
蒙上一层薄纱
总让人遐思无限
浮想联翩

细细的雨丝
斜斜地飘落
温柔着
礐石山下的山水
宛如西子曼妙的舞姿
隐藏着缥缈的美感

清凉的雨水
温柔滴落在青石板上

缓缓流入湖心
凝聚成
如诗如画的水墨江南
入夜
听雨点敲打着窗棂
几分思绪
几分喜欢
清澈的雨水
洗涤着喧嚣的红尘

一叶舟
一湖烟
灯火阑珊
思绪万千
铺素雅信笺
落墨世事变迁
沧海桑田
陌上蓬莱
海在城中央

鲍岛
是我一生写不完的诗篇
这江南烟雨
如丝如绵
悠长相连
花开流年
枫叶红艳
渲染一季的馨香缱绻

世间冷暖
总是在繁华错落间
慢慢飘散

唯美了故事的开端
这如诗如画的思恋
飘逸着淡淡的花香
温润着辗转到流年

作者简介

许海鹰（1954—　），汕头人。中国《科技日报》特约记者。中国《华夏汉俳诗社》、中国《中华汉俳诗社》、中国广东潮汕文学院、中国广东侨界作家联合会、汕头市侨联归侨作家联谊会会员，揭阳市玉湖书画家协会理事，国际癌症康复医学会副秘书长，德国波恩大学肿瘤治疗中心客座教授，广东教授协会医学专家委员会专家，香港国际肿瘤防治中心汕头分中心主任、教授、主任医师。

作品《冬韵》《安宁的冬夜》《深秋落叶》《晨光细语》入选《华语文坛精品汇编》并获优秀奖证书。作品在《汕头日报》《华夏汉俳诗刊》《中华汉俳诗刊》《诗中国杂志》《现代诗美学》《华文微诗报》《中国当代诗词集》《中国最美爱情诗选集》《新世纪新诗典》等报刊书籍发表。

一条牛皮腰带的故事

廖求是

这是 60 年前的一条普通牛皮腰带，可它又是一条不寻常的牛皮腰带。因为它承载着发生在华侨革命者之间的一份沉甸甸的深厚情谊，它跟随其主人一起见证了中华人民共和国的建立。

1947 年 7 月，我父亲廖克平（又名克潮）经组织安排，离开在泰国曼谷中华中学教师岗位，前往正处于人民解放战争连天炮火中的闽粤赣边区，加入中国人民解放军闽粤赣边纵队，参加解放全中国的军事斗争。在途经香港转接组织关系时，在联络点遇到昔日的老同事、老战友庄世平先生（当年庄世平先生在泰国曼谷中华中学任训育主任，我父亲是数学和华文课任教师）。庄世平先生得知我父亲即将回国参加解放战争，非常高兴，一再地叮嘱一路上经过国统区时要注意安全，保证顺利到达边区。庄世平先生见我父亲衣着简朴，便对我父亲说：

"你一定要穿得像回乡探亲的华侨，才能骗得过国民党军警特务的拦查。我也没有什么值钱的东西能送给你，就拿我用的仅有的这条牛皮腰带，换下你的帆布腰带吧。我不能和你一起去冲锋陷阵，就让我送给你的腰带和你一起去迎接全中国的解放吧。"

从此，我父亲带着这条承载着庄世平先生厚重情谊和殷殷嘱托的皮腰带，参加了解放全中国的战斗。系着它一路攻城略地，随解放大军解放了梅县、汕头地区。1950 年又系着它到北京中央侨委工作，一直到 1964 年，我父亲奉调重回解放军部队工作时，才换成了部队的制式皮带。

我父亲此后便把这条皮腰带仔细地包裹好，珍藏在身边几十年，直到1994 年去世后，才由我母亲收藏起来，再把它珍藏了几十年。2015 年我母亲去世，我又接过来收藏起这条十分珍贵的皮腰带。

我在想，这是一条虽极其普通但又十分不寻常的皮腰带，其斑斑驳驳的带子，记录的是一段革命前辈间厚重的情谊和生命安全的叮嘱，特别是庄世平先生那种为祖国解放、为战友平安而由衷倾注的大爱，应该让它发扬光大，永世继存而不能私藏。因此我想把它重新归还给敬爱的庄世平老先生，捐献给庄世平博物馆作为馆藏。

我向我的泰国归侨朋友们征求意见，他们都非常支持我的想法，让我感到十分的欣慰。

作者简介

廖求是（1955—　　），潮安县人。生于泰国归侨家庭。大学专科学历。1975 年参加工作，先后任华侨橡胶厂工人、园林管理处人事干部、房地产开发公司副总经理。现为汕头市侨联泰国归侨联谊会副会长。爱好文学，特别是散文、诗歌、中国古典文学和诗词等。

情事三题

林 昂

◎开 始

他们是在新开张的自选商场相遇的，中学毕业已经将近 20 年，彼此都有所历练了。是他首先发现她的，她在货架那头专心致志地挑选东西。他像一只晒着阳光的蜥蜴慢慢地向她移动了过去，而专注的她毫不知觉他的来临。他轻轻地叫她的名字。她的惊喜让他有些感动，看得出来这完全是由衷的。他们站在货架旁聊了起来，聊得颇为起劲，最后留下了彼此的电话。

望着她离去的背影，他是有些失落了，她播撒在空气中的热烈情绪仍旧氤氲不散，他后悔自己刚才没有表现得更积极，比如邀她到什么地方坐坐，在他站的地方不远处凑巧就有一家咖啡屋。他真的有些后悔了。

说他自从这次邂逅后就对她深深地思念是有些言过其实了，但是她娟美的面影常常浮现在他的眼前，这倒是真的。他觉得日子是有点寡淡的了，于是拨通了她的电话。

听她口气是有些意外的，不过她的热情也是非常明显的，这就足够了。他们在电话里头接续了商场中断了的话题，都是些多年不见了的老同学的近况。快找不到话题的时候，他有些迟疑地提出邀请，如果她有兴趣的话可以到单位去找他，并说明在那里他有自己自由支配的时间和空间。她爽快地答应了。他仔细地刷牙，仔细地洗脸，然后，早早地到单位去等她。

他感觉到自己好像是一株胀鼓鼓的蒲公英，只要有一阵轻风便能飞扬得满天满地。她果真挟着一阵风如约而至，鲜红色的外套却有些刺目，或许她心里也跟他一样过分郑重了。又岂止是郑重一词就能概括他此刻与她面对面洽谈的心情？她飘飘长发不时拂过来一股什么植物清新的气息，令他沉醉，他就是那迷失其间的蚁蝶，充盈的激情简直一弹就破，溅出汁来了。但凡事还应该有个过程，他只好克制着。他们又开始聊了起来，还是那些想得起来的老同学的情况。老同学聊完了，就聊老师，都有几位过世了。她说起教他们英语的丁老师时充满了感情，她说美丽活泼的丁老师是她学生时期的偶像。他提议他们可以结伴去看看丁老师。

丁老师已经是白发苍苍的老太婆了，脸上布满时间的印痕。丁老师以为眼前这两个态度亲昵的过去的学生是一对儿，但这个小误会对他们来说是无关宏旨的，反而使他心中的情绪更加盎然了。他们与丁老师的谈话非常愉快。以后，他们又结伴去了几次丁老师家。

这样老是成双成对去丁老师家总是有些怪异的，但是他已经来不及推敲了。他本想约她出来到别的什么地方，可每次她都有拒绝的理由。说实话，他内心也是不太愿意在外面招摇的，如果在这个城市拥有私密的情感，你就会觉得自己有太多的熟人。丁老师却是一如既往地接待他们，她拿出人家送她的绿茶款待他们，说是味道很好，可就是不经泡。丁老师风趣地说又有什么东西是经泡的？你们看我年轻时也算是漂亮的，可是让时间这壶水一泡，我还有多少茶色了？

有一次，丁老师突然想起什么似的，对他们说：你们还没有介绍你们自己的先生太太呀。他们都有些不自然了，在这种时候这可不是一个合适的话题。但是，丁老师坚持说：你们都像是我的孩子，我要了解情况。他们只好浮皮潦草地向丁老师介绍各自的家庭情况。不料丁老师听了以后连声感叹：多美满呀！下一次，丁老师又重复上一次的提问。他有些无奈地提醒丁老师这个话题已经说过了。丁老师就拍着脑门说：你看我都老糊涂了，可是幸福家庭的故事是百听不厌的。他就说哪里有什么故事呀。丁老师三番几次搬出她的那些老照片和与丈夫热恋时约会的小纸片。那些发黄变脆的小纸片还保存得好好的，这只能说明丁老师有很深的收藏癖了。她不禁感慨道：丁老师这要花费多少时间啊！丁老师说：美好的东西要保存好都是要花费气力的。说这话的时候丁老师却看着他，似乎要看到他的眼睛深处，这给他一种无以言状的压迫感。他决定不再来丁老师家了。

跟丁老师告别后，他把自己的想法说了出来。他紧握她的手，这也是他们第一次牵手。她并没有挣脱，绵羊一样的手驯服在他的大手中。一股激动的暖流遍布他的身心，他觉得罩蔽多时的沉重帷幕就要拉开了——可就在这时，丁老师在后面叫住他们，手里拿着两把雨伞，他一个激灵，闪电似的丢开了她的手。

丁老师走后，他嗫嚅着想对她解释什么，但是他已经词不达意了。她笑了起来，笑得干巴巴的。真的，这一切不算好笑，可她笑什么呢？或许是自己敏感了，她根本就没有注意到刚才自己的失态，然而他必须承认面对突如其来的丁老师，他在最微小的细节上泄漏了自己本来文饰得很好的卑怯感。

"回家吧。"她说。

"回家吧。"他回应道。没有更多的话就各自分手了。

雨越下越大，下了一夜，或许是他认为下了一夜，就好像许多事情你以为它才开始，其实早已结束了。这不算难懂的道理却是何其的坚硬，这不，只不过轻轻一击，他整个神经和脊梁都感到了那股生猛的疼痛！

◎告　发

她用口红再次涂抹丰满的嘴唇后，有些神经质地对着镜子照了照。今晚要去干一件不同寻常的事情，她可是颇费一番踌躇才下定决心的，然而一想到可能出现的诸种后果，心里不免有些毛毛的。

她要去向密友的丈夫告发他逾规失检的老婆。她们是多年的朋友，因而掌握了不少女友背叛丈夫的秘密。同为女性，她看不出女友有多少过人的魅力，三十好几的人了还扮纯情，四处向男人推销媚人的花样，这叫她极为反感，但她知道在男人眼里却是另一回事了，异性的审美难逃那个颠扑不破的物理定律，多少让她有些沮丧和无奈。女友缜密而善于掩饰，因此她丈夫至今仍懵然无知。那个可怜的男人，看起来也不像是愚钝的人，倒可能是太自信了的缘故吧。不知为什么，一想到那个无辜的汉子，她心里头就感觉到一种潜藏很深的温柔的钝痛。自从离婚后，她都快以为自己心如死灭，像被挤去了汁液的梨子，对什么都提不起兴致，不料在这告发的筹划中却得到某种感奋，可以这样说——她几乎忘记了自己的不幸。有时，她为自己对女友怀着这样卑劣的居心而忐忑，或许这很可能证明自己坏了良心。本质上，她不是喜欢拿别人的私情到处嚷嚷的人，这不干她的事，何况还是好友。然而，说到良心反而是坦然了，女友为人处世的字典里似乎没有内疚这个词，在外面与不止一个男人纠缠却像没事人似的，难道现如今世道就没有天良了？不比不知道，一比自己简直就是美德的化身了。那个迷乱的女人理应受到惩罚的，对其告发不过是伸张正义。她不禁为自己的仁心侠骨感动得浑身颤抖。

她好几次借故去见女友的丈夫，可是真正面对那个不幸的男人时，又有点难以启齿了，那些早已准备好的话在舌尖上打了几个转又囫囵地咽回去。她恨自己不争气。她还想过通过手机给他发信息敲敲警钟，句子都想好了：说谎是女人的天性，而男人的致命伤则是过于自信。但这格言式的隐晦之语会让他摸不着头脑的，且有自掌嘴巴的意思，自己不就是女人吗？不如这样吧，远兜远转地跟他探讨探讨男人尊严的问题，用省略三段论，在凡是妻子红杏出墙、帏薄不修这个大前提下，得出作为丈夫的尊严定然受损的结论，省略指向直露的小前提。这演绎推理早在中学时候就学过了，当年的老师绝对没想到他教授的知识会叫学生用在这节骨眼上。

最近，她得悉女友又跟一个喜欢写诗的年轻讲师缠乎上了。时髦的姐弟恋，什么好事都让那个女人赶上了！女友告诉她说："没想到诗人的智商低得可怜，我不过随口夸他的诗，他就像发情的公猪。哇，不得了！一天一首诗，嘻嘻嘻，献给我的。"女友说这话时得意扬扬的样子简直就是拿一把利剑刺进她的心，非治治这个得意忘形的女人不可！

她早早就等候在公园僻静的湖边。秋意渐深的空气像一双柔长的手臂抚慰着她，湖光闪耀着岁月般恍惚的光线。面对眼前的湖泊，就是要吐露或者倾听秘密的，她几乎觉得这是多年以前某个特殊时刻的重叠。那个戴了绿帽子的丈夫挟着夜色如约而至，她的夜空也随之打开，那双逼视过来的发亮眼睛就是夜空里的星星。活见鬼，一见到他，她的上眼皮不由自主地跳几跳。她告诫自己这回别再胡萝卜打鼓，越敲越短了。她果敢地迎上前去。

他们在湖边的林子里漫步了一会儿，远远的月光透过树枝追随着他们，时而笼罩时而抽离，踩得吱吱作响的落叶声自脚下发出，却像是从辽远的地方传来的一般。走出林子来到一片月光地里，她觉得有必要开口了，于是站住，他也跟着站住，面对面地。她想起过去在学校里排演话剧的情景。当年老师教她防怯场的办法就是深呼吸。她深呼吸了一下。眼前这个男人的眼睛里分明是怀着丛生的疑窦甚至是迫切期待的。她内心掠过一丝不安，害怕这个牛高马大的男人等会儿听到真相时会像一袋面粉一样坍在她的脚下。她再深呼吸一下——

"今晚，我有些事情想跟你说。"

"尽管说吧，我洗耳恭听。"

"生活中有些事情是很无奈的。"

"是有这样的事情。"

"但你仔细一想，其实也没什么。"

"那要看什么事情。"

"怎么说呢，我觉得这样可能不太好……"

"你说的无奈指这个？"

"啊……不是这个意思，我不知道该怎么跟你讲……"

"我知道，有些话不说出来更好。"

她思索了几秒钟便明白了他们已经处于一种荒谬的状态之中。她慌乱地轻哼一声，然后固执地重复道："我真不是那个意思，我找你是因为……"

他用手指按住她的嘴，让她什么也不必说。这突如其来的 U 型转弯，令她突然发冷，她几乎想拔腿而逃，但拿不出一点力气，甚至还歪了一下。他坚定地把她向自己拉近，几乎没有受到任何阻碍。她第一次如此真切地看到这个男人的眼睛，与她想象中的迷蒙、苦涩简直是错了位的，她发现很久没有触碰到这样的目光了，这样的目光满蓄着被自己揶揄的"男人的致命伤"，她发现自己原来是这么的单薄脆弱，轻易地就被撞得四分五裂。有时鲜梨也能吃出烂味来。谁这么说来着的？哦，这话是那个恬不知耻的女人说的，是今晚她想告发的对象说的。其实，这话还可以反着说的。这时，她紧靠着那个男人，像一只失舵的小船突然停泊在码头上……

◎双　簧

作家罗勃可是往五十奔的人了，近一段时间觉得烦躁郁闷，像一套浸了水的棉胎。事因他想写一部自传体的小说时，检视了自己的人生阅历，不禁悲从中来。论才华，罗勃是当地小有名气的才子，然而仕途经历实在乏善可陈。虽然罗勃开口闭口拒绝功利和虚荣，其实只有他自己才知道他是多么看重这些东西啊！罗勃的额头因此而萧瑟荒凉，目光也散乱无神。

罗勃在着手准备"自传"的时候，还翻阅了大量的中外文学大师的传记，发现这些大师大多是情痴情种，罗勃翻检自己的情感积蓄，又不禁感慨万分，相对于这些文学大师，自己的爱情生活简直……咳咳咳……一口气喘不过来，罗勃剧烈地咳嗽起来，所以感到有些心痛。事实上，罗勃也曾经跟几个文学女青年套过磁，但因过于急躁，掌握不了男女间交往的适当火候，把人家吓跑了。即使现在文学太不值钱，但任何时候还是有一些富于幻想又善于交际的女孩或是准女孩喜欢跟作家打打交道的，于是罗勃心想自己成不了大作家，当不了小官，那就用几段绮丽的感情经历来照耀黯淡的人生吧。罗勃觉得自己该打起精神来了。

　　然而，罗勃想付之于行动时，却发现自己虽然胡诌了为数不少香艳的情爱小说，其实对女人是不太了解的。女人太难捉摸了。不过，经他的潜心研习，发现文学女青年，你说她漂亮不如说她有气质，你说她有气质不如说她文采与气质相互辉耀。其实无论男女，只要是赞美，不管多肉麻都愿意照单全收的。不要人夸的人可能是圣者，罗勃可还没遇见。对付文学女青年最有力的武器还是你要会背诵她文章里的句子，这一招罗勃可是屡试屡中的，他简直要去申请专利了。用这个法宝，罗勃把猎艳目标锁定在两个才女身上：一个是罗敷有夫的迷纯，另一个是云英待嫁的慕雪。

　　迷纯和慕雪简直不是人叫的名字，当然这是她们的笔名。从她们的笔名，大略也可以知道彼此的文风了。迷纯是个成熟的少妇，然而顽固地保留着一种少女情怀，可能是受琼瑶作品影响太深的缘故，整天情呀爱呀，听得让人倒牙。而慕雪呢，毕业于一所名牌大学，心高气傲目空一切，为人为文都有些造作。罗勃自忖，前一个捕获的机会比较大，后一个是有相当难度的，但假如使一颗冰冷的心温暖回春，那不是更有成就感吗？罗勃真是迫不及待了。

　　这两个才女一有文章发表，罗勃就在第一时间打电话向她们倾诉自己的读后感。其实，罗勃只匆匆地瞄一眼文章的标题，根本不知道这些才女们在抒什么情，就信口雌黄无边无际口水多过茶地赞美。这一招太管用了。对迷纯，因为她崇尚"真纯率真"，所以罗勃就会说"在滚滚红尘里还有这么一颗水晶般纯洁的心灵是多么可贵啊！"罗勃说这话的时候，鸡皮疙瘩不由得浮现出来，但对方听得津津有味，于是他的礼赞更加升级，只管放胆胡说，反正是不用收税的。打中慕雪的穴道是"哲学与理性"，盛赞她那些狗屁不通、逻辑混乱的散文已经达到了形而上的层面时，她几乎就要扔下电话光着脚投入罗勃的怀抱了。——当然，这是罗勃曼妙的臆想。

这天，迷纯与慕雪一同在红灯笼咖啡屋喝咖啡。她们的文章在同一版面上发表了。报纸刚到，罗勃就分别打电话给她们。这两个自以为是的女人文风迥异、性格不同，心底下彼此还瞧不起对方，却有着女人间琐碎的友谊。此刻，罗勃一前一后打过来的电话太让她们觉得恶心了。女人的小心眼，让她们觉得非得出一口气不可，让罗勃吃点苦头。

第二天，迷纯与慕雪分别约了罗勃到红灯笼来喝咖啡。迷纯第一个登场，豹子花纹的少女露脐装把胸脯凸显得犹如喜马拉雅山脉。罗勃也将自己的云贵高原头颅装饰一新，特硬的摩丝以非凡的敬业精神把所剩不多的植被稳稳地附粘在空旷的罗氏高地上。迷纯以一脸超龄少女的灿烂笑容迎接了他。罗勃一见迷纯就朗诵道："红灯笼咖啡屋的夏日情调是一管美国草莓冰淇淋，迷蒙而甜润。"这是迷纯的一篇文章里的句子。

"罗老师，您太让我感动了！"迷纯双手互握在胸前，眼睛笑得像一弯月牙。

罗勃与迷纯聊了将近一个小时，要不是罗勃心有挂念，这场漫谈不知要延续到什么时候。在要分别的时候，迷纯星眼晃动，一副恋恋不舍的样子："罗老师，您可要多多提携我呀。"

春心荡漾的罗勃说："你把发表过的文章拿给我，我要给你写评论，造造声势。"

在红灯笼咖啡屋门口，罗勃看见迷纯那种缠绵悱恻的模样，简直就要上演一出现代的十八相送了。可是想到还有另一种风味的艳遇在等待他，便克制住了。与迷纯分手后，罗勃装模作样地在附近转了一圈，又踅进了咖啡屋。他一眼看见慕雪坐在迷纯刚才的位置上，心头掠过一阵莫名的慌乱。这一个的智商比刚走的那一个无疑是高了点，所以赞美要自然而然的，先从被媒体炒热的某位成功作家入手，然后再把她的文章与之比拟。慕雪眼睛一眨不眨地盯着罗勃，罗勃简直就要将之定义为"含情脉脉"了。就在这时，罗勃的手机响了起来，是迷纯打来的，显然她还处于刚才被盛赞的兴奋之中，罗勃不禁哀怜起这个弱智女人来了。迷纯在电话里气喘吁吁地说道：

"罗老师，太谢谢您了，我……"

罗勃心弦似乎被拨动了一声，急切地问道："有什么你尽管说——"他侧耳倾听着等待着什么令他梦寐以求的话输送过来，不料迷纯却说："您……在哪儿？"

罗勃有些失望，瞟了慕雪一眼，压低声音说："嗯……在家里。"

"我怎么闻到一股浓浓的咖啡味呀？"迷纯在电话里头嗲声嗲气地说。

"是你留下的。"罗勃暧昧地说道，"咱改日再好好谈吧。"他收了手机，小心翼翼地看了一眼慕雪，正想续下被迷纯打断的话题时，慕雪的手机响了。只听见慕雪说道："喂，你好。我现在嘛，跟罗勃老师在一起喝咖啡呀，你过来吧，我们等你。"

意识到不妙的罗勃有些失态地追问："谁呀？谁呀？"

慕雪慢慢地转动着杯子里的匙子，幽幽地说道："最可贵的率真小姐呀，或许你们刚刚已经见过面了。"慕雪嘴角翘起的一弯笑意，这时在罗勃眼里仿佛是一把向他刺过来的匕首，寒气逼人。

作者简介

林昂（1964— ），多年来，陆续有若干小说散文在《作品》《广州文艺》《青年作家》《百花园》《小说报》《人民日报》《南方日报》《南方都市报》等报刊发表，其中微型小说《英雄与囡囡》获"《小小说选刊》首届全国小小说奖"优秀奖，小说《箜篌》《鲜艳血泊》分别获第三届、四届"伟南文学奖"三等奖。戏剧小品《送你一把伞》《红包定律》《好人》获广东省业余文艺作品奖一等奖，其中《红包定律》获 2000 年"中国曹禺戏剧奖·小戏小品奖"三等奖，《送你一把伞》《野菊花》分别获广东省第三届、四届群众戏剧花会铜奖、银奖。话剧《百花园纪事》（与人合作）获第五届广东省精神文明建设"五个一工程"作品奖。

于无声处显忠诚

陈年红　　陈舒腊

值此隆重庆祝中华人民共和国成立 70 周年的重大日子，不由地更勾起我们对父亲这位老一辈革命者深深的怀念。敬爱的父亲陈志华先生已经去世，走完了他光荣、奋斗的一生，享年 90 岁。他走了，留给我们的是无尽的思念和他对祖国、对人民无限热爱与忠诚，以及对工作认真负责、淡泊名利、刚正不阿的精神。2011 年 12 月 29 日，病重在床的父亲接到国家安全部颁发的荣誉证书，上面用金色字体写道："陈志华同志，长期艰苦奋斗于隐蔽战线上，忠于党，忠于人民，忠于国家，兢兢业业，无私奉献，甘当无名英雄，为国家安全工作和社会主义建设事业作出了突出贡献，特授'荣誉证书'。"荣誉证书序号为"006"。这掷地有声的评价，是党和国家对父亲一生工作的肯定，也是一个革命战士获得的最高荣誉。父亲一生荣获国家、省、市、县颁发的各种勋章、荣誉称号和荣誉证书无数。

◎怀揣理想砺意志

自古以来，人们就在不断追求梦想，从庄周的蝴蝶梦、陶潜的桃源梦到李太白的游仙梦、苏轼的赤壁梦，人们从来就没有断过追梦。无数中华儿女矢志追寻的强国梦一直牵引着这个民族砥砺前行，奋发图强。身处海外的游子亦倾情家园，魂系桑梓，铸就了一座座爱国、爱乡、爱家的丰碑。

奔流不息的湄南河，联结着中泰两国，涓涓流淌的河水浇灌着美丽富饶的黑土地，哺育着两岸人民。1925 年 4 月 25 日，父亲出生在泰国东北部清迈府，泰国名威集·威达蓬。7 岁被亲人带回澄海外砂老家。13 岁时，父亲又被家人带回曼谷，学习经商。他读书不努力，也不喜欢做生意，是个阿少公子哥。他喜欢四处游荡，好打抱不平，结交朋友。此时，他接触了一些怀揣革命理想的有志青年，在他们身上，父亲看到了另一种价值观和截然不同的生活方式，他们吃苦奋斗不是为了追求金钱名利，而是为了劳苦大众；他们流血牺牲不是为了成名成家，而是为了国家的前途、民族的命运。他们的言行让父亲从浑浑噩噩、萎靡不振的状态中觉醒，父亲希望追随他们的步伐，和他们一样做点正经事，于是和这些有志青年很合得来。在他们的教育、帮助和影响下，父亲有了自己人生的理想和奋斗目标，17 岁的公子哥从此走上了革命的道路。后来回到祖国参加社会主义革命建设时，父亲给自己起了个响亮的中国名，叫陈志华。

1942 年 5 月，在革命青年的影响、教育、帮助下，17 岁的父亲参加了泰共领导的抗日组织，被派到曼谷《真话报》当送报员。《真话报》是一家进步报社，通过报纸向民众宣传抗日主张，发动民众尤其是华侨捐款、捐物支援祖国抗战。每天不论刮风下雨，父亲都是腿脚利索地到处送报。后来他又被派到码头去当搬运工人，用搬运工的身份隐藏自己真实的身份。一个少爷肯抛弃舒适的生活去码头当搬运工，每天要扛着几百斤的货包来回地跑，吃的是粗茶淡饭，住的是窝棚，可想父亲对革命的信念和决心有多坚定。在工人中他积极宣传抗日救国的主张，发动进步青年加入革命组织，组织工人游行罢工，取得可喜成绩，被上级表扬。同年 7 月组织派父亲到泰国与中国、老挝交界的三角地带创建抗日革命根据地。游击区的原始森林里人烟稀少，看不到阳光，非常潮湿，根本没有路，只有瘟疫、瘴气和毒蛇猛兽以及蝎子、蜈蚣、蚂蟥等，住的是茅屋窝棚，食物和药品更是稀罕，连大蒜都成了大家救命的稻草。因为大蒜可以杀菌，能治肠胃消化系统的疾病。这么恶劣的生存环境及生活条件，对从小过着舒适生活的帅气小伙子而言，的确是一场生死考验。但父亲没有被这些困难吓退，他说："我不怕千难万险，只怕自己在困难面前投降。"他忠心耿耿地跟着泰国共产党走，不怕苦、不怕危险，为改变人剥削人的社会，拯救处于水深火热的劳苦大众，服从组织的分配，忘我地工作，满腔热忱地和战友们投入开荒、种地、修路、建桥、盖房，帮助当地居民发展生产，传播文化，改善生活与卫生条件。为了更好地开展工作，实现自己的理想，他还刻苦学习老挝、越南、柬埔寨语言及文字，并且刻苦锻炼自己的体能及射击本领。他出门常佩戴两支驳壳枪，枪法奇准，行动又敏捷，大家给他取了个外号叫"双枪虎"。该游击区如火如荼的革命浪潮，中国的《参考消息》（1973年3月14日第3版）曾有报道。而年轻的父亲就把生命和青春献给了那片火红的事业。父亲常和我们讲他最难忘的三件事：一是1942年年底的一个傍晚，在游击区，他与三名战士埋伏在橡胶园附近的一条公路旁，4个日本兵开着一辆货车急驰而来，当敌人进入伏击圈时，他们一起扔出了手榴弹，顿时，火光冲天，枪声阵阵，敌人被消灭，战士们夺得一些生活用品，但父亲右小腿上也留下了永远抹不去的一个弹孔疤。二是1945年8月15日，曼谷大街小巷像过年一样热闹，人们兴高采烈地庆祝抗日战争的胜利。父亲因表现突出，成绩卓著，泰共授予父亲"抗日先锋"的光荣称号，颁发奖旗、勋章。1946年7月，父亲被组织从泰、老边境调回泰国，并在泰国共产党内任职。1947年春，父亲又被组织派往越南参加"东南亚国际共产主义同盟运动"工作，父亲因工作成绩卓越，获得胡志明勋章一枚。三是在曼谷从事地下工作时，父亲发现大哥家在嵩越路有一间"X商行"，经常暗地里和日本人做生意，发国难财，他义愤填膺，偷偷带着游击队的同志一把火把大哥家的商行烧了，从此，兄弟俩反目成仇，直到1978年中国改革开放，中泰建交，八十多岁的大伯带着全家人回到故里寻根访友。此时，兄弟俩已经是耄耋之年的老人，一见面，大伯迈着蹒跚的步伐，拉着父亲的手，没有责备，只是说："你去哪里了？这么多年没有你的音讯，我们还以为你死了……"

　　1952年末，父亲和9位同志到中国参观、学习。组织没有经费，又怕暴露目标，他们只能从泰国步行出发，经老挝、越南等地，经历千辛万苦，走了一个多月才到达广西，再辗转到北京学习。此后，父亲一行就投入了国内社会主义建设，先后在西双版纳傣族自治州、文山彝族自治州麻栗坡和德宏傣族景颇族自治州参加土改工作，并被派往云南省军区和保山军分区担任培训"特工队战士"的教官。后调到德宏州公安局工作。父亲又被组织派往德宏傣族景颇族自治州，参加那里的清匪反霸和土地改革运动。爸爸去的那个寨子叫"芒棒"，他对口帮扶的农户家只有一个老妇人和几个未成年的小孩，家贫如洗，四壁是竹篱墙，不时地透着寒风，仅有的一条裤子要出门的人才可以穿，连个烧饭的大锅都没有。爸爸把部队发给的日用品省下来送给他们用，他们非常感谢，因为祖祖辈辈受当地土司的压榨，太贫穷了，表示都没用过这么好的日用品。如今共产党派来救星解放军和工作队，帮他们打倒恶霸土豪，分田分地，让贫困的人民过上好日子。父亲和这家农户同吃、同住、同劳动，给那家贫困的老妇人当干儿子。他怕对老人生活照顾不够妥帖，于是每天收工后亲力亲为帮其挑水、打扫庭院、喂猪、种菜，并教小孩子们学文化。常常几个番薯、几根酸腌菜就是一餐，环境的恶劣，生活的艰难，随时还要提防土匪的袭击。但父亲他们从来没有抱怨过，而是把满腔的热忱投入工作中。因为懂泰语，父亲要利用休息时间翻译宣传党的政策、方针，又要把民众的迫切愿望汇报给组织，他比别人都要更加忙碌。白天和其他同志走村串寨，访贫问苦，把党的温暖送到傣族同胞心上，整个傣族寨子的人都把他们当亲人。这些最早戍边援助边疆少数民族地区建设的拓荒者们，用实际行动维护民族团结，为巩固边防、建设边疆付出了美好的青春年华。

◎蒙冤受辱磨难多

1966 年，史无前例的"文化大革命"爆发了。父亲特殊的身份及复杂的工作经历，被当成"双重特务"、潜伏在云南的间谍组织的最大头目而被重点隔离审查。红卫兵时常冲到家中翻箱倒柜查找"证据"，找不到就打父亲，有一次竟把父亲的肋骨打断，还被双手反捆吊起来（老百姓戏称这叫"吊飞机"）审问，折腾一天一夜没有结果，当把父亲从树上放下来时，父亲的双臂已经脱臼。更严重的一次是那些居心叵测的人在审问父亲时，看到他口干舌燥咽了一下口水，便怀疑他把密码或特务名单吞下肚了，立刻把父亲送到德宏州医院开膛破肚，想找到什么证据来定罪，结果把腹腔翻了个遍，也没有找到什么证据，为此，父亲大量出血，当时母亲及时赶到医院为父亲输血，才救了父亲的一条命。从此，父亲腹部留下一道长长的蜈蚣形疤痕。

父亲因为特务嫌疑被革职管制起来，下放到"三棵树"、街坡农村的"五·七干校"劳动改造。关在那里的人都是"重犯"。他们白天放牛，劳动改造或写检查，要不就抓去批斗；晚上要学习《毛泽东选集》、写汇报，完全没有人身自由。父亲被打成"特务"，我们姐妹就是小"特务"，没有小孩敢和我们玩。周末、节假日，我们没有地方去又想父母，于是大院里几个"右派""反革命"的孩子们，相约一起步行到很远的街坡"干校"去看望被视为"牛鬼蛇神"的父母。父亲知道我们要去，早早就把牛羊赶到我们来的方向，在公路边不停张望，希望早点看见我们。尽管那时父亲在肉体和精神上受到非人的摧残，但他乐观、坚强，有着坚定的信念，从不在我们面前抱怨什么。每次见到我们都非常高兴，还把平日里自己舍不得吃的花生、番茄、菠萝等拿给我们吃，看到我们乱蓬蓬的头发，会动手给我们扎"小羊角辫"，嘴里还哼着样板戏："人家的闺女有花戴，你爹我钱少不能买，扯上二尺红头绳，给我闺女扎起来……"扎好后，他要仔细端详一番，并抚摸一会才让我们去玩。在那特殊的日子里，父亲为了让我们开心，会带我们去河边抓鱼、上山采野生菌子、野橄榄、野杨梅等，并把抓到的鱼、野生菌子等在地里挖个坑，把东西用芭蕉叶包好放在坑里，用火烧熟，那美味令我至今不忘。玩累了，太阳也要落山了，父亲就把我们抱到牛背上坐下，随着老牛晃晃悠悠地一步一扭，伴着美丽的夕阳和群山，慢慢地走回营地。此时，看着父亲坦荡的面容，望着如此美丽的山川河流，我们仿佛忘记了父亲是在"劳动改造"。在"干校"，一天傍晚，我们要回城读书了。当时，父亲送我们来到大路口，正好有一个同事骑着自行车出来，也要回城。父亲马上笑脸相迎求他说："我女儿太小，天又快黑了，麻烦你带她们一段路吧。"那个人理都不理，头也不回径直骑着单车走了。父亲求人无果，难过地走过来，摸着我俩的头哽咽地说："不要怕，慢慢走，要走路边；天黑时你们也快到城里了，那里就有路灯；姐姐要牵好妹妹的手，去吧。"看着父亲说话时面无表情，喉结一上一下地动，就仿佛吞下堵在喉咙上的异物，把所有的艰难困苦统统吞下去，使我俩懂得遇到困难时不要怕，要坚强，要敢于面对。至今，我们姐妹一提起那段往事，父亲那颤抖的声音，茫然、痛苦、无助的眼神就浮现在眼前，心里顿感一阵阵痛楚和苦涩。可想，父亲那时是多么坚强，多么不易啊！

我的妈妈也是泰国归侨，叫巫昭，是一名儿科医生。由于受父亲政治上的株连，母亲被打成"特嫌"，红卫兵给她挂牌，抓去游街批斗，剥夺她当医生给病人看病的权利，强迫她扫地、冲厕所。母亲在精神上受到严重打击，后来从德宏州防疫站下放到很远的"遮放"（德宏州潞西县遮放镇傣乡）进行劳动改造，却不发一分工钱。当时有人看到她生病，还带着两个年幼孩子的惨况，想帮她从缅甸边境过一条小河逃亡出国，被妈妈严词拒绝了。父亲当时遭到惨无人道的迫害，他过去的战友时为缅甸革命军的高级将领，听到父亲的不幸遭遇后很是不平，要接父亲去和他一起享福。父亲婉言谢绝说："若我不明不白地走了，就成为真正的叛徒了。"父母默默承受不公的待遇，常说："蒙冤受辱，已不是个人的事，整个国家正处在动荡的年代，国家和民众也在经受磨难；一个人真正成功的人生，不在于成就大小，而在于你是否努力去实现自我，走属于自己的道路，不断追求理想。"他们身处逆境依然热爱祖国，热爱中国共产党，始终坚信祖国会还给他们一个公道，给我们留下的都是满满的正能量。妈妈特别支持我们姐妹俩参加学校宣传队，利用周末到处去演出、宣传文明礼貌。即使改革开放后中国香港、泰国的亲人在闲聊中提及"文革"的旧事，替我们一家鸣不平，父母也绝不允许，争辩道："如果没有共产党的领导，就没有我们一家人今天的幸福生活！'文革'的旧事就让它过去吧。"他们就是这样坦坦荡荡，决不允许别人说祖国的一点点坏话。他们用自己的信念和实际行动影响着海外的亲朋好友，引导他们热爱祖国，感恩祖国，祝福祖国。他们用赤子之心诠释了什么叫爱国，什么叫忠诚。

1971 年秋，父亲从"五·七"干校回来，被迫调离公安战线工作，下放到保山县农机公司，当了一名仓库管理员。此时的父亲，蒙冤受辱，精神和肉体都受到了严重的摧残。但他依然保持着乐观向上的精神，虽然工作对象不同了，但父亲仍一丝不苟，认真守护着那些不会说话的机器，给零件编写排序，用机油把每台机器擦得亮亮的，并整整齐齐摆放好。没事时就拿起扫帚把仓库扫得干干净净。有时大型履带式拖拉机、插秧机运来时我们正在吃晚饭，父亲生怕司机等久了，马上放下碗筷，就去把这些大家伙从运输车上沿着一个三角形的斜坡，慢慢地把车倒下来。每每这时我和姐姐都会跑到车后面帮着看，并不停地给父亲提示，生怕父亲看不清，退到旁边的小河里。父亲受过特工训练，没有什么事能难住他，什么机器都会摆弄，什么车都会开，不会发牢骚，而是干一行爱一行，兢兢业业，认真负责。我们都认为父亲是很了不起的人。有一天，和仓库一墙之隔的造纸厂原材料——麦秆堆着火了，广播不停播放："造纸厂着火了，大家快去救火啊！"我和姐姐及小伙伴们急忙跑去看，只见那里早已围了很多人，有消防车、解放军战士和群众不停地往麦秆堆上泼水，救了好一阵子，明火不见了，但麦秆堆还冒着浓浓的烟。为了彻底排除隐患，解放军战士和公安武警搭了好几个长梯子，一把一把地把麦秆抓出来，没有明火烧的麦秆，熏得人眼睛都睁不开，直流泪，不时有人被浓烟熏倒抬出来抢救。在许多忙碌的身影里，我看到了父亲。他就像一个听到冲锋号的老战士，在国家、人民的利益受到威胁时，奋不顾身地投入战斗。晚饭时，喧闹了一天的保山城终于平静了。人们都陆续回家，父亲天黑了才回来。

他疲惫不堪，衣服也被烧破了好几个洞，匆忙吃了两碗饭，换了件衣服说："今天好在扑救及时，不然国家的损失就大了，我今晚得去那里守着，防止半夜风大，死灰复燃。"说完，他就匆匆走了。那一夜，父亲和一些人就守在麦秆堆旁。几天后，广播里传出表彰灭火英雄的好人好事，我们听到父亲的名字，肃然起敬。

1976 年，"四人帮"打倒了，全国各地一大批冤假错案平反了，但父母遭受迫害的事仍无动静。一天晚上，父亲把全家人聚在一起，神秘而又严肃地说："我要去北京上访，我要去申冤……"蒙冤受辱的父亲泣不成声。全家人静静地听着他说个没完。去北京，没有路费怎么办？只好把姨妈刚从香港寄来的"三大件"——凤凰牌双杠自行车和凤凰牌缝纫机卖了做路费，只留下 18 英寸飞利浦彩电。经过三番五次努力上访，父母的"历史问题"终于得到平反昭雪，父亲回到公安战线工作，母亲也恢复了原来当医生的职务，还补发了被扣去的好几年的工资，一家人别说有多高兴。此时的父亲整个人的精、气、神都焕然一新，常常哼着小调去上班，对工作更加热爱和尽职。

◎侨务工作暖人心

据新闻报道：1979 年 2 月 17 日至 3 月 16 日，中国在自卫反击战中占领越南北部 20 多个重要城市和县镇，一个月之内便宣布对越作战取得胜利，撤出越南。其实，自 1977 年秋，中越关系就很紧张。在罗家平大山、法卡山、扣林山、老山、者阴山等地区相继爆发边界冲突，越南军方肆意骚扰边民，甚至向边民开枪。后来发展到越南政府大量驱赶、排斥中国侨民，大量难民聚集在广西、云南边境无家可归，流离失所。父亲受省委工作组委托，亲自带队去云南与越南边境的红河洲接难民回到祖国怀抱。那几个星期，每天都有几辆解放牌大卡车把难民接回来，住在保山市招待所。这一场景引来很多市民围观，他们议论纷纷，指指点点。招待所内临时设有一个难民接待站，24 小时服务。父亲承担着接待任务，整天都在接待站热情地为那些惊魂未定、妻离子散、无家可归的人当翻译，安排吃住。这些难民颠沛流离，财产被没收，亲人又走散，情绪都很低落，不停地哭泣，有的不肯吃饭，有的还生病了。父亲耐心地安慰他们，还积极为走散的难民四处寻找亲人，为适龄读书的孩子联系就读学校。他为难民忘我地工作，连家也回不去。由于不停地与难民沟通，过度疲劳，声音都沙哑了，还不停比画着说话。每过两三天我要给父亲拿换洗的衣服去，又把脏衣服拿回家去洗。后来，这些难民被政府安置到昌宁柯街华侨农场。他们总算有了安身之地，可以安居乐业。父亲由于工作认真负责，获得了一枚由中央军委奖励的写有"自卫还击"的纪念章。

毛泽东同志指出："我们要消灭敌人，就要有两种战争，一种是公开的战争，一种是隐蔽的战争。"周恩来同志说："没有情报工作，就没有胜利的保障。"隐蔽战线工作是党和国家革命事业不可分割的重要组成部分，隐蔽战线上的无名英雄是我们党的钢铁脊梁，是共和国的忠诚卫士。由于国际、国内形势严峻，加上"文化大革命"时砸烂公检法的后遗症还没有消除，国家安全建设迫在眉睫。父亲被组织从昆明派到西双版纳勐腊开展工作。在勐腊，为了不引人耳目，他们的工作站都建在偏僻的乡村或山坡上，那里环境异常艰苦，茅草比人还高，晚上睡觉，有时蛇会爬进屋子，钻进被窝或鞋子里取暖。用水更是不便，要靠人一桶一桶地从山脚下挑上来，更没有什么娱乐生活，只有一个上海知青小杨喜欢唱歌，还教大家下棋，父亲则教他们泰语、越语、老挝语。每天几个人轮流骑自行车到山下集市买菜，自给自足。建好一个工作站，父亲又奔赴另一个新地点忙碌。常年奔波在思茅、文山、大理、腾冲、瑞丽等地建工作站，守卫着祖国西南边陲少数民族地区数百公里的边防和安全。由于父亲工作的特殊，他一直不在我们身边，我们也无法照顾他的生活。我们姐妹俩参加高考，直到大学毕业、分配工作，都很少见到父亲，只有放假，我们会追随父亲的脚印去寻他，一家人才能团聚，常听他讲一些惊险的故事，什么蛇爬到屋里了，骑自行车掉沟里了，越野车翻到山下又爬出来了……他总结自己的生活是：喝水靠人担，开门用脚踹，常年无蔬菜，冬天吃干菜。听得我们是一惊一乍，大气不敢出。那时，同学们好几次问我们，怎么从没有见过你父亲？他是干什么的？在什么地方工作？我们都不知道怎么回答，心里在想，父亲啊您在哪？此时，于无声处的您，在干什么？还好吗？平安吗？

◎乐为侨乡献余热

"未肯容颜老，犹争气象新。"1986年底，父亲结束颠沛流离的生活，回到故乡澄海县安度晚年。当时，举家迁回，搬家的东西真多，路途又是那样遥远，而爸爸却执意要带上一块很大很重的云南大理石。当时我们不解地问他："这么沉重的大理石，路途又那么遥远，真要搬到澄海吗？你要拿它做什么呢？"爸爸神秘地对我们说："这块大理石太重要了，我要用它来做咱澄海县归国华侨联合会的牌匾。"我说大理石这么重，用一块好木材做就好，又轻又好看，爸爸却说："石头永远不会腐坏，你懂啥，我革命了一辈子，要做就要全力做到最好！"这哪里是讨论材质轻或重的问题？这块大理石出自云南，是云南标志性的特产，是父亲建设边疆40多年对七彩云南红土地深深的眷恋和无私抛洒青春热血的有力见证。见到了大理石，就像见到他工作战斗的地方。于是，这块沉甸甸的大理石就和我们一起乘着飞机回到了澄海，后来终于刻上了金光灿灿的大字——"澄海县归国华侨联合会"。从此，这块石牌就一直挂在澄海凤翔街道南葛洋侨联大厦的大门上。每每看到这块牌子，父亲为改革开放、为侨乡建设而经历的许多往事就浮现在眼前。

回到家乡后，父亲似乎变成了另外一个人，他说虽然离休了，但身体尚好，又赶上改革开放的大好形势，作为经济特区的汕头百业待兴，父亲决心一定要发挥余热为家乡做些力所能及的事。于是，他主动到侨务部门要求工作，成为县侨办一名编外人员，做到退而不休。此后，人们经常看到一位年过花甲、不怒自威的老人。他说起话来，声音像洪钟般响亮；走起路来"蹭蹭蹭"雄劲有力，大家亲切地称呼他为"老番客（潮汕话，意为国外回来的人）"、"老华侨"、"老革命"，这是他作为侨联一名编外人员的尊称。父亲是澄海侨联的名誉主席，无论冬寒夏暑，刮风下雨，他都坚持上班，他协助政府接待"三胞"（即侨胞、台胞、港澳同胞），宣传党的侨务政策和改革开放的大好形势，联络乡情梓谊；为华侨寻找失散多年的亲人；在侨联大厦里接待一拨又一拨回乡探亲、旅游、观光或考察的华侨。一位在泰国的华侨吴先生，听说唐山有一位帮人寻亲的老人，便写信来侨联请求帮忙寻找从未见过的亲人。父亲经过多方调查、走访，终于在莲下找到吴先生失散多年的亲人，让他与家人团聚。澄海是侨乡，为此，父亲积极向澄海主管侨务工作的领导建议，通过泰文信函、电话及举办各种联谊座谈会，邀请海外华侨来家乡多走走、多看看，及时向海外华侨通报信息，让他们即使身居海外，也能很快知道祖国改革开放取得的丰硕成果，悉知家乡的变化。每年春节前夕是父亲最忙碌的时刻，澄海各级政府部门，如澄海县委、县政府、统战部、工商联、侨联以及澄海13个镇街道各级党委侨联，向海外寄出的春节慰问信、贺年卡有三千多封，都是父亲一个人亲自翻译和打印完成的。当时，领导出访、落实侨房、华侨回国定居、出国留学、入户籍、考大学等都需要各种各样的证明文件，父亲就把华侨所需的各种资料，把泰文翻译成中文，又把中文翻译成泰文，解决了侨亲的各种难题。他还托在泰国的好兄弟王秋强先生、陈顺义先生买来录音机、中英文和泰文打字机以及《中泰大辞典》、泰国地图等一批工具，在工作间隙搜集华侨各社团、乡会观光团名册、名片，广告上的地名，曼谷各区、县、街道的名称，将之编排成册，并把泰国 72 府的各区县街道名称，做成资料汇编成册，翻译的时候就能又快又准地查找到地址信息。父亲不仅充当一名翻译，还积极了解各种侨情，为解决侨亲、侨眷遇到的各种难题而四处奔走。在帮忙泰国华侨陈意君女士落实侨房问题时，因为她暂时没有落脚的地方而且语言不通，父亲便把她接到我们家暂住。等到陈女士的侨房问题解决了，我们也多了一个无话不谈的好姐姐。父亲默默无闻、无私地牵线搭桥，在众多泰国华侨的慷慨捐助下，当时澄海最美的地方都是由华侨捐资兴建的，比如华侨公园、华侨医院、华侨小学、华侨中学以及正大体育馆等。父亲老有所为，为桑梓乡亲做了大量好事，深得人心。父亲骨子里的"中国心"赢得了海内外华侨、华人的称颂。有人将他的感人事迹写成文章在报纸上发表，父亲心里很高兴，总是说"这些都是我应该做的"。作为一个革命干部，他不忘初心、永远跟党走，继续发挥余热，做到一个共产党员就是一面旗帜。1989 年，父亲荣获全国"老有所为精英奖"，2004 年荣获汕头市委组织部表彰，评为"老有所为先进个人"。在中华人民共和国成立 60 周年的大型庆祝活动中，父亲再次获得由中共中央、国务院、中央军委颁发的金质奖章一枚，上面写着："庆祝中华人民共和国建国 60 周年。"在参加纪念中国共产党 90 华诞的百歌歌颂党的大型演出时，父亲作为十位特邀老革命代表之一，接受少先队员们的鲜花献礼，并接受汕头电视台记者的特别采访。父亲在接受采访时激动不已，用颤抖的声音大声说："共产党好，社会主义好，祖国万岁！"这是一个坚定的革命者在生命暮年的肺腑之声。

此外，父亲还积极为风窖老家兴建华侨小学、修路、建设乡卫生院等四处奔走，筹集善款，并为家庭困难的学生资助学费和生活费。他经常教育我们，不因善小而不为，不因恶小而为之，要有爱心，要勤俭自强，助人为乐。2008 年，四川汶川大地震时，父亲为灾区民众捐出"特殊党费"，受到了大家的赞扬。澄海县委组织部根据父亲的感人事迹拍成纪录片，用于教育党员干部。

父亲虽然离我们而去了，但他慈祥的笑容和热爱祖国、用自己一生的热血守护国家的利益、人民的利益，淡泊名利、任劳任怨、坚忍不拔、无私奉献的高尚品德，永远留在我们心中，激励着革命的后代继续前进。像父亲这样的老一辈革命者用生命和鲜血开创了中国的新纪元，革命的后代一定会继承和发扬先辈们优良的品质，传承父辈们为国为民、无私奉献、坚守使命的顽强精神，责无旁贷地担当起振兴祖国的重任，继续前进。

作者简介

陈年红（1960—　），澄海外砂凤窖人。中共党员。1985年在澄海区外事侨务局工作。主要是做宣传接待和资料收集工作。所摄照片有100多张被选用，如被国务院侨务办公室存档，在《广东侨报》《汕头日报》等刊登。获国务院外交部、国务院侨务办公室颁发的"全国先进侨务工作者"称号。澄海区人大代表、历届汕头侨联侨务委员。

陈舒腊（1962—　），陈年红胞妹，笔名舒心。汕头市第二中学教师，现为广东省侨届作家协会副秘书长、广东省作家协会会员、汕头市侨联归侨作家联谊会副秘书长、汕头市作家协会会员。有报告文学《于无声处显忠诚》（合作）、《乡村田园写春秋——汕头市全国种粮售粮大户马镇顺》、《田字格里三代人的接力跑》，散文《潮汕地区最狂热的是"营老爷"》《重焕青春的老宅》《那碗榄仁香芋饭》《织补：淡出生活的手工技艺》，诗歌《纪念抗战胜利70周年大阅兵》《匆忙回家路，团聚年夜饭》《汕头创文谱新篇》等各类文学作品近25万字发表于报刊。有多篇新闻报道、文章获奖，有的还被海外刊物转载。

田字格里三代人的接力跑

——汕头市"全国种粮售粮大户"马镇顺三代人的故事

陈舒腊

◎一个农民企业家的诞生

农业是国家的基础，务农重本，国之大纲，因此关注"三农"和振兴乡村建设尤其重要。

在这样的历史背景下，汕头市潮阳区和平镇塘围村有一个典型的中国农民，他用勤劳、智慧、大爱，一路披荆斩棘，勇于开拓创新，一辈子朴实无华地只做好一件事，那就是好好守护土地、种粮、多打粮食，用辛勤的汗水和布满老茧的双手耕耘农田，播种希望，收获勋章，他的名字叫马镇顺。这些年来，马镇顺家的事迹成为舆论的焦点，在报纸、电视、网络上都传得沸沸扬扬，获得的荣誉证书和勋章摆满了他的陈列室。

中国的农民千千万，但像马镇顺一家三代都从事农业生产，并获得诸多荣誉和光荣称号的并不多见。早在 20 世纪末，马镇顺就率先成立了"和平潮顺粮食生产示范园"。2003 年马镇顺被评为"全国种粮大户"；2004 年获"全国粮食生产标兵"称号，并获得农业部奖励的东方红拖拉机一台。拖拉机上印有大大的黄色字体"奖"，下面写有：农业部 7504。2006 年马镇顺被授予"汕头市劳动模范"的称号；2005 年马镇顺入选《2005 年中国人物年鉴》，称他是个"拾荒者"；2008 年被省政府评为"人民好委员"；2009 年再次被评为"全国种粮大户"，并选为第十六届亚运会汕头火炬接力的火炬手；2011 年被国务院农业部授予"全国种粮销售大户"的称号，再次获得国务院奖励的东方红—LX1104 拖拉机一台，拖拉机上印着鲜红的大字，上面写着"奖：全国种粮售粮大户，中华人民共和国国务院"；2017 年荣获"中国农机行业年度农机化杰出服务奖"，并接受国务院及农业部长的亲切接见。2019 年再次荣获由中共中央、国务院、中央军委颁发的"庆祝中华人民共和国成立70周年"纪念章一枚。

　　然而，人们只看到马镇顺获得如此多的荣誉和鲜花掌声，却不知道他的人生有诉不尽的艰辛。当年马镇顺的父亲马林明因受到家庭的影响，没有读书机会，是一个老实巴交的庄稼汉。马镇顺在兄弟间排行老四，也因家庭出身，只读到小学毕业就没有机会再读书，小小年纪就跟随父亲下地种田，从父亲那里他学到了如何选种，如何插秧。为了满足全家10口人生活的需要，马镇顺还常到练江河里抓鱼捕虾，养鸭种菜。即使这样，全家人的生活还是很艰难，没有充足的粮食，他们不得不吃番薯叶、挖野菜充饥。到22岁时，还要和5个兄弟挤在10平方米的小房子里，婚姻受阻。为了全家人的生活，后来马镇顺每天早上三点多就要骑自行车到揭阳炮台载薄壳等海产杂物来养鸭，沿途要从和平到潮阳，再从西胪至关埠，再从京北过渡到揭阳炮台，全程60公里左右。那么远的路，踩单车时常常把大腿肉都磨破了。但每日无论刮风下雨，还是烈日炎炎都必须前往。有时遇到台风下暴雨，道路泥泞，自行车链条都踩断了，还要背着200多斤的东西在雨中步行回家，常常回到家已是深夜12点，随便吃点东西果腹就和衣而睡，第二天天还没有亮，他就如往常一样去揭阳炮台载薄壳等物来养鸭。马镇顺出外载薄壳养鸭搞副业被大队批评，认为是弃本经副，属于不务正业。他只得每天出8毛钱向大队买工。生活中的种种困难及坎坷，并没有让年轻力壮的马镇顺退缩，反而培养了他吃苦耐劳、乐观向上、努力拼搏的性格。这为他后来成为全国种粮售粮大户、劳动模范奠定了坚实的基础。到了20世纪70年代末，年轻的马镇顺已经是个种田好手，浑身有使不完的力气。但在家务农还不能解决温饱，就带着订婚不久的未婚妻陈淑琴和乡里的30多人，开着捕鱼船顺海到香港去投奔姑母，希望在香港能实现自己的梦想，寻求生路，却被香港海事局以非法入境拘留数天教育后全部送返原籍。此时的马镇顺身强力壮，年轻好胜，对未来怀着美好的希望，却找不到可以施展自己才能的地方，很是憋屈。

　　1978年，在粉碎"四人帮"后，中国随之进入波澜壮阔的改革开放时期，实行了"农村联产承包责任制"。这让26岁的马镇顺如久旱逢甘露、如鱼得水而兴奋不已。他除了承包自家的责任田，看到生产队还剩有三亩多田没有人承包，就主动全部承包下来，全家人勤耕力作，当年就获得了粮食的丰收，解决了温饱。粮食还有剩余就发展家禽养殖业和海产捕捞业。其妻陈淑琴贤惠能干，能吃苦，常常和丈夫到田间干活，夫妻二人每次从田间干完农活回家，都累得筋疲力尽。马镇顺骑着自行车载妻子坐在车后架上，他总要再三叮嘱：一定要打起精神，千万不能睡着了，万一从车上跌下，麻烦事就来了。妻子实在太困了，有时打个盹就从车后座上跌下来。这个勤劳贤淑的妻子，任劳任怨，全力以赴支持丈夫种田搞副业，苦心经营着自己的小家，养育着六个孩子，照顾着老人，日子虽苦，但和和睦睦、相亲相爱，这样简单的日子倒也让他俩感到幸福。

为了扩大生产，落实承包责任田后的第二年，马镇顺看到有的人弃田经商，承包的责任田闲置荒芜，便主动上门和这些农户商量，把承包地转租过来，这样，马镇顺在村里收了不少丢荒闲置的农田，生产逐步扩大。到了第三年，马镇顺还不满足现状，踩着自行车到邻近的井都镇去找弃荒的土地。去到井都镇却受到了阻挠，有人在路边拦截他并威胁说："你的手伸得也太长了，怎么敢跑到我们井都来租地？"甚至要打他。即使这样，不服输的马镇顺仍没有放弃到周边乡镇继续租种闲置弃荒土地的决心。这个地地道道的种田人，看到成片耕地被抛荒，感到非常痛心。他很久以前便萌发了承包种植水稻的念头。他不愿意看到那么多的土地闲置没有人耕种，一天到晚骑着自行车到处转悠。功夫不负有心人，逐渐地他把租种弃荒耕地的面积从几亩、几十亩，扩大到几百亩，甚至上千亩。马镇顺这种坚定不移的事业心，在乡、镇、区里都出了名，得到了上级领导的重视，并给予大力支持，为其提供各方面的帮助。1998 年开始连续 7 年，全家人在亲友的支持下，义无反顾地承包了本村及邻村抛荒的农田，团结了村里可以团结的劳力，大家一条心，采用优良品种，用现代化的耕作技术，大干特干。功夫不负有心人，汗水换来了丰硕成果。马镇顺以承包经营方式最早办起了优质粮食生产基地。在潮阳区和平镇及周边村镇，承包耕地规模化种植水稻，2003 年承包荒地面积达 3 800 亩，水稻种植面积达 7 600 亩。承包土地分布于潮阳区和平、贵屿和潮南胪岗、峡山等四镇的八个村。后来党中央出台了一系列扶持粮食生产的政策，尤其是粮食直接补贴和最低保护价政策，大大调动了种粮农户的积极性。马镇顺也不例外，他劲头更足了。在原来的基础上，他在潮阳区铜盂镇集量村又承包了抛荒的土地 350 亩，平整种植水稻又获成功。目前，他承包的荒地面积已达 4 150 亩，年水稻种植面积 7 950 亩，年产稻谷 3 570.8 万公斤，年纯收入 80 多万元，年上缴租金 20 多万元。在马镇顺的示范带动下，潮阳区、潮南区年种植面积 30 亩以上的种粮专业户就达到了 866 户，水稻种植面积达

10.83 万亩，抛荒弃耕的现象大为减少。从他还最早办起了"汕头市潮阳区和平潮顺粮食生产示范园"，实现生产、服务、销售一条龙，到今天的经营规模，成了一个名副其实的农民企业家，令人叹为观止。

◎田字格里的接力赛

大儿子马学杰是一个有志气、有抱负的青年，从部队转业回来，看到父亲大办农业那么辛苦，放弃当公务员的优厚待遇，毅然决然回到农村，成为父亲的得力助手。随着农科技术的发展，传统的耕作方式已难以适应现代农业生产的发展。打从脱掉皮革跨入农田起，马学杰便一门心思钻研农业与农机技术。他刻苦好学，肯钻研，把在部队学到的管理方式用于家庭的农场管理，很见成效。他带领两个弟弟马学仕、马学丰一路开拓创新，从一名农业门外汉逐渐成长为生产能手、技术尖兵，改变了祖辈延续下来脸朝黄土背朝天的农耕模式，走上了一条农业新型发展的康庄大道，农业生产实现了机械化。一架架无人机在他们的手中腾空而起，在稻田上空来回播种、飞旋喷药植保。无人机水稻播种和植保技术的推广，既节省了化肥，减少了农药的使用，环境也得到更好的保护。现在无人机从播种、施肥、收割，生产效率比十几年前提高了40多倍。为了使农户获得更好的收益，他们引导农户种植优良品种，扩大丝苗米种植面积，建立丝苗米示范园，请专家到现场传授现代农机应用及管理知识，并通过智能无人驾驶插秧机作业演示，推广农机化新装备、新农机保养的常识，还举办农机培训班，总结出推广农机化新装备新技术、促进农业机械化发展的十大忌：一忌将螺钉和螺栓使劲拧紧。拖拉机传动箱、汽缸盖、轮毂、连杆和前桥等重要部位的螺钉或螺栓，其使用工具和拧紧力矩在说明书中有专门规定，如人为拧紧会造成螺钉和螺栓折断，或螺纹滑丝或拨扣而引起故障。普通螺钉或螺栓，其拧紧力矩一般可按4倍于螺纹直径的拧紧力矩等。二忌更换润滑油不清洗油道。很多农机手缺乏维修常识或懒惰，在更换润滑油时不清洗油道，自己为自己埋下安全隐患。要知道，润滑油经过使用后，油中机械杂质残留很多，即使放尽润滑油，而油底壳及油路中仍存有杂质。尤其是新的或大修后的机车，试运转之后杂质更多，倘若不清洗干净就急于投进使用，很容易引起烧瓦、抱轴等意外事故。三忌不按季节选用润滑油。四忌安装活塞用明火加温。五忌安装汽缸垫时涂黄油。六忌将油门置于最大供油位置。七忌对新车不认真检查保养。八忌水箱"开锅"急速加冷水。九忌急加速。十忌用机油替换刹车油、齿轮油。多年来的实践，他们通过统一品种种植，统一销售，顺杰丝苗米的优质品牌正在消费者中树立起来。但马家父子兵的宏图斗志不限于此，他们要跨出国门，将他们的事业做得更好更大，让中国农业的声名再次振兴。马学杰在2010年3月参加广东省首届"农机推广杯"水稻机插秧技能比赛，荣获冠军；2017年8月被评为"广东省百佳新型职业农民"；2017年12月，荣获"全国农业劳动模范"和"农村创业青年优秀带头人"称号；2018年5月荣获"广东省五四奖章"；2018年9月获国务院农业部授予的"全国十佳农民"光荣称号。这些荣誉，对他来说是一种鼓励和鞭策，他要更努力地投身到发展现代农业机械化中去，积极推广新技术，完善粮食烘干储运的建设，为更多的周边农户服务，让越来越多的农民过上好日子。人们对马家父子们坚守农业给予高度评价，认为马镇顺作为"拾荒者"，坚守了传统农业，儿子们则在传统农业的基础上，给农业生产插上了科学的翅膀，他们在田字格里进行着接力赛。

◎田园沃土写春秋

现在，每年元宵过后，一场场蒙蒙春雨，把潮汕大地染得一片翠绿；田间地头便彩旗飘扬，"发展农业生产，促进乡村振兴"的横幅标语格外醒目。隆隆的拖拉机声拉开了春耕的序幕，马镇顺一家此时早早就做好了准备。因为春耕谚语说得好："春耕不肯忙，秋后脸饿黄。庄稼不认爹和娘，精耕细作多产粮。"在老父亲马镇顺董事长的亲自领导、监督下，三儿子马学丰承担着育秧的重要任务。因为育秧是春耕最重要的一环，种了一辈子田的老农马镇顺有着丰富的种植水稻经验，立春刚过，就忙着育秧。他们买来最好的营养土，先把粮种用水浸泡一天左右，再把种子放在育秧箱里，包上塑料膜催芽，要使种子在16度以上慢慢发芽，若温度低于16度，种子则不会发芽。种子在恒温下经过43天左右的生长，绿油油的秧苗长到一寸多长，就可以运送到田头备用了。2020年，顺杰农机种养合作社建起了全自动化的育秧大棚，为周边几个乡镇提供秧苗。大儿子马学杰负责用机械犁田，平整土地。合作社推出14台拖拉机、12台插秧机，奋战一个多月，平整了近一万亩土地，为插秧做好了充分的准备。并为周边2 500多户农户提供服务，覆盖5万多亩耕地。二儿子马学仕则负责管工，协调田间地头、育秧、后勤工人的调配及农资的供给。春天里阳光和细雨交替，微风吹面不寒。春潮涌动的江南，万物开始新一轮的蓬勃生长，肥沃的土地也正等待农民热情的拥抱，勤劳的农人抢抓农时，他们携着美好的憧憬，奔向田野，播撒希望，忙碌于田间地头。马家父子们和合作社的社员们争分夺秒抢时节，哪怕冒着绵绵细雨播种也不敢懈怠，他们播下希望的种子，期待来年又一个大丰收。放眼望去，绵地千里皆春耕，生机勃勃一片绿。马家父子们就是这样年复一年地坚守在土地上，不断地播种、收获。这位全国劳动模范、种粮能手马镇顺最爱说的是："手中有粮，心中不慌。"最不愿意看到的是耕地弃荒。我们也深切地感受到农民手中有粮，生活才能小康，国家才能富强。

值得一提的是，2020年春节，突如其来的新冠病毒蔓延全国，热闹的城市顿时悄无声息，人们恐慌之时，甚至抢购、囤积大米。马镇顺董事长得知此事后，大年初二，在雇不到工人的情况下，全家人开机碾米，保证市场供应。还捐出大米两万斤，捐出8万元救灾善款，迅速购买一批消毒液、口罩、免洗抑菌洗手液等防疫急需物质。为打赢疫情阻击战，马镇顺一家再次站了出来，勇于担责，奉献爱心，为社会尽了一份力量。

"鳄鱼大王"杨海泉

郑 · 生

　　杨海泉先生是世界闻名的鳄鱼大王，他跟其他有成就的事业家一样，所走的人生道路也是十分曲折的。

　　杨海泉先生祖籍广东省惠来县，1926年出生于泰国北榄府海口村，父亲叫杨清水，母亲叫郑素兰。杨海泉因家庭经济困难，只念了一年书便失学了。他12岁那年开始替人家当小佣工，也当过照相馆和客栈的杂工，还当过金铺的小伙计。他年纪虽小，干起活来却十分卖力。后来他被法国东方汇里银行的买办刘某赏识，认他为义子，并带他到银行办事。杨海泉在银行办事两年，积得近300铢泰币，便向义父提出辞职。刘某感到很突然，问他为什么要辞职，他坦然回答：老是待在银行，会妨碍他独立创业，因此决定离开银行，独自谋求出路。刘某见杨海泉小小年纪竟有此大志，暗暗赞叹，估计杨海泉日后定能出人头地，于是欣然同意他辞职。

　　杨海泉先生于1941年离开银行后，便利用这点小本钱做起小买卖。他到市场上采购肥皂、火柴、蜡烛等日常用品，用单车将货物载到一些杂货店进行推销，从中赚点"脚皮钱"。1943年，杨海泉先生又与他小时候的同学蔡秉鑫及义弟合资，在泰国现在的华侨医院旧址附近，开设一家小杂货店。他们同心协力，生意倒也不错。谁知好景不长，杂货店不久遭到日本敌机的轰炸，本利全失。对此，杨海泉感到非常痛心，只得又回到义父身边，义父向他询问有关情况，他遂将不幸遭遇如实告诉义父。刘某听了，没有责怪他，劝他安下心来继续在银行办事。杨海泉虽然答应留下，但是只隔3天，他经过一番思想斗争之后，终于决定再一次外出冒险。

　　1947年，杨海泉先生第二次离开银行，到处寻找发展机会，怎奈一时前途茫茫，只得在外过着凄苦的流浪生活。后来，他到市场走访，发现一些鳄鱼皮制品惹人喜爱，十分畅销。杨海泉先生受到启发，暗暗下了养殖鳄鱼的决心。于是，他向二哥借了500铢泰币做资本，深入山区，向猎人请教养殖鳄鱼的知识，并向猎人收购鳄鱼种苗，在四丕耶住宅里建起一口小水池，进行养鳄试验。他一边自己刻苦钻研、摸索，一边继续到深山向猎人请教，认真学习养鳄、捕鳄的技术常识。功夫不负有心人，1950 年，杨海泉先生试养鳄鱼终于取得成功。这给他很大鼓舞，使他对发展养鳄事业更加充满信心。

1951 年春，杨海泉先生将养鳄地址迁到北榄府湄南河下游咸淡水交汇处，面积约 10 英亩。养殖场是他自行设计的。后来，随着鳄鱼的大量繁殖，养殖场面积规模也不断扩大。1966 年，杨海泉先生筹建鳄鱼湖，鳄鱼湖建成后，命名为北榄鳄鱼湖，并正式向游客开放，先后有不少国家元首和各种代表团到该湖游览观光。北榄鳄鱼湖因而成为国际有名的旅游胜地，杨海泉先生也因此名达声扬。自 1976 年以来，杨海泉先生先后荣获五等泰皇冠勋章、童军奖章、陆军署荣誉勋章、四等皇冠勋章、三等白象勋章和全国模范事业家称号等崇高荣誉，备受世人推崇。《世界日报》《京华中原联合报》《工商日报》《京华日报》《新中原报》《泰中日报》等均报道过杨海泉先生的创业史。

1985 年 3 月，中华人民共和国主席李先念前往泰国进行国事访问期间，也于 3 月 12 日亲临北榄鳄鱼湖游览观光，高度称赞杨海泉先生坚韧不拔的创业精神，并挥毫题词："祝鳄鱼湖兴旺发达！中泰友谊万古长青！"

目前，北榄鳄鱼湖已是一个拥有面积 300 多英亩的半科学设备的养殖场，除繁殖着 3 万多条鳄鱼外，还豢养着熊虎豹鹿、大象猕狲以及多种多样的飞禽走兽。所有这些，都是杨海泉先生在创业的道路上，通过顽强拼搏、奋力开拓而得来的硕果。

作者简介

郑生（1962— ），笔名江中月、文戈等，汕头市人。生于一个新加坡归侨知识分子之家，大专学历，中共党员。广东省民间文艺家协会会员、中华对联文化研究院研究员、中国楹联学会会员。1984 年起开始从事业余文学创作，已先后在国内外报刊发表各类文学作品 200 多万字。作品多次获奖。已出版了《贤媳妇》《旅途奇遇》《岁月如歌》《笔画人生》《品读春天》《让妻》《故乡是井都》共 7 部著作。

童年随父访友记

谢秀琼

人已年过半百，童年与父辈共度的岁月的情景却记忆犹新。时常回想起改革开放前夕那年春日父亲带着我和弟妹三人造访几公里外的友人家的情景。

沿途的春景赏心悦目。丽日和风，溪水潺潺，嫩草抽芽，鸟歌虫鸣。微微湿润的空气清新怡人，夹带着泥土的芬芳和路旁茼蒿花的清香。我们姐弟三人无忧无虑地追逐嬉戏，观察田间各色的蜻蜓，采集黄白相间的野花送给即将拜访的友人。

父亲之友名为许斯通，复旦大学化工专业毕业后留学美国，后为国家建设需要归国，是当时父亲管理的兵工厂的总工程师，我们称他伯父。每每造访，父亲与伯父都相谈甚欢，但所涉及内容大都是工作上的事情，年幼的我们并不能明白。尽管如此，我们却依然被他谈吐时自信坚定、温文尔雅的神色所折服，十分地敬重和钦佩他。

父辈忙于谈工作，负责招待我们的是伯父的妻子罗旋阿姨。每次我们来，伯母都会拿出各种稀奇的零食招待我们，比如腥味儿特重的鱼肝油丸、飘散着淡淡香气的奶粉。这些都是伯父的爸爸从泰国寄回来的。每当这个时候，我们就会围成一圈，一边吃着量不多但却胜在新奇的零食，一边兴致勃勃地听伯母讲老一辈的故事。

有些故事充满了惊险和传奇，对我们来说是百听不厌的。我们尤其喜欢伯母讲她当年在东江纵队做秘密联络员的事。她时而打扮成身着旗袍的富贵人家的小姐，时而打扮成手挽菜篮的农家妇女，警惕地穿梭于敌军阵营里传递情报。

听到危险紧要的关头，我们会忍不住屏住呼吸，感觉自己就置身在敌方危机四伏的阵营里。我们也会问伯母是否害怕，因为一旦被抓住，后果不堪设想。这时候她总会笑着回答我们："那个年代，大家都把性命置之度外了，还有什么可怕的。只希望任务完成，革命胜利。"这时我们也会好奇地问起伯父的事情："伯母，你和伯父怎么认识的？""你们打日本侵略者的时候，伯父在哪里？""伯父为什么要回国，他的父母不伤心吗？"伯母告诉我们她与伯父是在高中认识的，两人都怀着"同赴国难，共纾时艰"的理想，许多方面都能产生共鸣。伯父学业优异，希望用知识和才能为国防事业作出贡献，使国家不再受外敌侵略，因此高中毕业后继续深造。而罗旋阿姨则在老党员的引荐下，加入了革命的队伍。尽管分隔两地，但二人常有书信往来。这些书信，伯母都认真保存着，偶尔也会拿一些给我们看。"烽火连三月，家书抵万金。"这些珍贵的信像长长的丝线，连接着伯父与伯母，寄托着对爱人的思念和对祖国不可割舍的羁绊。

伯父回国投入国防事业后，其父母临终前再未见到儿子一面。尽管偌大的家业亦无人继承，二老选择支持儿子的理想，每月寄给儿子一家各种物资让他们安心工作，让他们与当时全国千千万万的家庭一样，将一腔热血和赤诚，投入到祖国的和平和建设中去。

伯父伯母的故事对我的影响很深，那种身在他乡，却心系故乡的赤子之情深深地震撼着我们。那是那个时代不可磨灭的烙印，是难以割舍的情怀，是永不熄灭的火焰，跨越时空，一代传给一代。

如今祖国已迎来 70 华诞，祖国繁荣，人民幸福。身在海外的游子，亦不再有离家漂泊之感，因为祖国在海外的影响力已经大大提升，到处都有唐人街，商铺里摆满了故乡的特产；遇到任何困难，我们可以直接向中国大使馆求助。强大的祖国是我们最坚实的后盾，我们为身为中华儿女而感到骄傲，但是请不要忘记海内外千千万万心系祖国的革命前辈努力奋斗的果实。无论身在何处，无论国家遇到什么困难，请永远自豪而勇敢地站在祖国一边，因为这是中华儿女的根，是先辈用热血和汗水灌溉的土地。

未来的路还很长，日后亦可能随子女移居海外，只是永远不会忘记那时那地的暖阳。

作者简介

谢秀琼（1962— ），侨眷。澄海人民医院医务工作者。热爱写作，早年曾于《汕头日报》发表过若干篇工作随笔，并著有多篇专业论文，发表在《中华医学杂志》《中华护理杂志》等著名刊物，并获邀在重大会议上宣读。退休后仍笔耕不辍。

我和我的祖国

朱庆洪

孩提时观看黑白电影《上甘岭》，那炮火连天、尸横遍野的残酷场面至今记忆犹新，我们的志愿军在坑道里，弹药、粮食、药品极度缺乏，仅剩的一个军用水壶里的少许水轮流传递，许多战士嘴唇干裂了都舍不得抿一口就传给下一个……顽强的爱国主义精神让他们苦苦撑过了 24 天。

战斗间隙，美丽的女卫生员为战士们唱起了歌曲《我的祖国》："一条大河波浪宽，风吹稻花香两岸……这是强大的祖国，是我生长的地方，在这片温暖的土地上，到处都有和平的阳光。"

在歌声和黄河两岸的画面中，战士们顽强的爱国主义精神深深地感染着我，祖国深深地扎根在我的心里，我渴望快点长大，像中国人民志愿军一样手握钢枪，保卫祖国。

少年时因为骑马，我摔伤了，右臂粉碎性骨折！大人们都说这孩子这辈子不能当兵了！

1977 年恢复高考，对于不谙世事的我无疑是另一束光照亮了我的人生。我开始刻苦学习，早上不到六点就起床跑步读英语，晚上就着昏暗的灯光做习题。1979 年以 330 分考取全国重点大学西南交通大学。高考开启了我梦想的时代。

大学毕业后，我被选中入伍。没想到，我儿时当兵的梦想以直接任副连级军官的方式实现了！

我心中充满了骄傲！

我在部队工作奋斗了 17 年，参加和负责的项目先后获得过全军和国家级科技成果，作为单位最年轻的正团职研究室主任，我成功组织、指挥并完成了多次国家大型试验任务。虽然因为工作地方潮湿缺氧，我落下了一身的病，但为了祖国的强大，我无怨无悔！

2000 年底我转业到汕头，担任汕头市科技局生产力促进中心主任。

2000—2001 年的汕头处在经济的最低潮，我决心把在部队中养成的严谨、认真、负责、雷厉风行的作风带到地方，带领生产力促进中心这个团队为全市重大经济、科技规划和活动提供信息咨询服务及决策依据的同时，全力为汕头企业科技创新工作服务。汕头市科技局生产力促进中心作为粤东唯一的创新基金服务机构，做好协助和指导企业完成创新基金的注册、资料组织、申报辅导等工作，多年来，帮助企业获创新基金立项项目共 25 个，获国家资助金额几千万元。

由于工作出色，2010 年我荣幸地代表汕头科技界担任广州亚运会火炬手。作为第 38 号火炬手，我高擎着亚运火炬，内心无比幸福和激动，祖国强盛是我最大的愿望！

省委、省政府支持汕头建立化学与精细化工广东省实验室，我被抽调加入筹备组，筹备组任务繁重，我迎难而上，在与几十个大学、科研院所的专家团队接触的日日夜夜，我充分利用自己在国家核心实验室工作的经验和阅历，与科研人员交朋友，让他们充分了解汕头建立省实验室的意义和发展思路，并大力宣传汕头的发展蓝图。经过一年多的精心筹备，化学与精细化工广东省实验室于 2019 年 1 月 10 号正式挂牌运作，为广东的科技创新发展史，乃至我国化学化工科技产业发展史上写下浓墨重彩的一笔。

2019 年 2 月 17 日晚，作为汕头侨声合唱团团员，我有幸参加了"春天交响"——2019 年汕头元宵群众欢乐汇综艺演出。演出最后，我们和著名男中音歌唱家廖昌永一起高唱《我和我的祖国》："我的祖国和我，像海和浪花一朵，浪是海的赤子，海是那浪的依托……"

泪水朦胧了我的眼眶，因为每一句歌词都是我的心声！祖国，你永远在我心中！我永远都是爱你的赤子！

<hr>

作者简介

朱庆洪（1963— ），广东南雄人。毕业于西南交通大学。汕头市科技局生产力促进中心主任。

昨天、今天与明天

林伟光

我曾深深体会海外华侨对家乡强烈的情感，那是对根的眷恋。家乡在我们的心头，是一份牵挂，一种乡愁，距离愈远，愈是浓烈。

走进宗祠的那一刻，或者，对他们而言，是对身份的认定，是对故国历史的回归，于是，每当此际，我就仿佛置身于历史长河。人不管他乐不乐意，总归是历史河流中的一滴水，有前世今生，也有未来，除非地球不存在，或者发生什么不可逆转的变化，我们的历史总是得续写下去的。

历史不是从来就有的，这里是指那些连篇累牍的，比如我们中国的"二十四史"之类，用文字写的历史，是文明社会的标志。历史在"二十四史"以前即存在，历史只有被文字记载下来，它才不致如风吹絮般飘忽。却说上古之世，我们知道东方的中国有一个唐虞盛世，西方的希腊也有一个昌明世界，这是实际存在的，我们可以确信。但又凭什么如此确信？只有依赖文字的记载了。

历史当然昭示从前，一切的过往无不因此形诸字面，盛与衰，如影图形，无所遁逃。有什么用？可以知兴替也——当然为了借镜，因为前之所有，今未必绝迹。十分让人惊诧的，我们读历史时，每每不由得惊心动魄，魑魅魍魉的鬼脸，常常可以从历史上看到。知古以警今，这是我们读历史的意义。但这也仅仅是其一而已。人不是从石头缝里蹦出来的，大概只有一个孙悟空，他得天地灵气，若干千万年忽然迸裂，跳出一个石猴儿来，当然惊天动地，大约不是常态，连玉皇大帝都惊动了。不过，这是神话，即吴承恩为了显示笔下孙悟空的不凡，故弄的玄虚。那么，不过小说家语，即写成文字，也当不了历史，也不好一概而论的。人们喜欢神话，故意摆弄些玄虚，无非强调其不凡，那些先圣贤人，没有一个是普通的出身，履神人脚印，吞星斗之类，不一而足，在眼花缭乱中，我们只有更加叹服，不敢不相信的，宁信其有不信其无。他们不是常人，是神人，凭什么和你我一样？中国人其实更憧憬神秘，越玄虚越高兴。比如每一姓氏，都有一本追溯源流的族谱，如今装潢得尤其豪华典丽，厚厚的一个精装本。但在我读来，其实不如线装书，更可以引发我们思古幽情。族谱就该如此的。我们何妨也来小说家语一番：进宗祠，燃一炷清香，不为其他，表达慎终追远，然后，族中长者，即族长吧，想象应该一个有白胡子的老头，不一定长袍马褂，却穿着很庄重的服饰。他恭敬地打开一个漆金或者仅仅黑漆锃亮的盒子，捧出黄绫包裹的族谱。气氛庄严而神秘。我们一颗心怦怦跳动，充满期待的激动。黄绫一重又一重，那么耐心地打开，我们的心随着眼睛，不断地紧张跳动。族谱终于露脸，一函的线装书，蓝色的封面，捧在手上，我们不能不虔诚，其中记载什么其实不重要，我们知道自己这瓜瓞绵延的族群，根脉源流，就在其中。或者有好奇的，想揭开看看，我却劝你不要存这份心，除了近代的，遥远的，其实十分模糊，想真正打破砂锅弄个清楚的，却不可能。

远古之事难说，说不清楚，当然不说。何况，在中国姓氏，虽说是一种血缘之验证，也还不都是如此，有时因种种原因，或攀缘或避祸，诸如此类，也有因此改姓的，有什么奇怪？有时延续下去才是最重要的，其他都可以退居次要。因此，这所谓的姓氏，有时不过一种文化的认同。这是事实，可惜大多数人未必会认可。

我读过很多姓氏的族谱，总有这样的感觉，似乎是详近略远，而从始祖，或开基祖一路下来，大都一脉单传，要到某一个历史时期，大约是关键的筋节处，才见出明晰来。这种历史脉络颇值得怀疑。好像多少都有势利的元素，不是么？我们的祖先很少是一个无关紧要的人物，有的可能是显赫或有作为的官员，至少是历史或本地名人。六桂齐芳——这是有一门出六个进士的；九牧家声——这是祖先中有九位先后当过州郡守的。有的还强调他的皇族的血统，如鄙姓林，来头不小，一直认祖至殷朝的比干，有因此而刻印曰：殷室王孙。招牌够响亮的。

某日，我参观濠江的一座杨氏宗祠，富丽堂皇，这是海陬，祖辈以前都以讨海为生，时移境迁，此际当然不再如此了，或读书或迁居，有的更是远渡重洋，到了海外比如南洋等国。也已从事别的行业了，如从商当官为艺者，而慎终追远，建此宗祠，想起祖辈出身，觉得不甚显耀，于是，聪明者即变通，借来同宗中做官的先人，也不怕乱认祖先，即供奉为祖，谓之"宦祖"。不能不惊叹此举的高明，却也可以从另外的方面证明了上面所说的，所谓的文化认同。

血缘—姓氏—宗亲，就这么重要？我接连参加了两次大规模的宗亲活动，无不与祭祀相关，一为修祖墓庆典，一为建祠堂落成。那个场面，真的令我目瞪口呆。规模大而隆重，成千上万人参加，这还只是派代表的。也有远从国外来的，风尘仆仆，可是精神状态饱满。族中长者，长袍马褂，瓜皮小帽，这是礼服，我们现在多数只在电影与电视剧里看到，这就有一种距离感，即不是在当下，仿佛是遥远的时空中的人物，一切仪礼，遵古法制，我们看去总归是烦琐，从前读书时对一个成语印象深刻，却总是不得要领，即"繁文缛节"，这回仿佛真的明白了。

当时鸣炮之后，随着司仪一迭声的"跪—兴"，自己却有些时空错乱的感觉，正在恭敬行礼的长袍人物，我看去也十分滑稽。虽然抑制自己这么去想，这是不够庄重的轻佻，但对不起呵，我真的不能回避这像是一种演戏的感觉。后来，自己超脱了当时的情景，反思之，益发认为这是一种演戏，无论什么仪式、庆典或祭祀，都是一种表演，所谓敬神如神在，祭祖如祖在，关键者乃是这种规范的程序，我们按照既定程式表演，也就俨然是那么回事了。

正在读知堂的《祖先崇拜》，这是他写于"五四"时期的名篇，符合那个时代的精神，字里行间犹见风雷，一股捣乱的流氓痞气。他与同时代的知识分子，都有一种勇往直前的勇气，要与传统决裂。当然矫枉有时过正，如顾颉刚之不承认大禹，说是一条虫，钱玄同甚至要改汉字为拉丁语，一时之间，疑古成风，自然对"祖先崇拜"也力斥其妄。

祖宗崇拜，自古皆然，本来是纪念，说是"报本返始"，一种由衷的感恩，即不忘根本，其实是无可厚非的。或许最先也是如此。因思念已逝亲人，逢忌日或年节——每逢佳节倍思亲，遍插茱萸少一人，就想让亲人也共享这快乐，或追叙往昔的快乐，或述说今天的幸福。大约这就是纪念的由来了。

或者也有让后人永远记住的因素，人是健忘的，如果不忘记，把什么都堆在脑子里，被从前的事占满了，还能活吗？不过，太健忘了也不好。祭祖或者祖宗崇拜，当不无这种因素存在。只是后来，过分崇拜祖宗，就崇拜出了毛病来了。

我们先来探讨过分崇拜祖宗的原因，或者我们这些后人，愧对先人，越混越糟，与先人比太不出色了，则可能如九斤老太之哀叹，一代不如一代。结果，由愧生敬，越发地对祖宗恭敬起来；或者我们活得不如别人滋润，难免要嫉妒，在这种微妙的心理下，我们既不能改变现实，又不服输，只好拼命地去翻族谱，查光荣历史，如阿Q先生所惯用的，也来一个"精神胜利法"，诅骂：妈妈的，老子的祖宗比你阔多了。因此也陶陶然了，胜利了——我手持钢鞭把你打，锵锵锵。

这种心理，你不要以为你无，不经意时，或者就冒出来了。也不懂得这是怎样的心理，祖先的阔，或者这么说吧，就是千古一人的孔圣人，智慧万古璀璨，我们高山仰止，可是，荣光到底是他的，而不是我们，有什么可吹的。何况，这些伟大的人物，其实已不仅仅是某个家族的光荣，乃是整个民族，乃至全人类的光荣了。

"五四"人物的先进思想，即使历经近百年的沧桑，依然不掩光彩，尼采说过，你们不要爱祖先的国，应该爱你们子孙的国。这是先哲的话，先哲者其睿智可以超迈具体的时空，放射无尽的光芒。先哲的话，事实是常识，没有什么微言大义，只是我们好高骛远，把心思都用在玄远而不切实际上，倒把事实之类的常识忘了。

有时候，更多的时候，我们与其过分去虚无缥缈中求索，那些虚幻的，还不如一两句日常的话语来得切实。

祖先有祖先的荣光，我们有我们的荣光，没有过去就没有当下，没有当下，哪有明天？

那么，我们去追述祖宗的历史，就没有意义了吗？也不能如此说，数典忘宗，乃要不得的，不过，看我们怎么读又怎么地来书写了。

读陈骏峰的《三炷香》，即使不能单纯把它与宗族史等视，固然它还是离不开写宗族的历史。中国人最是眷恋故土，安土重迁，这儿无论富庶丰饶、风光秀丽，还是穷乡僻壤之区，只要有先人辛劳的足迹，有先人几辈子的庐墓，就是温馨的家园，就有割舍不下的牵挂。可是事实上，我们却不断地被驱使着背井离乡，那些不断南迁，又西迁，北迁复东移的足迹，无不与我们的家园越行越远。当作出这决定时，可以相信只有一个"苦"字可以诠释，这不是一种主动的抉择——当然在今天的地球村的语境下，或者被认为是缤纷多彩了。这是今天，究竟多少已有了若干积极的成分，同样的逃离故乡，其实逃离云云已不再是苦涩了，不过煞有介事的矫情，逃离的过去有我们的不堪回首，前途即使不是笃定意义上的光明，其实也有激动人心的憧憬。

可是，从前不是如此，选择是被迫的，如灾祸战乱，这是人类生存最大的威胁，人最大的目的，当然乃是为了更好地生存，苟全性命于乱世。虽说"政治"一语近世才出现，因为与阶级斗争之类纠缠一起，人们多半厌言，其实，政治者无处不在，譬如乱世，即晋代八王之乱，宋元刀兵之灾，及至明清间的烽火连天，无不是政治关乎国运民生。生当乱世，保命要紧，挈妇将雏，只好一路逃亡，在南方不少姓氏的族谱背后，无不隐藏着这么一段血泪辛酸的历史。

遥远的岁月，似乎模糊了历史的生动，不少的族谱于此语焉不详，空白与谜团，在后人缕缕的香烟里淡远。

陈骏峰却顺着先人南迁的足迹，试图还原那当日的生动，让空白不空白，谜团解开，当然十分不容易，一两千年的时间，尘埋了多少故事。

一路行来，如今人们已经拥有现代化的交通工具了，当下也不是"鸟飞也要半年还"的往昔，或者不再跋涉，我倒怀疑陈骏峰能否体会到当时南迁人们的艰辛。过去的凭着蛛丝马迹悬想，改变了许多，所谓沧海桑田者也，凭今天的坦途去遥望当年的崇山峻岭，那是不可能的。一切的悬想，他虔诚地写成了文字，这是令我们肃然起敬的，可是与事实究竟距离多远呢？

我们只知道，历尽了艰难，生与死的煎熬间，这些刚强的人们活了下来，也在这片人烟稀少，原本荒芜的地方扎下了根。他们是逃离了那个遥远的家园的儿女，在陌生的地方又孕育了一番生机，成了另一些人们的根。

播迁一直是中国人永恒的主题，漂泊难道真成了我们的宿命？北与南，海外重洋，新大陆旧家园，就这么纠缠着，最是安土重迁的人们，却总是越行越远，我们的家在哪儿？

我们常常说，血浓于水，血缘纽带联结我们，于是有了宗亲，有了姻亲，地缘因此有了乡亲。那些回不了家的人们，海外的游子，故国只在梦里，乡音也就倍觉亲切，相逢时也就有了一谈的冲动，相同的语境下的那些人情风物，那些曾经的欢乐与苦涩，无不成了美丽的回忆，勾起的乡思，把我们的心拉近了。

家在哪儿？说远不远，说近不近。或许，就在我们的心里——午夜梦回的殷殷思念，絮絮叨叨的缭绕乡音。

有一个族群，别人称他们为"客"，这是自居为主人者对他们的称谓，后来他们也自命为"客"，自称"客家人"。我总觉得这个称谓多少有些滑稽。为什么？何为主何为客，根本就是纠缠不清，山水无今古，风月孰主宾？只有先来与后到，又论什么主与客。必得以先到者为主后来者为客？其实多少有强词夺理之嫌。不过，约定俗成的力量，也不是那么容易颠覆的，反正一个名称而已，不叫这即叫那，又有什么关系。

其实，我们都摆脱不了这一个"客"的身份，天地如逆旅，你我者匆匆百年，更多的生年不满百，不过寄居而已。

前不见古人，后不见来者。如此怆然又哪里只一个陈子昂？故圣人孔夫子也发出"逝者如斯乎，不舍昼夜"之慨叹。每一代人其意义说白了，都是承前启后，只有极少数人物，伟岸的哲人，他可以光耀千古。连帝王将相的结局都一样，黄土垅一堆，再多情也没有用处。

但很少有人看到这一点，或者也难以做到洒脱。我们耳熟能详的有这么一句话，分成前后两截来说吧。前半截是"光宗耀祖"。如何"光宗耀祖"？寻常的理解自然是出人头地，也可以这么说的，即比祖宗做得更出色。本来一代胜一代，或者青出于蓝而胜于蓝，这都是顺理成章的；却也还真的不好如此肯定呢，洞察玄奥的鲁迅，借着一个九斤老太的人物哀叹说，一代不如一代。——这可也真是千古的浩叹。

不管它胜或不如，有的人把"光宗耀祖"与建祠堂联系在一起，毕竟能够建立一座祠堂，也应该可以理直气壮地说"光宗耀祖"了，这是看得见和摸得着的。先人应该也毫无异议。这就多少可以理解，中国人历来是怎么看重宗祠的。这是纪念的场所，我想其意义大约与勒铭刻石及修史，都同等的分量，是值得人们为之奋斗的事业。如此说，我忽然脑海中灵机一动，马上联想到了世界上形形色色的纪念馆之类，它们的意义何尝不亦是另一种的宗祠？只是宗祠是氏族的，纪念馆云云则更是属于一个民族，或者某一个利益的群体。

这里还要提及那句后半截的话，这是不能分割的，好比对联的上下联语，与"光宗耀祖"恰好互相映衬，即是"封妻荫子"了。"封妻"当然是给妻子的一种炫耀，却也不无若干抚慰的成分。比如小说家语中的薛仁贵们，一介草莽，哪里有谁把他看成一个人物，衣物尚且不周，可是偏有某豪门小姐，却独具慧眼识得英雄，愿意抛弃现成的荣华富贵，守住一个破寒窑，风里雨里苦等他十八个春秋，去追求一个虚幻而美丽的梦。据说，这个破窑如今还在某地，我想，也不必去考证它的真伪，考据家们的考究真是大煞风景，要破坏多少世间的好事啊！然而，这个"封妻"却是对这种艰辛代价的补偿。我们不说值与不值，也不说这期间的酸涩，以及究竟意义有多大，这都通通可以挂起。因为不好衡量，彼时或者称誉这是怎的有价值，但此时或者又会有另外的标准，时移世易，也不好说总是一成不变，不过，付出却并非没有着落，她满意，我们代古人落泪的也不无所得，却也已可满足了。试想，万一真的没有着落？这失望可该是多么可怕。然而，话至此也就可以搁下了，另外说说其下的那个"荫子"，这才是最重要的，所谓无情未必真豪杰，好像还没有不为子孙计的呢？当然出发点是极好的，努力使子孙永好。瓜瓞绵延，乃至无穷——怎么绵延又是另外的话题，这里且不说它。在我们中国，骂人的话层出不穷，可是有一句最具杀伤力，即是断子绝孙。你试骂骂看，不与你拼命算是好的了。可见这是多么严重的大事情。

断子绝孙之可怕，乃在于会使若敖之鬼馁矣，这不是为了个人，却是为了整个宗族，是对列祖列宗的犯罪。于是，前人说过"不孝有三，无后为大"。因此之故，就有堂皇的理由把糟糠之妻赶下堂去，只见新人欢笑，又哪里管得了故人的哭泣？

或者，当下也多少已经有些改变了，丁克家庭的出现挑战了这一传统；但我们也看到，却也还未能从根本上完全改变，这"不孝有三，无后为大"，在今天可还是某些男性出轨的理由，说不堂皇吗？大家也不好真的去指责他，大都笑一笑就敷衍过去。传统的思想，却是如此根深蒂固，难道都动摇它不得了么？

还有呢，那个"荫子"也造就了多少"官二代"与"富二代"，所谓八旗子弟可是把有清一代推向了万劫不复的境地，殷鉴不远，原本可以有所警惕的，可是，你看看呵，跋扈的那些轻裘人物，骄奢淫逸，早不知今夕何夕了。

触目惊心的事实，历历在目，昨天的即是历史，今天的转瞬也成了历史，未来的也不例外的，终究会成了历史。

我们的人生，无非由昨天、今天与明天组成，还有意料之外的吗？人类也如此。我们沉浮其间，有时可能迷茫，身在其中，沉溺既深，或者无法自拔，这其实十分可笑；再聪明的人也会犯糊涂的，大约这就是"聪明一世，懵懂一时"者吧？忽然想起了某个历史人物，比如周作人，为什么会想到他？也是有些缘由的。最近，当自己"无事此静坐"时——有争分夺秒的自诩者会以为这是浪费性命，不佞却也万万不敢苟同，有时也还是要"无事此静坐"的，或者休息，即冥思也可；或者拿本什么书看看，身在浮华世间，学得偷闲，乃浮生一乐，不信，你且试试。何况还不只如此耳，记得身体残疾的史铁生，他的思想都是这么得来的；举个更大的人物，释迦佛祖，他也不讳言自己是在菩提底下悟道的，悟即必须冥思，万千世界纷至沓来，亿万色身目不暇接，一朝勘透，也就"阿弥陀佛"。

却说我的"无事此静坐"，并非冥思，小子何能，岂敢妄拟伟人，结果当然是读书，所读者即这位周二先生大作。其文章之好有目共睹，又何待乎我言。这里要说一点自己的困惑，即由书上看，他何其明智，于历史现状，人情世态，所见者深，可谓洞若观火。但这么老辣的人物，于大是大非当前，却又是这么的昧于自明，终陷于泥淖不能自拔。类似的矛盾，于历史上又何独知堂然？这种费解，或者强作解难者已经不少，可我们要知道呵，处于另一种环境里，我们可以随心所欲地说，却都不过自说自话而已。于是，想起庄子的"子非鱼"说，十分叹赏他这种先知的睿智，可惜，我们却往往溺于此，该为其笑了。

昨天、今天乃至明天，我相信没有一个明显的分割；不过，因为我们的生命有限，我们只能活在历史的某一阶段，就不得不做此分割，这也是一种无奈而已。

作者简介

林伟光（1963— ），笔名任之、小元、萧岩等。中国作协会员、中国散文学会会员、汕头市作协副主席。著有《纸上雕虫》《书边散墨》《诗意栖居》《书难斋书话》《难忘的记录》《南方的音容笑貌》《艺谭》《书林信步》《一个读书人在汕头》，文学作品曾获第八届全国冰心散文奖，广东省报纸副刊优秀作品一、二、三等奖，汕头市文艺奖，陈彦灿桑梓文学奖。新闻作品曾获全国省市新闻奖及汕头新闻特别奖。已发表各类作品近300万字，散见《人民日报》《文艺报》《光明日报》《散文选刊》《文汇报》《中华读书报》等海内外报刊。

旅泰侨领姚宗侠

马东涛

姚宗侠先生祖籍系汕头市潮阳区，少年时期在祖国家乡就学，毕业后执教于棉城平和东学校及城厢第二中心学校。抵泰国后，执教于泰京公立培中学校，再改业随父营商，先后自创酒厂，开展纺织、房地产、汽车代理等业务。现任泰国中华总商会永远名誉顾问，泰国潮州会馆名誉主席，泰国潮阳同乡会副理事长，开源纺织有限公司、振宁地产有限公司、联泰机构有限公司等多家公司董事长。

姚先生一向关心支持家乡的各项建设，自改革开放以来，他先后捐资2 500万元人民币支助家乡公益福利事业建设，以拳拳赤子之心谱写了一首动人的爱心曲。

改革开放初期，姚宗侠先生回潮阳家乡，目睹当时医院处境艰难、陈旧落后，即解囊捐资港币300万元，兴建一座命名为"中泰大楼"的住院大楼。该楼的建成，使姚宗侠先生成为改革开放后，潮阳最早的热心于家乡公益福利事业的海外人士。

由于姚先生自幼受中华文化教育之熏陶，因而对文化教育事业特别重视和支持。1996年，他看到家乡母校校舍已跟不上形势发展的需要，又一次捐巨资1 250万元人民币，在潮阳兴建了一座雄伟壮观、新颖别致，可容纳6 000多名学生的"姚宗侠学校"。此后，他再捐款人民币200万元，在学校设立学校教育基金，作为师生奖教奖学之用。

为改善家乡人民的生活环境、美化家园，姚宗侠先生还捐资人民币580万元，在潮阳城区中心兴建姚宗侠公园及修筑河堤路道，更进一步体现了一个海外赤子一往情深的爱国爱乡之心。此外，他曾捐资在灵山寺及大北岩各塑大佛一尊，在大北岩建佛殿之龙柱。同时，积极前来参加家乡的水改事业，获得家乡人民的赞扬。

姚宗侠先生平素为人急公好义，不但体现在对家乡公益福利事业热心献诚，而且对国内的公益福利事业也悉力以赴。

改革开放初期，他毅然投一笔巨资，与上海侨办合作成立"海外华侨汽车服务公司"，并亲自赴日本定购一批三菱汽车运抵上海经营，由于经营有方，成绩斐然。5年后业务结束，他把赢利全部捐赠给当地"人口福利基金会"。

十几年前，他为了完成上海侨办设想了10年未能完成华侨大厦的夙愿，便在上海发动来自世界各地十多位侨领共同集资兴建了一座华侨大厦。至今，该大厦仍为中国最大的"华侨之家"。

多年前，经国务院侨务办公室的引洽，他分别捐资在山东省乳山市和山西省昔阳县崔家村建"姚宗侠希望学校"各一座。

对国内一些文物古迹或景区的修复或建设，姚先生也鼎力相助。他曾捐款在宁波市天童寺塑药师佛像三尊，又捐款为上海玉佛寺安装大殿之灯饰……

为敦睦乡谊，促进与中国的交往，姚宗侠先生还多次来中国和组团来中国访问，以及多次应邀参加国内国庆观礼等活动，受到国家领导人的亲切接见。

姚先生热爱中国、热爱家乡，多次捐资支援桑梓及中国各项公益福利事业建设，因此，他先后被授予"汕头市荣誉市民"和"汕头市海外联谊会名誉会长"的光荣称号。

作者简介

马东涛（1963— ），笔名际云，潮阳和平人。大专学历。从小热爱民间艺术，曾师承黄雨、郭华、陈创义诸先生。1981年开始发表作品，至今发表各类作品300多万字，获奖40多次，出版专集20余册。传略被收入《联旗飘飘》《中国现代艺术人才大集》《潮汕人物辞典（艺术卷）》。曾任《潮阳报》编辑、记者。现系中华对联文化研究院研究员，中国楹联学会、广东省民间文艺家协会、汕头市作家协会会员，汕头市民间文艺家协会理事兼民俗文化委员会副主任，潮阳区灯谜协会副会长，潮阳区非物质文化遗产专家组成员。近年致力于对联创作，作品先后入编《中国楹联年鉴》（2004—2006）、《中国对联作品集》（2007年卷和2008年卷）、《中华精英盛世感言录》（2008）等大型典籍，并获"中华精英颂歌贺盛世"征文一等奖和2008年中国奥运冠军题赠嵌名活动优秀奖。

芳华如风

何京兰　李　洁

　　再回曾经工作多年的基地，心中感慨万分，基地的变化令人震撼，今非昔比。但回到老区，那里的一草一木，仍旧那么熟悉，曾经的青春往事一幕幕在眼前浮现，特别是见到不少老战友，让我们倍感亲切。但这次回来，我还有一个目的，就是带着我找寻多年的亲妹妹同行。由于各种原因，我和妹妹在不同的地方、不同的家庭成长，45 年后，我们得以团聚。人到中年，我们都分外珍惜彼此的情分，我喋喋不休地向妹妹讲述我们的故事，我太想让妹妹了解我们曾经的青春，曾经的奋斗。妹妹说她很为姐姐姐夫骄傲，更被我们很多仍然留在部队的战友的坚守和不变的信念所感动。于是，当我有感而发，创作这首诗初稿时，妹妹帮我的诗起名为《芳华如风》，并彻夜帮我修改，同时即兴弹奏钢琴为诗配乐，当我们合作完成这首诗作时，我激动不已。尽管文字、诗韵、朗诵都谈不上完美，但这份情感，不仅有战友情、兄弟谊，更融入了我们姐妹血浓于水的亲情，至情至深，分外厚重。在我们年华即将逝去时，回首往事，我们无怨无悔。特将这首诗，献给亲爱的战友们，让我们不忘初心，牢记使命，为祖国的强大同心同德，砥砺前行。

再次仰望鹰嘴崖
依然巍峨耸立
任风吹雨打
任岁月流逝
多少青春年华镌刻在悬崖陡壁上

可记得扎着小辫的女军官
骑着自行车如风飞驰

绿色的倩影
吹乱的黑发
如一缕春风，
拂过寂静的山野

再次走进
依然是风雷洞天
任铁打营盘
任流水官兵
国家使命早已融入军人的血液

可想起留着平头的小伙
低头弯腰穿行在车间试验段
工作服上的油污
早已斑驳陆离
却抵挡不住
青春的朝气
昂扬的锐气

再次进入场区
依旧井然有序
任气罐耸立
任风洞威凛
承载了几代军人的梦想初心

可忆起身着白大褂
控制间里全神贯注的操作
分析间里
盯着长长的白色打印纸
数据早已了然于心

岁月如歌，花落成尘
霜发晕染了双鬓
风雨沧桑了容颜
青春的记忆
雕刻成永久的画面

深深印在几代人的心中

时光流转，芳华易逝

我们肩负使命

我们坚韧不拔

我们用智慧和汗水

铸就了国之重器

实现了嫦娥奔月

月光里，我会梦到你

故事中，有你，有我

那踢着正步的小伙儿

那嗅着花香的女孩儿

可是正值芳华的你我

英姿飒爽

才华横溢

芳华如风

摇曳了洞口青翠的松

芳华如风

折弯了记忆中的漫水桥

芳华如风

忘不了曾经的峥嵘岁月

无论坚守，无论离去

先锋碑上留下我们的名字

这是我们的芳华

无怨无悔！

作者简介

何京兰（1963—　），揭阳人。侨眷。毕业于昆明理工大学，汕头市委政法委退休干部。

李洁（1970—　），籍贯北京。北京世纪佳音电子乐器有限公司总经理。

忠于理想　忠于祖国

——记澳大利亚维多利亚州潮州会馆会长马世源先生

陈燕娟

2003 年 10 月的一天，对潮阳区贵屿镇仙马村的乡民来说，是一个阳光灿烂的日子，一个令人惊喜的日子！因为这天，村干部及乡亲专程开车到汕头机场接回了一位在国外出生，但至今才第一次回乡省亲的澳大利亚华侨。他，就是澳大利亚维多利亚州潮州会馆会长马世源先生。

马世源先生祖籍是广东潮阳。1949 年，他生于越南蓄臻市的一个华人经商世家。少年时代，受家庭熏陶，对经商产生了浓厚的兴趣。他除了读学校的书，课余还勤读《陶朱公格言》《警世通言》《喻世明言》《醒世恒言》等中国传统文化方面的书，这为他日后营商奠定了深厚的基础。

初中毕业后，马世源离家到西贡的亲戚店里当学徒，苦学经商之道。有志者事竟成。1970 年，年过二十的马世源就建立了自己的电器商行。虽是初次独立经营，可是由于事前策划周密，因而旗开得胜，生意蒸蒸日上，是当时西贡华裔中的佼佼者。然而，天有不测风云，正当踌躇满志的时候，越南政权更替，局势骤变，华人面临着接踵而来的各种危机，马世源除了企业遭到毁灭之外，全家还加入举世轰动的大逃亡狂潮……

几番奔波转折，1979 年，马世源全家终于抵澳定居墨尔本。初到异域，举目无亲，一无所有。为求早日安定下来，他夫妇同心同德，埋头苦干。其时，马世源虽在工厂打工，却不停地思考着如何东山再起。经数年的卧薪尝胆，养精蓄锐，1985 年他大胆成立了世光公司，从事中药材经营。由于经营有方，1988 年，世光公司获得了澳大利亚国家有关部门批准进口 700 多种中药材的许可证，于是，成为墨尔本第一家荣获此许可证的药材进口商。尔后，马世源扩大业务范围，又发展亚洲食品杂货、家居用品百货及工艺礼品批发等业务。如今，他的物品销售网络遍及全澳各州。

马世源先生在事业有成之后，不忘回报社会，尤其不忘回报中国。平素凡赈灾济困、社会公益事业，他均鼎力相助。1998 年，中国长江及松花江遭百年一遇的洪水肆虐，他一人出资 5 000 澳元并发动当地潮州会馆同仁捐款救济；1999 年越南洪水泛滥，他再次带领潮州会馆募得善款折合越币 11 500 万元火速汇往灾区……

世源先生乐善好施的义举，不但博得了当地潮人的推崇，而且受到了居住国澳大利亚的嘉彰。近些年来，他先后被推选为澳大利亚维多利亚州潮州会馆会长以及当地十多个社团的主席、顾问、名誉顾问等，同时，还荣获了"澳大利亚联邦建制百周年勋章"。

更令人感动的是马世源先生虽出生于国外，却心系中国、心系祖辈生长的故乡。这些年，他千方百计打探家乡宗亲的消息。从 2002 年底开始，在赴澳承建潮州会馆工程的潮阳古建筑师胡少平的协助下，他终于跟家乡的亲人及干部搭上了联系。2003 年 10 月，他踏上了回归中国的征途。

马先生回到家乡后，受到家乡干部及乡亲的热情接待，同时看到了家乡欣欣向荣的景象，心里十分高兴，当即拿出 10 万元人民币支助家乡学校，献出了自己的一份真诚，并表示以后要常回家乡看看。一年后，他再次回到家乡，当得知自己支助学校的 10 万元被列为贫困学生助学金之用时，感到非常满意，并表示以后仍要为家乡各项公益事业奉献赤子之心。

一个海外赤子，在历经沧桑之后，对祖籍国仍怀有浓厚的感情，实在令人赞叹不已。然而，马世源却说："古来圣贤皆注重立功、立德、立言而传诵千古；我属凡人，唯求忠于自己的理想抱负，忠于祖籍国，忠于家乡，克尽本分，在实现理想和目标的过程中，发挥自我的真价值，真诚地为祖籍国、为家乡竭尽绵薄之力，则不枉此生矣！"

作者简介

陈燕娟（1964—　），笔名伊涓，潮阳人。侨眷。毕业于海南企业外交函授学院文学系。先后当过教师、报社文艺编辑等职。曾在《南方日报》《天南》等报刊发表评论、故事。现为汕头市民间文艺家协会会员。

律诗六首

李鸿钊

己亥年清明前夕读柔佛陈周平兄二战殉难华侨故事感怀（新韵）

己亥年（2019）清明前夕，马来西亚柔佛潮州八邑会馆会长陈周平先生通过微信，跟我讲述他一家在"二战"时期惨遭日寇掠杀，家破人亡的往事。1942年柔佛州沦陷，日军大举屠城，新山、哥打丁宜、振林山、士乃和泗隆园等地惨遭屠杀的华侨同胞逾万人，一时日月无光，天人同泣。陈会长多位至亲被掳，之后杳无音讯。1947年，当地华侨华人集资，于柔佛州新山市绵裕亭义山兴建"华侨殉难诸先烈公墓"，埋葬"二战"时期殉难义骨二千余具。这是新山现存最大的一座公墓。我读微信、看图片后，悲愤不已，特占一绝，以志其事。

晦雨沉云绵裕亭，
清寒烟袅吊冤灵。
阎罗网尽屠城鬼，
了慰哀魂见朗晴。

清　明

风急云低处处烟，
三牲洋食似华筵。
吾侪欲养趁亲在，
冥纸何曾到九泉。

早观园中落叶有感

漫落衰黄虽恋枝，
春风昨夜订盟词。

今年此树高三寸，
天道枯荣各写诗。

侨乡人文景观游吟之蚁光炎纪念亭（新韵）

桑浦峨峨草木芬，
斯亭翼翼昭英魂。
台阶九九连尊像，
红树一一作卫军。
侨领舍身仁与义，
精神长励子和孙。
如今英烈堪欣慰，
三月唐山漫野春。

雨游熙和湾（新韵）

晨雨潇潇润客心，
无边光景凭栏吟。
凤栖湖畔觅仙迹，
晴日复来洗六尘。

惊蛰春雨（新韵）

春雨潇潇醒万苗，
农夫喜色写眉梢。
莫名白领凭窗叹，
却道阴天太寂寥。

作者简介

李鸿钊（1968—　　），1990 年厦门大学外文系本科毕业，获文学学士学位后，在汕头市外事侨务局工作。2012 年起任汕头市侨联副主席、汕头市侨界青年联合会会长。2020 年起任市委统战部副部长、市侨务局局长。

我与汕头同成长

——1991—2019 年汕头发展的见证和我的祝福

刘海波

◎来到汕头

1991 年对我来说是一个异常重要的人生起点，当年我 18 岁，高考落榜，对于没有考上大学的农村青年来说，人们视当兵为跳出"龙门"的另一途径。1991 年年底的一天，在众多应征的热血青年中，我和其他 20 名小伙伴经过层层筛选，有幸从湖北宜城农村应征入伍。那天，村里异常热闹，锣鼓喧天，我们在乡政府大院武装部门口戴上了大红花，背上绿色行军背包，踏上了向往已久的军营旅程。我的人生也从此踏上了崭新的道路。

在接兵领导的带领下，我们乘汽车到了襄樊（现更名襄阳）火车站，当依次进入站台时，我在那绿皮车厢上看到了白底黑字"襄樊开往广州"的牌子，那时我才知道我们是要去广东服役了。说实在的，以前只在书本上和电视里了解到北京、上海、广州是大城市，广东又是著名的侨乡，全国改革开放的排头兵。多少热血青年和打工大军潮水般地涌向那里。没想到，我这么幸运，能去当年最火的地方服役，想着，想着，心情无比激动与兴奋，真是乐开了花。

火车日夜兼程运行了多少个小时，也不记得了，当我走出车站，看到广场上人头攒动、车水马龙的热闹景象，看到了一拨拨和我一样戴着大红花，背着绿色行军背包，整齐席地而坐的那些青年们，还有那些停放整齐的军绿色大卡车，并看到售票大楼的主楼立着红红的三个大字：广州站，左边写着"统一祖国"，右边写着"振兴中华"，我那颗年轻奔放的心就像小鸟从笼中飞出，迅速地扑打着翅膀飞向天空，展翅飞翔！

在广州站站前广场，我和众多的背包青年按照点名顺序，坐上了不同的军用大卡车，后来才知道我们是被不同的部队接走，也就是所谓的分兵。经过 20 多个小时的日夜颠簸，于第二天下午到达汕头机场。大卡车进入营区后，顺着停机坪直奔北头塔台，那是我第一次见到那么多的真飞机，而且还是战斗机，心情十分兴奋和自豪。部队的领导和新兵连领导及老兵班长们早已列队在北头塔台，敲着锣打着鼓欢迎我们的到来。

1991 年对我来说是个重要的人生起点，1991 年对于汕头这座城市来说也是一个异常重要的历史节点，当年潮州升格、揭阳新建地级市，原汕头市地域调整成汕头、潮州、揭阳三个地级市，出现了三个互不统属的省下一级行政区。由于汕头市独特的体制，以及区划调整涉及"改革开放的排头兵"的汕头经济特区，又是全国著名侨乡，因此也特别引人注目。也正是这一年，成立十周年的汕头特区获批扩围，只有原龙湖区范围的经济特区，获得国务院批准，成为经济特区，这为发展中的汕头插上了腾飞的翅膀。

◎融入汕头

汕头位于广东省东部，韩江三角洲南端，北接潮州，西邻揭阳，东南濒临南海。境内韩江、榕江、练江三江入海，大陆海岸线长 217.7 公里，海岛岸线长 167.37 公里，有大小岛屿 82 个。汕头为亚热带海洋性气候，年平均气温 21℃～22℃，日照时间 2 000～2 500 小时，降雨量 1 300～1 800 毫米。汕头是全国主要港口城市、中国最早开放的经济特区、海西经济区重要组成部分。汕头港于 1860 年开埠，素有"岭东门户、华南要冲""海滨邹鲁、美食之乡"美称。

我们这批 1991 年 12 月入伍的兵，一共有 60 名人员。其中湖北宜城籍 20 名，河南项城籍 20 名，海南万宁籍 20 名，分成了 2 个排，6 个班，吃住、训练都在北头塔台（后来才知道：有新兵驻训时，塔台指挥和飞机起飞都在南头塔台）。

12 月的湖北提前进入冬季，秋衣秋裤、棉衣棉裤也早已上身，早上有霜冻，晚上有露珠，如果再下点雨夹雪，刮点呼呼的北风，不冷也会感觉全身在发抖。真是南北分明，汕头的 12 月，相比湖北是特别的舒适宜人，户外的训练场上，我穿着白衬衣，外加一件作训服，踢几个正步还会冒汗，我喜欢汕头的天气。

我们的驻训地，平时除了本连队的指战员和偶尔下来检查的上级领导，几乎看不到其他的人员。看得最多的就是战斗机了，记得刚下车被分到宿舍不久，就从南面的方向传来了非常刺耳的阵阵轰鸣声，虽然从来没有听到过飞机的轰鸣声，但是我敢肯定那一定是从飞机上传来的。当我冲出宿舍门的那一刻，看到其他战友也蜂拥而至，都想一睹飞机起飞的样子，轰鸣声时而长，时而短，可就不见飞机飞过来，后来问班长才知道那是机械师在机库为飞机做常规检验。

第二天上午，天气晴朗，万里无云，微微的北风使人稍感一丝凉意，我们正在进行队列训练，同样刺耳的轰鸣声由远而近传来，战友们都不约而同地朝着那个方向转过身去，此刻的班长早已摸透了我们的心思，大声喊道："立正！先看飞机！"飞机从滑入起飞跑道，到助跑，再到起飞，需要经历几分钟。我远远地看见一架银色的小飞机离我越来越近，很快就飞到了我站立的正前方，只见机头有一条细长的杆，机身前侧面有一串红色的数字（飞机编号），左右各带一个长长的圆柱体（副油箱），还有三个没有收起的轮子。飞机呼啸而过，尾部空气中留下淡淡的青烟。此刻的我感觉祖国特别强大，飞行员兄弟特别了不起，驾驶着"雄鹰"直插云霄，巡航在南海上空，保卫着祖国。在后来的日子里，几乎天天都能看见民航机起飞降落，听到刺耳的轰鸣声和看到"战鹰"升空翱翔！

新兵集训结束时，已经是1992年4月份了，我很幸运地被分配到了某司令部从事文书及打字员的工作。从集训单位到机关单位，除了正常的工作之外，业余时间还是蛮充裕的。汕头是个美丽的海滨城市，对于之前从没走出过湖北的我来说，看海是非常向往的事情，听老兵们说，要看海的话就去莱芜岛。也不记得初夏的哪个周末，晴，有轻雾，我们五六个老乡结伴搭乘公交车到澄海莱芜岛去看海。公交车行驶到莱芜路尽头右转，刚爬上一个长长的大坡，我就远远看见成群结队的男男女女朝着郁郁葱葱的山顶移动。车刚进站停稳，我们直向人群奔去。我们爬到山顶半腰开阔地，看到两个圆锥形小山中间是一片海滩，远远望去，最远处灰蒙蒙的一片，水天一色，分不清哪里是水哪里是天，隐隐约约的小船就像一片片树叶漂在海面，海滩上早已聚满了来游玩的人（20世纪90年代初来广东务工的人员比较多），他们卷着裤腿在沙滩上散步，堆沙雕，奔跑，嬉闹，海里已经有好多在游泳的人了。我们迫不及待地冲向海滩，哎呀哎呀，沙子进到鞋里了，我一边冲一边喊着，张开双臂直接冲进了大海的怀抱，仰面漂浮在海水上。海浪拍打着我的身体，三五只海鸥在我头顶的天空翻飞翱翔，时而发出悦耳的鸣叫。我们兴高采烈地回到岸上，这时，太阳越升越高，雾也慢慢地散去，在骄阳的照耀下，海面仿佛铺上了一层闪闪发光的碎银，浪花互相追逐，像顽皮的小孩不断向岸边奔跑跳跃。我们在海里追逐，嬉闹，游泳，在海滩上捡贝壳，抓螃蟹。我们的衣服干了又湿，湿了又干，上面留下了白色的海盐印记。我们爬上卧波美人的石雕摄影留恋……

辽阔的大海，真是魅力无穷，宽容是大海的胸襟，是大海的气魄，是大海的灵魂。眼望着海天相接的地方，你看，天是那样低，水是那样蓝，我的心随海而去。

汕头素有美食之乡的美称。潮州菜是广东三大菜系之一（其余两种为粤菜和客家菜）。潮菜的形成和发展可谓源远流长，潮菜以烹制海鲜见长，从选料到酱碟佐料，都要求新鲜美味、清而不淡、鲜而不腥、郁而不腻。汕头牛肉丸、达濠鱼丸、澄海卤水狮头鹅、蚝烙、清汤蟹丸等都是潮菜代表名作。还有那菜头粿、绿豆饼、菜脯、草粿、老妈宫粽球、虾仁水晶球等数不胜数的小吃。

记得第一次喝工夫茶还是跟司令部小车班古班长共饮。我跟他住同个宿舍，有天午饭后他对我说：小刘，没事跟我买茶叶去。第一次坐上北京吉普车的我，别提有多高兴，他带我到外砂迎宾路口的一间茶叶店，刚走到门口就闻到茶香扑鼻，最先映入眼帘的是老板茶几上燃着的小煤气炉，炉上的不锈钢小壶吱吱作响，水泡和水蒸气接连从小嘴里往外冒，茶几中间摆着瓷器茶具，茶具上摆了个上有盖、下有托、中有碗的东西，蛮像电视剧里清朝官员喝茶的那个茶杯，另配有 3 个白色小杯。一个个用细绳扎紧的白布袋占去了大半间店面（里面装的各种不同品质的茶叶），靠里面的那排立式柜摆满了包装精美的茶叶和各式各样的茶具、茶壶，有青花瓷的，纯白的、淡绿的，圆的、方的等，琳琅满目。

老板热情地招呼我们：兵哥，坐坐坐，我来冲茶。只见他熟练地提起小炉上的壶，把刚刚还扑哧冒着气泡的水倒入三个小杯，拿起一个杯放入另一个杯中，用拇指、中指和无名指把小杯玩得飞转（洗杯），再把茶叶放入小碗中，注水，立刻冒起一层泡沫，他用小碗上的盖轻轻地把泡沫清除后，倒掉第一次的茶水，然后再重新加水，把茶均匀地倒入小杯，分给我俩，这时才说：请喝茶。我开玩笑地说，老板你们这喝个茶还挺讲究的呀。

他听我这么说，兴致来了，滔滔不绝地给我们介绍起来：工夫茶是潮汕地区（潮州、揭阳、汕头）特有的传统饮茶习俗，是潮汕茶文化和潮汕茶道的重要组成部分，是中国茶艺中最具代表性的一种，在潮汕当地更是把茶作为待客的最佳礼仪，潮州工夫茶被列入国家级非物质文化遗产名录。喝工夫茶是潮汕人日常生活中最平常不过的事了，饭后，或者客人来访，好友相见，都是以一壶茶来陪衬的。

潮汕工夫茶不但要具备好的茶具、茶叶，还要有恰当的烹法。潮汕工夫茶的烹法步骤分别为：活火、虾须水、拣茶、装茶、烫盅、热罐、高冲、盖沫、淋顶与低筛，通称"十法"。烹制工夫茶的具体程序也可以分述为：高冲低洒，盖沫重眉，关公巡城，韩信点兵。潮汕工夫茶，不同于一般的喝茶，需要小杯小杯地去品，意在品味茶的香味，以茶叙情。工夫茶最讲究的是品茶的礼节，泡好茶后，主客会先请长者、贵宾先尝，闻茶之香，细尝茶味。

◎建设汕头

1991 年 7 月 19 日，强台风艾美正面袭击了汕头，给整个城市带来了巨大财产和经济损失。据不完全统计，全省有 39 个县市受灾、受淹、倒伏农作物 305 万亩，倒断甘蔗 20 多万亩，110 万亩柑橘、香蕉、柚果等折枝落果，严重倒塌的房屋 6 万多间，损坏房屋 33 万多间，倒塌茅舍 8 万多间，死亡 101 人，伤 5 000 多人，一大批公路、桥梁和水利、通信设施遭到破坏，满目疮痍。艾美过后，勤劳朴实的汕头人民在各级政府的领导和社会团体的帮助下，进行生产自救，创建家园。我们部队官兵在首长的指示下，也积极参加了台风灾后重建工作，由于台风对市区破坏太大，好长一段时期内，都随处可见倾斜的树木和留下的 2 米左右的树桩。在战友们的共同努力下，一棵棵横在步道上的断木被我们征服了，一棵棵断树桩被我们用铁锹、锄头挖起来，装上卡车清运处理了。虽然大家汗流浃背，灰尘仆仆，但看到一棵棵树木被扶正，一条条马路人行道被清通，即使手磨了好几个血泡，腿受伤流血了，也不觉得苦和累，建设维护汕头美好家园也是我们义不容辞的责任。

20 世纪 90 年代初，汕头承接了改革开放的春风，注重交通基础设施建设，主城区主体框架逐步形成。汕头火车站于 1995 年 12 月 28 日正式启用，结束了汕头无火车通行的历史；海湾大桥和深汕高速公路于 1995 年 12 月 28 日建成通车，为连接汕汾高速（现为沈海高速）直通海西经济带、珠江三角洲经济带起到了至关重要的作用，南滨路的修建通车为后来南区的发展奠定了基础。就在这个汕头加速发展的时期，我的四年服役期已满，按照正常的退役规定，原则上是哪里入伍就退役回哪里。有缘千里来相会，也就在这一年，我认识了一位美丽大方、温柔贤惠的潮汕姑娘，也就是我现在的爱人，与她的相遇注定了我要在这座美丽的海滨城市生根发芽，与汕头同发展，共进步，和汕头人民一起创建美好家园。

汕头交通条件的改善，园林绿化面积覆盖率的提升，卫生城市的选评，以及投资环境净化等，无不吸引着大型企业的入驻和海内外华侨华人的关注。

2011 年 5 月 17 日，汕头市政府与中国交建签订汕头东海岸新城投资建设项目。汕头东海岸新城项目以河口治理、海堤建设为切入点，进行综合开发，西起汕头港导流防沙堤，东至澄海莱芜岛，分为新津、新溪、塔岗围三大片区，东西长 13 公里，南北纵深 1.5～2.5 公里，规划总面积 24 平方公里，围海造地面积 20 平方公里。包括水利和市政两大部分，涉及兴建海堤、吹填造陆、内河涌、泵闸站以及市政管网、主次干道、连接桥梁等多项工程内容。汕头东海岸新城是汕头市人民政府与中国交建进行战略合作的大型城市综合运营项目。汕头的朋友们都知道，东海岸新城在 2011 年以前还是一片汪洋大海，2011 年 5 月中国交建签约承建汕头东海岸新城投资建设项目后，首要的是围海造地，成百上千辆重型工程车不分昼夜从不同的采石场将大石运至东海岸，在工程机械的配合下，一车车大石头倒入海中。在众多个分包队伍通力合作、日夜奋战下，东海岸的新津片区、新溪片区和塔岗围片区的海岸线上呈现出了一个个超级"大鱼塘"，紧接着大批国内顶级的绞吸船、耙吸船开进了汕头海湾，把泥沙从海底吸上来，然后通过管线把泥沙混合物"吹"送到指定的"大鱼塘"，再插入吸水板，铺设地膜，使用塑料泵等将填垫砂土中的海水引排出去，达到指定的标高，形成陆域，然后进行打桩，也就是我们所说的吹填。中国交建和广大建设者经过 1 000 多个日夜的连续奋战，汕头的东部悄然崛起一片 20 多平方公里的土地，西起海湾大桥，沿海岸线东至莱芜岛，横跨龙湖、澄海两区，东西长 13 公里，南北纵深 1.5～2.5 公里，静态总投资约 230

亿元。

2014 年 9 月 15 日，国务院正式批复同意在汕头经济特区设立华侨经济文化合作试验区，这是建设 21 世纪海上丝绸之路的重要门户，同时也是国内唯一一个以华侨命名的试验区。汕头海外华侨、港澳台同胞有逾千万人，遍布世界 100 多个国家和地区。归侨侨眷和港澳台同胞家属 200 多万人。汕头是著名侨乡，华侨众多，与海外交往密切。国务院在批复中明确提出对华侨试验区建设予以四方面的支持：一是支持华侨试验区着力转型升级，推动海外华侨华人与祖国经济深度融合发展；二是支持华侨试验区搭建海外华侨华人文化交流平台，深化与有关国家（地区）的人文合作；三是支持华侨试验区全面深化改革，构建开放型经济新体制；四是加大政策支持，统筹推进华侨试验区建设发展。国务院对建设汕头华侨试验区的四大支持，无疑是给汕头的发展再次插上了腾飞的翅膀。

2015 年，我有幸签下汕头市东部经济带滨海大道匝道软基处理工程施工的分包合同，剔除 CFG 桩和振动沉管砂石桩外，其他软基处理工程均由我方包工，包机械设备，包部分主辅材的施工，工程量总金额为 168.2296 万元。该工程我方分为右侧、桥下和左侧三个工作面循序推进施工。

按照图纸从滨海大道上桥处右侧土方开挖，从土方开挖、抽水、测量桩柱标高、破桩头、桩帽钢筋的制作安装、砼桩帽的浇筑等一步步顺利进行。在碎石垫层和砂石混合料碾压阶段出现了不小的麻烦，增加了成本，由于该位置是围海造地最靠海边区域，开挖深度达到 4 米之深，海水的渗透非常迅速，七八台大小抽水泵也无法将基坑底层抽干。在这种情况下，我方施工人员经过研讨，决定在基坑四周人工清理出较深的排水沟，引导积水流向水泵汇总抽排，使基坑底层达到回填碎石垫层的标准。在碎石垫层上面回填砂石层时问题又来了，海水退潮时回填压实好的垫层好好的，到了海水涨潮时又是一片狼藉，在中交三航局陈东伟副总指挥的建议下，我方采用石粉碎石混合料回填压实，才得以顺利进行第三层的砂石混合料回填。在进行第二工作面桥下施工时，由于桥梁高度因素，土方开挖时，挖机无法正常提臂开挖装载，需要挖机接力传送搬运土方，稍有不慎挖机臂就有可能碰到大桥，所以必须特别小心，这给我方增加了施工难度和施工成本，还好我们的挖机手都是老师傅，我方施工人员最终出色地完成了桥下的开挖、破碎砼墩、回填压实的工作。临到第三个工作面左侧时，天有不测风云，动不动就来场倾盆大雨，给开挖、回填碾压都造成了极大的影响，刚修整好的护坡，经过一场大雨后，坍塌现象比较严重，只能重新修复，最为麻烦的是开挖过后，有些地方机械根本无法进入，只能靠人工修复，再加上左侧要开挖的地质大部分是淤泥，我方采用废土回填、铁板铺路的方式为土方车修建一条临时通道，这些都增加了施工难度和施工成本。整个基坑右侧、桥下和左侧均以 0.3 米为一层，用砂石混合料回填、碾压，检测压实度，一层一层碾压，直到 1.5 米的高度才算完工，然后由甲方、总包方、监理方验收通过。

在施工过程中，涉及许多的施工变更（图纸和实际施工不符合），增加了近一倍的工程量，再加施工变更需要请示上报、批复，原本两个月的工程期限，经过紧张有序的 5 个月的日夜奋战，终于保质保量顺利地移交给下家施工单位。

◎展望汕头

1981 年汕头被设立为经济特区，也是最早成立的四大经济特区（深圳、珠海、厦门、汕头）之一，经过 30 余年的斗转星移，四大经济特区早已发生翻天覆地的变化。汕头发展成了现代化的大都市，四大经济特区在发展中也产生了巨大的差距。根据《2017 城市商业魅力排行榜》对城市分级的排名，深圳是与北京、上海、广州并列的一线城市，厦门、珠海则是二线城市，而汕头仅排在三线城市行列。由于特区优势和港口优势已不明显，区域一体化优势难以聚集，再加上受自身传统制约，汕头和深圳、珠海等经济特区的差距越来越大。

2017 年初，《汕头市城市总体规划（2002—2017 年）（2017 年修订）》正式得到国务院批复。在批复文件中，国务院将汕头明确定位为"国家经济特区""海上丝绸之路重要门户""粤东中心城市"；2017 年底，广东省政府明确汕头"省域副中心城市"的新定位。这个始建于中国最早的经济特区，时隔 30 余年，再一次被赋予高规格的战略定位和发展重任，迎来了全面振兴、协调发展的新机遇。在经过两年的不懈努力，汕头终于走出发展的沼泽，与厦门、珠海并列为二线城市。

随着经济实力不断增强，城市容量不断扩大，汕头申报 2021 年第三届亚青会举办权成功后（亚洲青年运动会，是亚洲规模最大的青年综合性运动会，由亚洲奥林匹克理事会的成员国轮流主办，每四年举办一届），一些市政基础设施陆续建成启用，预计 2019 年年底潮汕环线高速的开通，将把潮汕机场、汕头港以及厦深高铁潮汕站等综合交通枢纽连成一片，将为推动粤东地区加快振兴发展添砖加瓦。到 2022 年，核心区建设全面展开，珠港新城、东海岸新城新津片区、南滨新城 3 个片区主体功能基本形成，东海岸新城新溪片区中央商务区建设全面启动。对于加快沿线及粤东地区的工业化进程、推进现代农业发展、改变经济增长方式、促进区域协调发展和粤东一体化发展具有重要的意义。

我们相信，在党中央国务院、广东省委省政府、汕头市委市政府的高度重视与支持下，在不久的将来，汕头将以华侨经济试验区为中心，发展成为全新的现代化滨河滨海新区，带动龙湖、澄海的发展，并使金平、龙湖、澄海三区相连，将汕头从内海城市转变为外海城市，推动汕头城市化进程与经济的高速发展，促进"汕潮揭"同城化。

祝愿汕头的明天更美好。

作者简介

刘海波（1973— ），生于湖北宜城。侨眷。从小热爱文学、书法和美术。1991 年 12 月至 1995 年 12 月在汕头服役，1995 年 12 月至今在汕头创业。

那一碗缅甸鱼汤粉的情意

谢惠蓉

那一碗缅甸鱼汤粉的情意，应该从澳门缅华泼水节说起。

2013 年 4 月 19 日，我应澳门缅华互助会的邀请，前往澳门参加第十八届澳门缅华泼水节。

澳门缅华互助会是一个以旅居澳门缅甸归侨、侨眷为主体的民间团体。自 1971 年成立以来，致力开展爱国、爱澳的各项活动，如庆祝中华人民共和国历年国庆，组织会员到缅甸或内地参观、考察、旅游，与内地侨联组织联谊，为会员代办赴缅甸探亲、旅游签证，举办会内体育、文娱比赛，奖励并资助优秀学生青年，发动对云南丽江震灾、华东水灾的赈灾救济，出版《缅华社会研究》，组织庆祝澳门回归大会，举办支持北京申奥和庆祝申奥成功的活动，主办首届"世界缅华同侨联谊会"，接待来自缅甸、美国、新西兰、泰国以及中国台湾、香港和内地共 250 多位与会代表和人士。由互助会主办的一年一度缅华泼水节成为澳门每年的特色庆典、品牌旅游文化推介活动，得到了澳门特别行政区政府旅游局、民政总署的协办以及澳门特别行政区政府社会文化司、文化局、旅游局、澳门基金会的赞助。

缅甸、泰国、老挝等东南亚国家，每年 4 月中旬都会举行泼水节送旧迎新，人们会沐浴、着盛装，然后到佛寺堆沙建塔、浴佛听经，年轻男女互相泼水祝福，之后便展开一连几日的庆祝活动。移居澳门的缅华也把这个习俗带到了澳门，到今年已经举办了 18 届泼水节活动。该活动发展至今已不单只是一项玩水的活动，节目还包括摄影展、美食、花车巡游、文艺晚会等。

负责接待我们的是澳门缅华互助会副会长、澳门归侨总会副理事长、云南省海外联谊会理事、天津市侨联顾问康宁英大姐。她是缅甸归侨，1963 年毕业于缅甸仰光华侨中学，1977 年从缅甸回到澳门定居。她非常热心于公益社会活动，在澳门和内地多个社团担任职务。我们一到澳门就受到了她的热情接待和细心照顾。从酒店房卡的交接到大会资料的派发，还有宴会地点、乘车安排她都事无巨细，一一跟我们讲解清楚。她的脸上永远挂着祥和的微笑，说话细声细语，我看到她在4月19日欢迎晚宴的现场上不辞辛劳地调度安排互助会和酒店的人员，各司其职，做好各种宴请和演出的准备工作，一点也看不出她是一位将近70岁的人。

非常有缘分的是，这次互助会安排和我同住一个酒店房间的是广州市侨联的党组成员、巡视员陆桃香大姐。她也是缅甸归侨，12岁从缅甸回到祖国，在家乡梅州市读书，毕业后就到广州市侨联工作。陆桃香大姐性格开朗，做事风风火火，她说到目前为止一共18届的澳门缅华泼水节她参加了13次，澳门三盏灯圆形地居住的缅甸归侨，有很多是她以前在缅甸的邻居、小学老师或同学。我看到她在欢迎晚宴上和大家熟稔地互打招呼、互道新年祝福、互拉家常，就好像见到了亲人一样。陆大姐还热心地替我介绍她熟悉的朋友、同事，让我这个侨联的新兵一下子就融入了澳门的侨界大家庭。陆大姐说康大姐在缅甸也是她的邻居，还和她姐姐是同学，她们一见面就开心地互相拥抱，好像亲姐妹一样。陆大姐还专门介绍我与缅华互助会的荣誉会长陈民泉先生互相认识，并安排我在他旁边用餐。陈民泉先生也是缅甸归侨，在香港定居，专程从香港赶来参加缅华泼水节。在宴会上，陈民泉先生非常有绅士风度地照顾我，还用纯正的普通话跟我介绍缅华互助会的有关情况。当我夸他普通话讲得好时，他开心得像个小孩一样笑起来。他说小时候在缅甸上过华侨学校，特别是在20世纪50年代初，他代表缅甸华侨子弟到北京参加夏令营，学会了一口流利的、带京味儿的普通话。

第二天的活动我一直和陆桃香大姐在一起，上午我们观看了花车巡游启动仪式。那两天有花车巡游澳门市区及各景点，并向市民送上美好祝福。下午互助会在澳门三盏灯圆形地和光复街一带，设置美食摊位，我们大家品尝缅甸和东南亚美食，并欣赏缅甸艺术团、江西工贸学院艺术团表演民族歌舞，感受到了缅甸在新年时的热闹气氛。

说起这个三盏灯圆形地，它是澳门的一个地名俗称，正式的名称是嘉路米耶圆形地（Rotunda de Carlos da Maia）。"圆形地"（Rotunda）一词来自葡萄牙语，顾名思义就是圆形的一块地，处在路口的中央，也就是指交通圈，其实也就是我们所说的环岛。为什么这个地方叫三盏灯？那是因为这圆形地中央有根灯柱，上面有灯三盏，所以人们就称此地为"三盏灯"。据说这个名称是由缅甸归侨叫开的。这个地方是缅甸归侨聚居的地方，他们到了澳门之后就在这个片区落地生根，驻扎后与亲友通报说在澳门的这个地方安顿下来了，也不知道地名，就说是一个中央有根灯柱，灯柱上面有三盏灯的地方。久而久之就成了约定俗成的地名。我们听了感觉很亲切，就好像我们说起汕头老街区，总是以当年的标志性建筑"小公园"相称，如今"小公园"也成为地名。正如小公园是汕头近代史上商业繁华的见证，也是海内外潮汕乡亲乡思所系。澳门三盏灯也充满浓厚的市井气息，是澳门著名的东南亚归侨聚居地和东南亚美食区，雅馨缅甸餐厅等20多间东南亚美食小店集中于此，多是由东南亚归侨开设经营。

那天晚上我们在三盏灯圆形地欣赏缅甸歌舞晚会的时候，我听到康宁英大姐、陆桃香大姐和陈民泉先生在兴奋地谈论着下午尝过的各种东南亚美食。"缅甸鱼汤粉"这几个字在他们的交谈中不断地重复出现，三个人脸上都表现出神往的表情。康宁英大姐说最好的还是"002"那家，很出名的。说着说着康大姐就说第二天要给陆大姐和陈先生送缅甸鱼汤粉，她转过身来热切地望着我："您要不要也来一份？"我与缅甸鱼汤粉的缘分就在此时被促成了。我忍不住不客气地连声说："好好好，我也来一份！"康大姐开心地笑了，转身过去和陆大姐、陈先生商量第二天如何把缅甸鱼汤粉送达。这时我才明白，这鱼汤粉不是随时可以取到的，而且也不是可以带回家的干粉，而是需要在现场趁热吃下的。为了这几碗鱼汤粉，康大姐明早需要提前出家门，兜远路去002美食店打包，顾客多的情况下还可能需要排队等候，再赶时间送到酒店，以保证我们在8：45集体出发之前能够有足够的用餐时间。我感到既羞愧又感动，心里又不禁暗暗责怪陆大姐和陈先生两个老小孩，太不近人情了。康大姐年近70，虽说身体挺好的，但是她的腿脚不太方便，而且作为缅华互助会的副会长，在主办泼水节这么大型的活动期间，她该有多忙啊！而我们放着五星级酒店精心准备的精致美食不吃，却要劳烦康大姐在她这么忙碌的时候去买缅甸鱼汤粉。我心里正自嘀咕，那边三位已经商量好明天的打包缅甸鱼汤粉大计了。康大姐好像准备完成一项伟大的任务似的，神情凝重："就这么定了哦，我明天早上8：30以前送到，你们有15分钟的早餐时间，吃完就出发去参观。小惠和桃香住一个房间，我就让服务员送到你们房间。"陈民泉先生在旁边忙不迭地对着我和桃香姐说："把我那份也送到她们房间就可以啦，我过去你们那边吃，两位女士不介意吧？"我们都笑了起来，谁会拒绝一位将近80岁的人小孩般的请求呢？

第二天早上8：20，我们房间的电话响了，是康大姐打来的。她在电话里急切地说缅甸鱼汤粉已经送到大堂了，因为她要赶去安排下午活动的场面，就不能亲自送到房间了，让我们马上到大堂拿，还反复叮嘱一定要趁热吃。陆桃香大姐放下电话就迫不及待地往门外走，一边走还一边对我说，你等等，马上就有得吃了。陆大姐刚出门，陈民泉先生就来按门铃了，紧接着陆大姐拎着三碗鱼汤粉上来了。她兴奋地说："快快快！鱼汤粉来了！"我打开一看，是三碗香浓的鱼汤，另外配了三包类似我们称为"粿条"，广州人称为"沙河粉"的米粉，只不过他们切得细一点，感觉韧一些，还配了一把新鲜翠绿的芫荽，还有几块金黄香脆的黄豆脆饼。

陆大姐和陈先生争先恐后地向我介绍起来。这鱼汤是用泥鳅鱼煮熟，剔去鱼骨头，全是鱼肉，然后在油锅里拌香茅炒香了，再加上水、芭蕉心、洋葱片熬汤，这汤要熬到鱼肉都化了。以前家里就是熬一大锅的汤，然后各人自己拿勺盛一碗汤再加上粉、芫荽和黄豆脆饼。这个黄豆脆饼是直到你把整碗粉都吃完但仍然能保持香脆的。介绍之时，陆大姐和陈先生还就鱼到底是用哪种鱼、鱼是煮熟了剔骨再炒还是直接生鱼剥骨后炒熟鱼肉等细节激烈争论起来。陆大姐说她们家用的是黄鳝鱼，陈先生说他们家用的是龙利鱼，陆大姐说要先把鱼煮熟了再把鱼刺剔除，陈先生说直接用刀把生鱼鱼肉刮出来。但是他们也有达成共识的地方：一定要用香茅炒鱼，满屋子都是香味啊！

我看着他们像小孩般争得热闹，一边细细地品尝着鱼汤粉，一边不禁眼角湿润了起来。其实这哪里仅仅是一碗鱼汤粉啊！这里面承载着多少归侨们对侨居国第二故乡、对亲人的深厚感情！他们也许已经记不清鱼汤粉真正的味道了，正如《舌尖上的中国》所说的："这些味道，已经在漫长的时光中和故土、乡亲、念旧、勤俭、坚忍等情感和信念混合在一起，才下舌尖，又上心间，让我们几乎分不清哪一个是滋味，哪一种是情怀。"但是他们记住了为他们煮鱼汤粉的年迈的祖母，他们记住了勤劳的双亲劳动归来和孩子们共享鱼汤粉的欢乐场面，他们记住了和兄弟姐妹们一边玩耍一边期待鱼汤粉的美味的童年时光。鱼汤粉不仅仅是美食，它承载着情怀，它承载着归侨们对侨居国的眷恋，对远留在侨居国的亲人们的思念。我豁然明白了那一碗缅甸鱼汤粉的情意，明白了陆大姐和陈先生为什么会放着五星级酒店的精美早餐不吃，而非要吃这一碗鱼汤粉，我也明白了康大姐为何不辞劳苦，乐意为我们打包鱼汤粉，这分明就是一种兄弟姐妹的情谊！共同的美食、共同的情怀，使得他们在做这些事情的时候就如同对家人一样自然。而我们的华侨们，不也深深地思念着祖国、思念着家乡的亲人吗？他们不也远在异国他乡仍然过着家乡的节日，保持家乡的习俗，惦记着家乡的美食吗？华侨对祖国的眷恋和归侨对侨居国的深情都是一样美好的感情。正是有了这些美好的感情，他们才能够架起祖国与侨居国的友谊的桥梁，才能促进祖国与侨居国的商贸往来和文化交流。那一刻我感到手上的鱼汤粉沉甸甸的，感到侨联主席这个岗位的担子沉甸甸的。

作者简介

谢惠蓉（1974— ），汕头人。1997 年 7 月参加工作，1997 年 5 月加入中国共产党，公共管理硕士。2012 年 11 月任汕头市归国华侨联合会主席、党组书记；2014 年 12 月起兼任广东省侨联副主席；2018 年 1 月—2019 年 1 月在中国侨联挂职，分别挂任中国侨联海外联谊部副部长、中国侨联信息传播部副部长；2019 年 12 月，调至广东省侨联任副主席。

后记：槟榔花香

  1983 年广东省成立了归侨作家联谊会（2018 年更名为"广东省侨界作家联合会"）。随后的 1985 年，汕头市也相应成立了归侨作家联谊会，迄今已有 35 周年了，值得回顾和纪念。

  参加汕头市侨联归侨作家联谊会的首批会员 30 多名，他们大部分来自东南亚侨居国。在侨居国，他们是驰骋于侨界文坛的精英，为传播和弘扬华文文学事业作出了卓越的贡献。如本会副会长、顾问沉思（即沈思明），他侨居新加坡时曾积极编报纸、出杂志，也曾办学校，教育华侨子女。又如来自泰国的林风、周艾黎和郑白涛等，他们都曾在泰国《全民报》工作过。林风从事经济版新闻的采写和评论工作，是泰华侨界著名的经济评论家；周艾黎是负责文艺版的编辑；郑白涛在《全民报》担任校对，后调至"民盟"主办的《曼谷商报》当记者。在 20 世纪 40 年代末至 50 年代初，他们都是泰国侨界的知名作家。回国后由于工作的变动，他们都停止了"爬格子"，在参加了归侨作家联谊会后，他们重燃创作热情，紧握笔杆，继续辛勤耕耘。

  为了体现会员们的写作成果，必须开辟一块园地，作为互相观摩、互相交流、互相促进、共同提高的平台。于是，联谊会理事们经过讨论，巧妙地以"槟榔花"作为书名（槟榔是热带、亚热带的一种绿色植物，能开花结果，其果实叫槟榔，可吃，也可入药），并收集会员作品，结集出版。

  自 1991 年至 2016 年的 25 年中，《槟榔花》已出版了 6 集。各集简况如下：

1991 年 2 月出版第一集，作者 36 名，作品 35 篇；

1995 年 10 月出版第二集，作者 34 名，作品 77 篇；

2005 年 10 月出版第三集，作者 27 名，作品 59 篇；

2010 年 1 月出版第四集，作者 26 名，作品 66 篇；

2013 年 5 月出版第五集，作者 29 名，作品 49 篇；

2016 年 5 月出版第六集，作者 20 名，作品 37 篇。

以上 6 集共发表作品 300 多篇。

纵观《槟榔花》所收录的作品，体裁多样，内容多以华侨、华人为题材，抒写他们爱国爱乡、积极参加中国社会主义革命和建设，以及与侨居国人民友好相处、共同为促进经济发展和社会进步而携手前进的情感和事迹。《槟榔花》在我国出版界独树一帜，受到了广大归侨、侨眷和读者的好评。

现在，汕头市侨联归侨作家联谊会会员优秀作品集《槟榔花》与大家见面了。这本《槟榔花》是专门为纪念本会成立 35 周年而出版的，特地刊登了本会历任顾问、名誉会长、会长、副会长、秘书长及全部会员名单，他们中虽有部分人已作古，但他们在侨居地就已从事文学创作，用笔作为武器与殖民地统治者、日法英侵略者作斗争；回国后参加革命队伍，继续战斗在抗日战争和解放战争的第一线；中华人民共和国成立后，他们大都奋斗在文艺和新闻战线上，为党的事业和祖国建设作出了杰出的贡献。35 年过去了，我们不会忘记他们，他们永远是我们学习的好榜样。

这集《槟榔花》第一次由暨南大学出版社正式出版。正如原汕头市侨联主席、现任广东省侨联副主席谢惠蓉在序中所说的："像这样由出版社正式出版发行的文章结集，在广东乃至全国并不多见，这是切切实实地为祖国的文化建设添砖加瓦，尤其是为汕头这个全国知名侨乡作出了宝贵的贡献。"

在新书付梓之际，我们要感谢惠蓉副主席为本书写序，感谢汕头市侨联和泰国华侨陈汉铨先生为我们解决了出书的部分经费问题，感谢各位会员慷慨解囊捐助，感谢暨南大学出版社武艳飞、陈绪泉等编辑的精心编校，在此一并表示衷心的谢忱！

衷心祝愿《槟榔花》不断开花结果，永远飘香！

编　者

2020 年 6 月